REINO DE TRAIÇÕES

Diretor editorial
Luis Matos

Gerente editorial
Marcia Batista

Assistentes editoriais
Letícia Nakamura e Raquel F. Abranches

Tradução
Cynthia Costa

Preparação
Monique D'Orazio

Revisão
Marina Constantino
Bia Bernardi

Arte
Renato Klisman

Dados Internacionais de Catalogação na Publicação (CIP)
Angélica Ilacqua CRB-8/7057

M161r

Mafi, Tahereh
Reino de traições / Tahereh Mafi ; tradução de Cynthia Costa.
-- São Paulo : Universo dos Livros, 2023.
352 p. (Série This Woven Kingdom ; vol. 2)

ISBN 978-65-5609-356-7
Título original: *These infinite threads*

1. Ficção norte-americana 2. Literatura fantástica 3. Mitologia persa
I. Título II. Costa, Cynthia III. Série

23-1858 CDD 813

Universo dos Livros Editora Ltda.
Avenida Ordem e Progresso, 157 — 8º andar — Conj. 803
CEP 01141-030 — Barra Funda — São Paulo/SP
Telefone: (11) 3392-3336
www.universodoslivros.com.br
e-mail: editor@universodoslivros.com.br

TAHEREH MAFI

REINO DE TRAIÇÕES

São Paulo
2023

Grupo Editorial
UNIVERSO DOS LIVROS

TAHEREH MAFI

REINO DE TRAIÇÕES

São Paulo
2024

Universo dos Livros

Por que o destino concedeu ao príncipe luxo e regalias,
apenas para abandoná-lo nas mãos de seus cruéis assassinos?
Os sábios sabem que não há justiça neste vale de lágrimas.

— Abolghasem Ferdowsi, *Shahnameh*

Conte-me sobre o meu fim.
Quando está escrito que deixarei este mundo?
Quem herdará o meu trono?

— Abolghasem Ferdowsi, *Shahnameh*

UM

— Não! — Kamran gritou. — O fogo...!

As palavras morreram em sua garganta.

Foi com tanta admiração que ele observou Alizeh enfrentando as chamas que chegavam à altura de suas pernas, que acabou se afundando no chão, sentindo o mármore frio do piso através da seda rasgada da calça. Ao menos Kamran estava protegido por camadas pesadas de roupa e uma armadura de joias; o fogo não conseguiu devorá-lo depressa. Mas Alizeh... Alizeh estava coberta por pouco mais do que um véu, tão fino era o tecido de seu vestido.

O fogo derreterá a carne dos seus ossos.

Era nisso que ele estava pensando quando ela de repente atravessou o inferno sem a menor preocupação, a gaze de seu vestido engolida em um instante pelo anel de fogo, aquela abominação transmutada em realidade pelo jovem rei tulaniano. Cyrus, o monarca em questão, estava em pé de frente para Kamran, ainda segurando a espada no ar na expectativa de um golpe fatal, mas paralisou ao ver Alizeh, que ia ao encontro dele. Kamran a observou arrancar as chamas do vestido com as próprias mãos, apagando o fogo como se fosse uma luz. Ele se voltou então para si, para o que restara de sua vestimenta desintegrada, depois para o sangue escorrendo por entre as articulações de seus dedos. Ergueu devagar os olhos para Alizeh, com clareza mental suficiente para assimilar que ela emergira do fogaréu ilesa, ainda que com o vestido desfeito. Ele piscou diante da impossibilidade daquilo; só podia estar sonhando ou iludindo-se. Ela não fazia sentido.

Não, nada fazia sentido.

Na pressa, Alizeh quase tropeçou na coroa caída do rei, fazendo o aro rodopiar na direção de Kamran. Ele viu o objeto, e um tremor tomou conta de seu corpo: uma mistura de choque e frio, lembrando-o de que...

Seu avô estava morto.

O rei Zaal estava estirado aos olhos do mundo, o sangue empoçado sob seu corpo sem vida, a expressão paralisada no imperfeito formato oval de um grito de boca aberta. Para viver por mais tempo, seu avô barganhara com o diabo — e, no fim, a Morte devorara o rei de forma rápida e indigna, o soberano e seus pecados desvanecendo de uma só vez. Os músculos expostos e trançados das serpentes gêmeas brancas, ainda agarradas aos ombros pálidos do amado rei, compunham uma cena tão grotesca que despertaram em Kamran um impulso repentino de erguer-se; ele apoiou as mãos trêmulas no chão gélido e perguntou-se, com crescente horror, quantas crianças de rua haviam sido sacrificadas para alimentar as serpentes de seu avô.

Era algo monstruoso demais de imaginar.

Kamran estava nauseado pela desilusão, pela negação. Obrigou-se a ficar calmo, a dominar seus pensamentos, mas uma agonia indefinida agarrou sua consciência, uma dor que parecia emanar de seu braço esquerdo. Ele queria ser outra pessoa. Queria voltar no tempo. Acima de tudo, desejou, sem sombra de exagero, que Cyrus tivesse podido matá-lo.

Os sussurros da plateia até então silenciosa foram se intensificando nesse interlúdio e agora atingiam um tom alarmante, a algazarra despertando em Kamran anos de treinamento e afiada percepção. Sua mente foi se aguçando ao som do falatório, o senso de dever perfurando a névoa do luto, que foi substituído por fúria, concentração...

De repente, um estrondo.

Kamran ergueu o olhar a tempo de ver Alizeh atirando a espada de Cyrus no chão e o jovem encolhendo-se quando o aço cintilante bateu no mármore. O rei estrangeiro encarou Alizeh com espanto semelhante ao de Kamran, o medo entorpecendo suas feições sob os ataques dela.

— Como você se atreve?! — gritou ela. — Seu cretino horrível. Seu monstro inútil. Como você *pôde*...

— Como... Como você... — Cyrus deu um passinho cambaleante para trás. — Como você atravessou o fogo assim? Por que você não... Se queimou?

— Seu homem desprezível, miserável — continuou, com raiva. — Você sabe *quem* eu sou, mas não sabe *o que* eu sou?

— Não.

Alizeh esbofeteou Cyrus no rosto com tanta força que o impacto violento fez o jovem rei cambalear e sua cabeça bater audivelmente contra uma coluna.

Kamran sentiu o choque em seus ossos.

Ele sabia que deveria se regozijar naquele momento, sabia que devia celebrar as ações de Alizeh contra aquele depravado governante, mas sua mente não cedeu ao alívio, pois a cena que se desenrolava diante de seus olhos não fazia sentido.

Cyrus parecia desconcertado demais.

A trepidação em seus olhos, seu assombro perante o ataque dela, os passos cambaleantes que deu para trás conforme ela se aproximava... Nada fazia sentido. Momentos antes, Alizeh insistira para Kamran que não conhecia aquele rei do Sul; mas Cyrus, que mais do que provara sua brutalidade, exibia todos os sinais de pânico na presença dela. Se eram realmente estranhos um ao outro, por que ele se acovardaria diante do ataque de uma garota desarmada que ele nem conhecia? Ela atirara a espada dele no chão, insultara-o repetidas vezes e o esbofeteara — e o jovem rei, que minutos antes enterrara a lâmina no coração de Zaal, nem ao menos erguera uma mão para se defender. Ficara ali parado, encarando-a, e só faltou *permitir* que ela o golpeasse.

Quase como se tivesse medo dela.

Kamran não ousou respirar quando uma suspeita aterradora despontou em sua mente, uma ideia que lhe provocou um espasmo tão agudo que pensou que seu peito poderia rachar.

Desde o início, Kamran ficara intrigado com a transformação de Alizeh no baile. Em questão de horas, seus ferimentos sararam como se por milagre, ela descartara o icônico *snoda* de seu uniforme de criada, e seu vestido de trabalho todo puído fora substituído por uma peça extravagante pela qual nenhuma criada poderia pagar — e, ainda assim, ele negara a verdade, de tão desesperado que estava para absolvê-la de sua farsa. Enfim, ele entendeu.

Ele fora enganado.

Seus olhos avistaram mais uma vez a silhueta caída de seu avô.

O rei Zaal tentara alertá-lo; implorara para que Kamran enxergasse como Alizeh estava presa à profecia de sua morte. E apenas agora que seu avô estava morto, Kamran entendia a magnitude da própria loucura. Todas as palavras tolas que pronunciara em defesa dela, cada atitude estúpida e infantil que tomara para protegê-la...

De repente, Cyrus riu.

Kamran olhou para ele; o rei do Sul parecia pálido e transtornado. De onde estava ajoelhado, Kamran não conseguia ver o rosto de Alizeh; via apenas o horror nos olhos de Cyrus ao encará-la. O jovem que matara o próprio pai pelo trono de Tulan; que acabara de assassinar o rei Zaal, governante do maior império na terra; e que teria também matado Kamran caso tivesse um momento a mais para completar a tarefa. Aquele tirano de cabelos de cobre tentava agora se acalmar, o sangue escorrendo dos lábios, manchando seu queixo. De todos os adversários que poderiam ter encontrado, ao que parecia, ambos acabaram intimidados pela pobre e gentil criada da Casa Baz.

— Maldito diabo dos infernos — xingou o rei tulaniano em voz baixa. — Ele não me contou que você era uma jinn.

— Quem? — interrogou Alizeh.

— Nosso amigo em comum.

— Hazan?

Kamran recuou. Ele não estava preparado para o golpe de mais uma traição, e o impacto daquela única palavra percorreu seu corpo com uma violência contra a qual ele não tinha defesa. Que ela fosse de alguma forma aliada de Cyrus já era tortura suficiente... Mas que o tivesse traído com *Hazan*?

Era mais do que ele poderia suportar.

Fingindo medo e inocência, Alizeh o havia manipulado a cada oportunidade, e o pior de tudo — *pior de tudo* — era que ele tinha caído, por inteiro, em todas as suas manipulações. Desde que a conhecera, Alizeh não largara o *snoda*, lutando para esconder sua identidade até sob uma tempestade; agora, ali estava ela, com o rosto à mostra em meio a um mar de nobres, fulminando o formidável soberano da nação vizinha, exibindo-se para o mundo.

Todo aquele tempo, Alizeh estivera planejando.

Kamran já se sentia golpeado pelo luto e pela fúria; ainda estava se esforçando para digerir a magnitude dos últimos momentos e mal podia organizar seus pensamentos conflitantes sobre o avô. Mas, agora... Agora ele tinha que encontrar sentido naquilo ali? Ele, que se gabava da força de seus instintos... Ele, que se via como um soldado competente, intuitivo...

— Hazan? — Cyrus riu de novo, sua mão tremendo de forma quase imperceptível ao limpar o sangue da boca. — *Hazan*? Claro que não é *Hazan*. — Cyrus então dirigiu os olhos para Kamran e disse: — Preste atenção, rei, pois parece que até seus amigos o traíram.

Alizeh virou-se de súbito para encará-lo, com os olhos arregalados de pânico. Seu rubor de culpa era a evidência de que Kamran precisava. Apenas horas antes ele teria jurado que o desejo dela por ele era tão palpável quanto o toque do cetim contra a sua pele; ele tinha provado o gosto dela, tateado a bela forma de seu corpo. Agora sabia que tudo não passava de uma mentira.

Inferno.

Aquilo era o inferno.

Contudo, dizer que essa revelação partira o coração dele seria uma má representação da verdade; Kamran não estava de coração partido — estava incandescente de raiva.

Ele a mataria.

Qualquer maleabilidade restante em seu coração evaporara-se. Ele fora seduzido pelo canto dissimulado de uma sereia e traído por seu amigo; e quase que cuspira na cara da única pessoa que de fato se importara com o seu bem-estar. O rei Zaal vendera-se ao mal em prol da felicidade de Kamran e recebera em troca deslealdade e traição. Aquela noite sombria não passava do resultado das ações de Kamran, isso agora estava claro para ele. O império arduniano inteiro ficara vulnerável graças à sua fraqueza mental e física.

Nunca mais.

Nunca mais ele permitiria que suas emoções fossem dominadas por uma mulher; nunca mais se deixaria levar por tentações tão instintivas. Kamran jurou naquele momento: a criatura monstruosa da profecia seria morta por suas mãos — ou ele enfiaria uma espada em seu coração, ou morreria tentando.

Mas, antes, Hazan.

Kamran percebeu que os guardas estavam à espreita, esperando ordens, e, com um único olhar, emitiu seu primeiro decreto como rei de Ardunia: Hazan seria enforcado.

Kamran não experimentou nenhuma sensação de vitória ao ver seu antigo ministro capturado e arrastado para longe; não desfrutou de nenhum triunfo ao ouvir os vagos protestos de Hazan reverberando pelo silêncio perplexo do salão. Não, ao forçar-se a levantar, ousando apoiar-se no braço ferido, Kamran sentiu apenas o aumento da fúria aterrorizante. Percebeu que o esforço das pernas era também penoso, pois se encontravam bastante queimadas. Sua pele e suas roupas estavam grudentas de sangue; a cabeça, pesada como chumbo. Era uma verdade que Kamran detestava admitir: ele não sabia quanto mais aguentaria sem a ajuda de um médico. Ou de um Profeta.

Não. Os Profetas reais estavam mortos. Assassinados por Cyrus.

Ao se lembrar disso, Kamran apertou os olhos.

— Iblees.

Abriu-os depressa ao som suave e traiçoeiro da voz dela. O coração de Kamran pôs-se a bater com uma intensidade que o assustou. Ele não sabia o que o perturbava mais naquele momento: perceber que ela e Cyrus tinham no diabo um *amigo em comum* ou descobrir que seu corpo ainda a desejava, ainda se aquecia ao mero som de sua voz...

Ela desaparecera.

Em pânico, Kamran procurou por ela sem sucesso; viu apenas Cyrus, com o olhar cravado no que só poderia ser Alizeh, que um instante atrás estivera falando...

De repente, ela se materializou.

Estava no mesmo lugar, só que agora parecia enevoada, oscilando entre nítida e desfocada, com uma consistência atordoante.

Estaria fazendo isso com ele? Tinha ela acesso à magia das sombras?

Onde antes estava Alizeh via-se agora um borrão leitoso, enquanto sua voz, distorcida e aquosa, reverberava como se estivesse falando de dentro de um pote de vidro.

— Vocêêêê teeem falaaado do diaboooo…

Kamran passou as mãos ensanguentadas pelo rosto. Como se cada nova revelação já não fosse mais aniquiladora que a anterior… Agora também estava cego e surdo?

— Quee iiinteresseee eele teeem na miiinhaaa vidaaa?

As pernas machucadas bambeavam à medida que sua mente se fragmentava; tremendo, buscou apoio no ar antes de tombar sobre uma das pernas seriamente queimada. Kamran quase berrou de dor.

Mas, então, um alento…

O rei tulaniano falou, e suas palavras foram ouvidas de modo lúcido:

— Não é óbvio? Ele quer que você governe.

Um terrível estrondo retumbou na cabeça de Kamran. Não houve tempo para comemorar o retorno de sua audição. Profetizou-se que a criatura demoníaca com gelo nas veias teria formidáveis aliados, e ali estava mais uma prova da sabedoria dos Profetas, das advertências de seu avô…

Ela era ajudada pelo diabo em pessoa.

Kamran *também* conseguiu ouvir quando o murmúrio da multidão se intensificou; os sussurros tornaram-se gritos e histeria. Lembrou-se mais uma vez de que todos os nobres de Ardunia estavam reunidos naquele salão; que os oficiais de alta patente de todos os cantos do império haviam sido reunidos para uma noite de pompa e celebração. Em vez disso, tinham testemunhado a queda do maior império do mundo.

Kamran não sabia como sobreviveria a tudo isso.

Ouviu de novo a risada de Cyrus, depois o escutou dizer:

— Uma *rainha jinn* para governar o mundo todo. Ah, é subversivo de uma maneira tão terrível. A vingança perfeita.

Mais uma vez, Kamran tentou erguer-se. Sua cabeça latejava, sua visão falhava. O salão, o chão, o próprio Cyrus… Todos lhe pareciam bem nítidos, mas Alizeh permanecia mais névoa que pessoa, como um amontoado de halos formando uma silhueta. Mas saber para onde mirar talvez já lhe bastasse.

As confissões daquela noite mais que provavam as advertências de seu avô contra a garota, e Kamran preferia morrer a decepcionar o rei outra vez. Sua espada estava no chão a alguns metros de seus pés e, embora a distância parecesse intransponível, ele se forçaria a vencê-la. Talvez conseguisse enterrar a lâmina no coração dela agora, matá-la agora, acabar com essa tragédia ali, naquele momento.

Mal conseguira dar um passo doloroso rumo à espada quando a silhueta enevoada de Alizeh se afastou de Cyrus; em um instante de sorte, Kamran pôde então ver o rosto dela.

Ela parecia apavorada.

Esse rápido vislumbre perfurou o peito dele no momento preciso em que a catarata cobrindo a sua visão esvaneceu; a silhueta dela de repente ficou nítida e, ah, aquele era um destino de fato cruel. Alizeh era uma inimiga que possuía uma força que ele nunca poderia ter imaginado. Os olhos dela ainda cintilavam com uma emoção que o destruía. Sua farsa era tão graciosa, tão natural... Ela buscou pelo salão como se estivesse de fato nervosa.

Kamran xingou o miserável do órgão que batia em seu peito. Golpeou o esterno com o punho, como se quisesse matá-lo. Em resposta, uma terrível angústia espalhou-se por seu corpo, uma sensação tão brutal que lhe arrancou o fôlego; era como se uma árvore tivesse sido plantada de uma só vez sobre seus pés, com o tronco costurado à sua coluna e galhos enormes atravessando suas veias com violência.

Ele se curvou, sem ar, quase perdendo o momento em que Alizeh olhou em sua direção e saiu correndo de forma inesperada, transpondo de novo o incêndio sem um único arranhão.

Teria ela o visto tentando pegar a espada? Previsto sua intenção?

Era enlouquecedor ver Alizeh fugindo, as camadas transparentes de seu vestido agora duplamente chamuscadas. Ela passou pelo fogo com pouco mais que farrapos de seda translúcida; Kamran conseguiu distinguir cada curva sinuosa de seu corpo, o formato esbelto de suas pernas, o volume de seus seios. E se odiava por ainda desejá-la. Ele se odiava pela voracidade que sentia ao vê-la partir, odiava os instintos que gritavam dentro dele, apesar de toda a evidência lógica do contrário, que ela devia estar em perigo... Que ele precisava ir até ela e protegê-la...

— Espere... Aonde você vai? — vociferou Cyrus. — Tínhamos um acordo... Sob nenhuma circunstância você foi autorizada a fugir...

Tínhamos um acordo.

As palavras retumbaram na cabeça de Kamran repetidas vezes, cada sílaba atingindo sua mente como uma foice, arrancando-lhe sangue. Pelos anjos, a quantos golpes mais seu corpo teria de sobreviver naquela noite?

— Eu preciso ir! — ela gritou enquanto a multidão agitada se abria para que ela passasse. — Sinto muito. Desculpe, mas eu tenho que ir... Preciso encontrar um lugar para me esconder, um lugar em que ele não...

De súbito, Alizeh curvou-se como se tivesse sido atingida por uma força invisível, e foi de imediato lançada para cima, no ar.

Ela gritou.

Kamran reagiu sem pensar, com uma injeção de adrenalina fazendo-o se recompor e resquícios de estupidez compelindo-o a gritar pelo nome dela. Ele se aproximou o máximo que sua ousadia permitiria da catedral de fogo, e a angústia em sua voz certamente o denunciou para o mundo, ou ao menos para si... Mas ele não tinha como pensar naquilo no momento. Alizeh era lançada mais e mais alto pelos ares, debatendo-se e berrando, e Kamran censurou-se pelo sofrimento que experimentou ao vê-la sofrer; mesmo àquela altura, ele não conseguia compreender a batalha travada em seu interior.

— Faça isso parar! — berrou ela. — Coloque-me no chão!

O repentino entendimento forçou Kamran a encarar Cyrus.

— *Você* — acusou, mal reconhecendo a aspereza de sua voz. — Você está fazendo isso com ela.

O semblante de Cyrus enrijeceu.

— Ela fez isso consigo mesma.

Kamran não pôde responder devido ao som de outro grito torturado. Ele se virou a tempo de ver Alizeh rodopiando em direção às vigas do telhado — ela só podia estar sob o encanto da magia das sombras — e, no mesmo instante, perdeu a batalha com a racionalidade. Não conseguia ordenar aquele caos em sua mente, nem responder a uma porção de perguntas que o atormentavam.

Kamran sentiu-se perdido ao vê-la daquela forma.

Alizeh era uma força tão poderosa que declarava o diabo como amigo e tinha no soberano da nação inimiga um aliado. Usara magia das sombras para criar ilusões tão convincentes que ele de fato acreditara nos ferimentos em suas mãos, sua garganta, seu rosto. Ela enganara até mesmo o rei Zaal ao se passar por uma criada inofensiva e ignorante. Ainda assim, porém, ela soluçava agora com uma histeria tão fidedigna que ele...

— Você consegue vê-la.

A afirmação o assustou. Kamran virou-se de novo para Cyrus, examinando por um instante os cabelos de cobre do inimigo, seus gélidos olhos azuis. De tudo que Cyrus poderia ter falado, *aquilo* era particularmente estranho, e Kamran era criterioso demais para ignorar. Cyrus surpreso por Kamran conseguir enxergá-la apontava para uma conclusão simples...

Talvez outros não conseguissem.

Essa teoria não explicava nada, ainda que parecesse, de alguma forma, crucial. Kamran perguntou-se então sobre a causa de sua cegueira temporária, e uma nova onda de medo o atravessou.

— O que foi que — Kamran questionou com cuidado — você fez com ela?

Cyrus não respondeu.

Devagar, o rei do Sul afastou-se da coluna e abaixou-se para pegar a espada. Caminhou até Kamran com uma despreocupação afetada, arrastando a lâmina atrás de si como um cão na coleira; o enervante barulho do aço contra o mármore encobriu por um intervalo os gritos de Alizeh.

— Pensei que ela tivesse cruzado o fogo para *me* punir — falou Cyrus. — Mas agora vejo que ela fez isso para proteger *você*.

Havia uma faísca naquelas íris azuis e, por um segundo, Cyrus traiu-se. Sob sua superfície plácida notava-se algo desesperado, desenfreado, talvez arrebentado. Kamran catalogou o momento como uma espécie de bênção, pois percebeu ali que o jovem era um rei mais fraco do que parecia.

— Você sabe o nome dela — disse Cyrus, a voz baixa.

Kamran quase se sobressaltou, mas não falou nada.

— Como — perguntou Cyrus — você descobriu o nome dela?

Quando foi ouvida, a voz de Kamran soou pesada, fria.

— Eu poderia perguntar o mesmo a você.

— De fato, poderia — redarguiu Cyrus, erguendo um pouco a espada. — Por outro lado, é minha prerrogativa saber o nome de minha futura esposa.

Uma dor lancinante explodiu no peito de Kamran ao mesmo tempo em que um estrondo ensurdecedor ressoou pelo salão. Ele abafou um grito, agarrando-se às costelas ao cair mais uma vez de joelhos, arfando em decorrência da brutalidade do golpe. Kamran não tinha ideia do que se passava com ele, e não havia tempo para especular. Ele só podia forçar as pálpebras a se abrirem a tempo de testemunhar não apenas a destruição de sua casa, como também a chegada de um imenso dragão com escamas iridescentes. Tal visão pareceu drenar o sangue de seu corpo.

Os Profetas jamais teriam permitido a invasão da fera estrangeira nos céus de Ardunia.

Mas os Profetas estavam mortos.

Kamran viu o dragão apanhar Alizeh assim que ela começou a despencar de maneira vertiginosa. O ser monstruoso posicionou a garota com firmeza em seu dorso antes de alçar novo voo, batendo as asas coriáceas e soltando um intrépido rugido. Em um piscar de olhos, ambas, a fera e sua passageira, desapareceram de vista, sumindo na noite através de um buraco cavernoso recém-aberto na parede do palácio.

No caos que se sucedeu, Kamran já não podia negar a devastação de sua mente.

Começou a compreender a dor da perda de seu avô e de cada traição subsequente, como se fossem uma série de pequenas mortes, cada qual uma injustiça violenta, cada qual exigindo um período de luto.

Zaal fora falso. Hazan fora falso. Alizeh…

Alizeh o *arruinara*.

De alguma forma, ele ainda conseguia escutar o tumulto da multidão, sentir o calor opressivo em suas costelas e o frio insistente do piso de mármore sob seus joelhos. Ele não tinha força para se levantar; a dor latejava de modo implacável por seu corpo, em um compasso ritmado que não dava sinais de alívio. Ergueu sem pressa a cabeça e encarou Cyrus. Sentia-se tão arrebentado que a garganta parecia sangrar conforme ele falava.

— É verdade? — perguntou. — Ela se casará mesmo com você?

Cyrus deu um passo à frente, a espada preparada.

— Sim.

Kamran não conseguiria se recuperar.

Contorceu o rosto ao sentir mais uma dor explodindo em seu pescoço e irradiando para os ombros. Sua reação foi tão espontânea que até Cyrus franziu o cenho.

— Fascinante — observou o rei tulaniano antes de erguer o queixo de Kamran com a ponta de sua espada.

O herdeiro de Ardunia mal pôde respirar durante o tormento, mas conseguiu arrastar-se para trás; o movimento provocou um novo dilúvio de sofrimento.

— Você parece estar morrendo.

— Não — Kamran arfou, apoiando as mãos contra o piso de mármore.

Cyrus quase riu.

— A menos que pretenda seguir o destino de seu avô, não acho que tenha outra escolha.

De onde juntou forças, Kamran não sabia, mas conseguiu se erguer do chão com o tipo de coragem que nasce de um homem derrubado — e imprudente.

Kamran estava oco.

No intervalo de uma hora, os fios de sua vida inteira se desfizeram. Ele se sentia febril e fora de si, um pouco como se estivesse em um pesadelo. Mas, de alguma forma, os horrores o tinham fortalecido. Já não lhe restava nada.

Nada a perder.

Ele alcançou a espada como se seu braço não estivesse sangrando, como se a carne de suas pernas não tivesse acabado de ser queimada. Conseguir erguer a lâmina diante do inimigo pareceu um milagre.

Ouviu, então, uma onda de passos sincronizados e, em seguida, um coro de vozes preocupadas com a aproximação dos guardas rumo ao anel de fogo. Kamran ordenou que parassem com um único aceno de mão.

Era ele que devia terminar aquela luta.

Cyrus espiou os espectadores armados, depois fitou o príncipe pelo que pareceu um longo tempo.

— Muito bem — disse, enfim, o rei do Sul. — Para não dizerem que não sou piedoso. Serei rápido. Você não sofrerá.

— E eu — Kamran replicou com uma voz áspera como cascalho — irei me certificar de que o seu tormento seja interminável.

Depois de um lampejo de raiva, a espada de Cyrus cortou o ar em um único golpe cegante, ao qual Kamran respondeu com surpreendente força, mesmo com o corpo destruído tremendo pelo esforço. Suas pernas bambeavam, seus braços berravam de dor, mas Kamran não podia capitular. Preferiria morrer lutando a se render, e foi essa resolução que aqueceu seu peito, que lhe deu nova vida, que lhe injetou uma assustadora adrenalina.

Morreria feliz tentando.

Com um grito gutural, conseguiu investir contra o oponente, fazendo Cyrus recuar. Kamran então avançou, movendo-se com uma rapidez impressionante enquanto Cyrus se defendia. Por algum tempo, Kamran ouviu apenas o som do aço; não via nada além do brilho do metal, ondas de lâminas colidindo e escapando.

Cyrus primeiro dissimulou, mas em seguida saltou para a frente com um furor inesperado — e, tarde demais, Kamran sentiu seu ferimento queimar. Ouviu os gritos da multidão em pânico, mas não conseguiu ver o corte; na verdade, ele mal conseguia identificar que parte de seu corpo fora ferida.

Não havia tempo.

Kamran moveu-se para um segundo ataque, saboreando um breve momento de triunfo quando Cyrus caiu para trás proferindo um xingamento abafado. Sem demora, o rei do Sul aprumou-se de novo, rebatendo golpe atrás de golpe em uma série tão bem coreografada que nem Kamran ficou imune à sua beleza. Havia um prazer raro em lutar contra um adversário à altura; em testar, sem limites, o potencial do próprio poder. Mas essa evidência da destreza de Cyrus — seus reflexos rápidos como raios — apenas consolidavam a certeza de Kamran de que o rei do Sul havia permitido que Alizeh o subjugasse. Para o príncipe, tal comportamento apontava para uma de duas explicações: ou ela era quem detinha maior poder no acordo firmado entre eles, ou ele não quisera machucá-la. Talvez ambas as coisas.

Talvez eles fossem mesmo noivos.

Esse pensamento devastador injetou-lhe mais vida com uma força alarmante e até então desconhecida. Seus instintos estavam mais afiados do que nunca, e ele logo viu uma leve tensão no rosto de Cyrus, o brilho do suor na testa dele com certeza refletindo o da sua. Ambos respiravam com dificuldade, mas, mesmo com o sangue gotejando das mãos, cada movimento seu manchando o piso de mármore, Kamran não cedeu.

Mais uma vez, ele avançou.

Os jovens cruzaram as espadas em uma tacada tão violenta que Kamran sentiu o tremor percorrer seu corpo. Agora estavam paralisados em um embate hercúleo, encarando-se através do brilho de suas lâminas.

Então, sem motivo aparente, Cyrus hesitou.

Por uma fração de segundo, o rei tulaniano contraiu o cenho, distraiu-se, e Kamran aproveitou a oportunidade; golpeou com uma força brutal, obrigando Cyrus a agachar-se. Kamran estava agora com a vantagem — bastaria a ele abater o inimigo. Haveria grande satisfação em fincar a lança no coração de Cyrus; Kamran já sabia que mandaria estripá-lo. Exibiria seus órgãos ensanguentados em redomas de vidro na Praça Real, deixaria os vermes encontrá-los e se banquetearem à vontade.

— Acho que você deveria saber — Cyrus falou com a voz pesada, o cansaço aparente em seu rosto — que algo está se passando com você. Com a sua pele.

Kamran ignorou.

Cyrus estava tentando desestabilizá-lo, e ele não permitiria isso, não quando estava tão perto da vitória. Com um grito súbito, Kamran atacou o oponente uma última vez — e Cyrus caiu no chão, respirando com dificuldade, sua espada ressoando sobre o mármore.

Kamran não perdeu tempo, aproximando-se do rival caído com uma determinação feroz. Por uma última vez, ele ergueu a espada…

E paralisou.

Uma paralisia de tirar o fôlego apoderou-se de seu corpo; uma sensação tão poderosa que Kamran mal conseguia respirar. Como se estivesse preso entre painéis de vidro, ele assistiu à cena: Cyrus ficou em pé, pegou a espada, reuniu sua comitiva e procurou o chapéu. Uma vez que o estranho acessório foi firmado sobre a cabeça do tirano, ele caminhou até a estátua de Kamran e sorriu.

— Resta pouquíssima honra em mim, caro rei melancólico. Com certeza não o bastante para morrer quando mereço.

Ao longe, alguém gritou.

Kamran lutou contra a prisão do próprio corpo, mas sentiu seus pulmões enfraquecendo-se cada vez mais, os órgãos comprimidos de fora para dentro.

Cyrus ainda estava sorrindo.

— Infelizmente — continuou —, uma faísca de humanidade insiste em se manifestar em meu ser. Então deixarei seu coração batendo. De toda forma, é melhor que fique vivo, não é? É melhor sofrer de modo consciente, afligir-se pela perda de seu vil avô, viver todos os dias sabendo que foi traído não apenas por aqueles que odeia, mas também por aqueles que ama… E fracassar tentando governar este patético império.

Kamran sentiu o coração tomando conta do peito, seus olhos queimando, querendo lacrimejar.

Não, ele queria gritar. *Não, não...*

— Estou ansioso por nossa próxima batalha — Cyrus falou, baixinho, tocando o chapéu. — Mas, antes, você terá de me encontrar.

E, então, desapareceu.

DOIS

دو

Por muito tempo, Alizeh não se mexeu.

Ela se sentiu paralisada pelo medo e pela descrença; sua mente tomada por um tumulto de incerteza. Lentamente, a sensação voltou aos seus membros, até a ponta dos dedos. Ela logo sentiu o vento contra o rosto, viu o céu noturno se desenrolar em torno dela, o lençol da meia-noite cravejado de estrelas.

Aos poucos, começou a relaxar.

A fera era pesada e sólida e parecia saber aonde estava indo. Ela respirou fundo, tentando se livrar do restante do pânico, para se convencer de que estaria segura pelo menos enquanto se agarrasse àquela criatura selvagem. Ela se revirou, de repente, com a sensação de fibras macias roçando sua pele através do que restava do vestido fino, e olhou para baixo, examinando o que havia sob o corpo. Ela não tinha percebido que estava sentada sobre um pequeno tapete, que...

Alizeh quase gritou novamente.

O dragão havia desaparecido. Ainda estava lá — ela sentia a fera embaixo dela, podia sentir a textura das escamas da pele dura —, mas a criatura ficara invisível no céu, deixando-a flutuar sobre um tapete estampado.

Era profundamente desorientador.

Ainda assim, ela entendeu então por que a criatura havia desaparecido; sem o corpo do dragão para bloquear a vista, ela podia vislumbrar o mundo lá embaixo, podia ver o mundo adiante.

Alizeh não sabia para onde estava indo, mas, por ora, estava se forçando a não entrar em pânico. Havia, no fim das contas, uma estranha paz em tudo isso, no silêncio que a cercava.

À medida que seus nervos relaxavam, sua mente foi ganhando clareza. Rapidamente, ela arrancou as botas e as atirou na noite. Deu-lhe grande satisfação vê-las desaparecendo na escuridão.

Alívio.

Um baque repentino deslocou o tapete, fazendo-a endireitar-se no lugar. A garota se virou, com o coração mais uma vez acelerado no peito; e, quando ela viu o rosto do indesejável companheiro, pensou que poderia se atirar no céu junto com as botas.

— Não — sussurrou ela.

— Este é o *meu* dragão — explicou o rei tulaniano. — Você não tem permissão para roubar o meu dragão.

— Eu não roubei, a criatura me pegou… Espere, como chegou aqui? Você sabe voar?

Ele riu ao ouvir isso.

— Será que o poderoso império de Ardunia é tão pobre em magia que esses pequenos truques a impressionam?

— Sim — afirmou ela, piscando. Depois: — Qual é o seu nome?

— Que coisa mais ilógica. Por que precisa saber meu nome?

— Para que possa odiá-lo de maneira mais informal.

— Ah. Bem, nesse caso, pode me chamar de Cyrus.

— Cyrus — repetiu ela —, seu monstro intolerável. Para onde diabos estamos indo?

Os insultos dela pareciam ter um efeito sobre ele, que ainda sorria ao dizer:

— Você realmente não adivinhou ainda?

— Estou agitada demais para esses joguinhos. Por favor, diga-me que horrível destino me aguarda agora.

— Ah, o pior dos destinos, sinto dizer. Estamos agora a caminho de Tulan.

O *nosta* queimou contra a pele dela, e Alizeh sentiu-se enrijecer de medo. Ela estava espantada, sim, e horrorizada também, mas ouvir o rei de um império difamar a própria terra assim…

— Tulan é um lugar tão horrível?

— Tulan? — Os olhos dele arregalaram-se, surpresos. — De jeito nenhum. Um metro quadrado de Tulan é mais deslumbrante do que todo o reino de Ardunia, e afirmo isso como uma constatação, não como uma opinião subjetiva.

— Mas, então… — ela fez uma careta —, por que você disse que seria o pior dos destinos?

— Ah. Isso. — Cyrus desviou então o olhar, voltando-se para o céu da noite. — Bem. Você se lembra de quando lhe contei que tinha uma grande dívida para com o nosso amigo em comum?

— Sim.

— E que ajudá-la era o único pagamento que ele aceitaria?

Ela engoliu em seco.

— Sim.

— E você se lembra de como eu lhe disse que ele gostaria que você governasse? Que fosse a rainha jinn?

Alizeh assentiu.

— Bem... Você não tem um reino — explicou. — Nem terra para governar. Nem império para liderar.

— Não. — Ela concordou com suavidade. — Não tenho.

— Então... Você virá para Tulan — falou Cyrus, com um rápido suspiro. — Para se casar comigo.

Alizeh deu um grito agudo e caiu de cima do dragão.

Conforme caía, sentindo o vento bater contra seus pés, ela ouviu uma tempestade de xingamentos vinda de Cyrus. Percebeu, para sua surpresa, que, embora tivesse se jogado em direção à morte, ela não conseguia reagir da forma apropriada.

Alizeh não gritou nem sentiu medo.

Aquela resposta incomum a uma repentina queda livre dava-se, em parte, à ambivalência de Alizeh com relação à guinada atual de sua vida. Ela pensara, ao fugir no dragão, que ao menos conseguiria se livrar das maquinações de Iblees. Não tinha compreendido que suas ações, involuntárias ou não, a haviam atirado ao encontro de seus planos diabólicos. Alizeh não se considerava uma pessoa sentimental; mas, naquele momento, de fato não conseguia nem mesmo se importar com a própria sobrevivência.

Por outro lado, talvez sua calma excessiva tivesse uma razão muito mais simples:

Alizeh sabia que seria salva.

Mal acabara de ter esse pensamento quando ouviu o rugido baixo do dragão contrariado, a batida de suas asas pesadas canalizando fortes rajadas de ar em sua direção. Era a segunda vez em uma hora que Alizeh caía de muito alto e, conforme o ar gelado batia em seu corpo, fissurando a pele, ela percebeu — não sem certo divertimento — que seus metros de cachos pretos haviam-se soltado por completo. As madeixas escuras voavam à sua volta como estranhos caracóis, ou gavinhas inquietas, cacheando-se sobre seus olhos, impedindo-a de ver, e também ao redor da boca, do pescoço e dos ombros. Seu corpo estava rachado pelo vento, abatido e, era bem possível, congelado.

Era verdade que Alizeh sempre estivera com frio; o gelo que a marcava como herdeira de um antigo reino não a permitia sentir, quase nunca, o aconchego do calor. Somando-se a isso a brutalidade da noite de inverno, com os ventos implacáveis batendo sem parar em seu corpo, e o fato de ela estar vestida apenas com farrapos...

Era surpreendente que ainda não tivesse se tornado um cadáver.

Ainda assim, não teve nenhuma reação quando o dragão veio por baixo dela e soltou apenas um grito abafado antes de as mãos de Cyrus a pegarem pela cintura, colhendo-a do ar como se ela fosse uma flor voadora. Ele a puxou com firmeza para cima do tapete, posicionando-a ao seu lado, onde ela aterrissou com um baque de ranger os dentes. Em seguida, ele se afastou dela com uma pressa pouco lisonjeira. Ela acompanhou tudo isso como que por detrás de uma névoa, incapaz de sentir alguma coisa. Sentia-se como uma boneca de pano inanimada.

Tudo parecia irremediavelmente perdido.

Hazan seria enforcado. O rei Zaal estava morto. Kamran...

Kamran estava em perigo.

Os Profetas reais de Ardunia haviam sido assassinados; o palácio, atacado. Kamran estava machucado quando ela fugiu — como ele receberia tratamento sem os Profetas? Por quanto tempo ele ficaria vulnerável antes que conseguissem reunir um novo conselho de sacerdotes e sacerdotisas? Mesmo Alizeh, que testemunhara a devastação de sua vida nas últimas horas, podia ver com clareza como Kamran sofrera uma série de provações similares.

Como se a morte e a desgraça de seu avô não fossem suficientes, Alizeh ainda conseguia se lembrar da expressão de Kamran quando da descoberta da traição de Hazan, quando ele pareceu pensar que ela, também, havia sido desleal...

Não… não, ela não conseguia suportar.

Cada esperança recente, guardada na intimidade de seu peito… Cada esforço feito em todos aqueles anos para construir para si uma vida tranquila e segura… Cada trabalho braçal pesado a que ela se submetera na expectativa de garantir um futuro de tranquilidade…

Ela afastou tais pensamentos de sua mente.

Havia uma parte inconsciente de Alizeh que parecia entender que, se destrancasse a dor de seu coração, poderia não sobreviver. Era muito melhor, pensou, mantê-la presa.

De toda forma, fora o diabo que fizera isso com ela… Que concebera grandes planos para torturá-la… E ali estava a prova disso.

O discípulo dele sentado ao seu lado.

— Você não dirá nada? — perguntou Cyrus com uma suavidade atípica.

Alizeh sentiu os lábios dormentes.

— Não vou.

— Não vai falar nada?

— Não vou me casar com você.

Cyrus suspirou.

Os dois prolongaram um horrível silêncio, engolidos pela escuridão ao redor. O céu magnífico era o único consolo de Alizeh, pois, apesar de estar tiritando ainda mais os dentes naquela atmosfera glacial, ela se recusava a ficar apática diante do mar constelado no qual pareciam navegar e das estrelas que perfuravam a imensidão.

Aquele era um hábito que Alizeh adquirira havia muito tempo.

Catalogar momentos de alegria mesmo em meio ao desastre com frequência a ajudava a manter a mente equilibrada; houvera dias tão desesperançosos em sua vida que Alizeh chegara a contar os dentes apenas para comprovar que ainda tinha algo de valor.

Naquele instante, ela se forçou a ouvir o murmúrio do vento e a cultivar a gratidão por ver tão de perto a lua, em toda sua glória. Respirou devagar ao se dar conta disso, saboreando o frio puro em sua língua e erguendo a mão na noite. Os céus passaram pela ponta de seus dedos como um gato pedindo carinho.

— Supere essa ideia — Cyrus a repreendeu, quebrando o silêncio. — Seus esforços serão inúteis.

Alizeh não olhou para ele.

— Não sei do que está falando.

— Atire-se pelos ares quantas vezes quiser. Não há escapatória. Não permitirei que morra.

— Você sempre expressa esse interesse ardente ao falar com moças? — Alizeh questionou sem vacilar, apesar de seus ossos tremerem de frio. — Se eu desmaiar de emoção e cair de novo, a culpa será toda sua.

Cyrus emitiu um som, quase uma risada, que logo esvaneceu.

— Sua primeira tentativa já nos custou preciosos minutos. Caso insista em se jogar outras vezes, apenas nos atrasará e irritará o meu dragão. Aliás, é um dragão fêmea, e ela não merece passar por isso. Já passou de sua hora de dormir; não precisa torturá-la.

— Cuidado — Alizeh rebateu. — Está correndo um sério risco de sugerir que se importa com o dragão.

Cyrus suspirou e desviou o olhar.

— E você está correndo um sério risco de morrer congelada.

— Não estou — ela mentiu.

Em silêncio, ele retirou o casaco preto sem adornos. Mas, quando se inclinou para colocá-lo sobre os ombros dela, Alizeh o impediu com um gesto.

— Se pensa que algum dia aceitarei outra peça de roupa vinda de você… — ela articulou bem cada sílaba — … o senhor está muito enganado.

Então viu um vacilo no peito dele, uma tensão repentina na mandíbula.

— Não há perigo neste casaco. Foi apenas um gesto de cavalheiro.

Ela sentiu uma faísca quente perto do esterno e arregalou os olhos de surpresa.

— *Cavalheiro*? Você se confunde sempre com tal tipo de homem?

— Com que facilidade você me ofende — ele disse com um olhar sarcástico. — Se fosse outra pessoa, mandaria executá-la.

— Pelos céus, mais poesia! Essas doces declarações são para que eu me encante por você?

Ele lutou para não sorrir, passando uma mão pelo cabelo e olhando as estrelas.

— Diga-me... Será que seria demais esperar que, no futuro, você não torne esses constantes tapas na minha cara um hábito?

— Sim.

— Compreendo. Então a vida de casado será do jeitinho que imaginei.

— Permita-me ser direta: eu o detesto. Preferiria tomar veneno a me casar com você e estou pasma por você pensar que eu consideraria a possibilidade de me submeter a tamanho horror, quando está claro que toda atitude sua atende aos interesses do diabo em pessoa. Você é um desalmado incorrigível. Como poderia se imaginar um cavalheiro, eu nunca vou entender.

Cyrus permaneceu calado por um longo instante.

Ele não a encarou ao falar, nem mesmo quando forçou um sorriso:

— Deixemos o decoro de lado, então. Prometo que nunca mais me aventurarei a ser um cavalheiro em sua presença.

— Há alguma razão, senhor, para traçar uma meta já alcançada?

Cyrus empertigou-se e virou-se de súbito para ela, seus olhos furiosos brilhando sob o luar. Não disse nada enquanto inspecionava, bem devagar, os olhos dela, depois os lábios, então o pescoço, a curva de seu busto, descendo além das linhas estreitas do corpete quase inexistente...

— Você é mesmo um canalha — ela murmurou, odiando o rubor que a atenção dele despertava.

Apesar de toda a escuridão que os cercava, havia também bastante claridade. Ela conseguia enxergar Cyrus muito bem sob a luz das estrelas e o brilho da lua. Não havia como negar: ele tinha um rosto tão deslumbrante que Alizeh não conseguia decidir se era a incendiária cor de cobre de seus cabelos ou o azul penetrante de seus olhos a maior razão de sua beleza. Enfim, ela preferia não decidir, porque além de ser indiferente a essa beleza, nutria uma esperança secreta de, dada a oportunidade, conseguir matá-lo.

— Aquele vestido era para proteger você — Cyrus declarou de forma amarga. — Eu não esperava que você fosse botar fogo nele. Duas vezes.

O *nosta* aqueceu-se contra a pele dela, e Alizeh respirou fundo. Nunca estivera tão grata pelo *nosta*, o pequeno globo mágico, do tamanho de uma bolinha de gude, que distinguia as mentiras das verdades. Ela o havia enfiado bem dentro do corpete antes da abrupta chegada de Cyrus ao quarto da srta. Huda, mas, depois de sua queda espiralada pelos céus, já não se lembrava de sua existência. Recordar-se de que o tinha ajudou a lhe dar coragem, porque agora detinha informações suficientes para saber, sem sombra de dúvida, que Hazan e Cyrus não haviam trabalhado em conluio para ajudá-la — o que significava que Cyrus nunca precisaria saber sobre o poderoso objeto. Não importava quais horrores estivessem por vir, ao menos ela saberia quando ele estivesse mentindo.

Alizeh sentiu uma pontada no coração ao se dar conta disso, porque fora Hazan que lhe dera o *nosta* de presente, e parecia agora um fato consumado que ela jamais fosse vê-lo de novo.

Ele com certeza seria enforcado ao amanhecer.

Fora Hazan que a trouxera de volta à vida, que a inspirara a imaginar um fim para o sofrimento de seus dias. Hazan era prova de que ainda havia jinns à procura dela, que acreditavam nela. Alizeh não sabia a verdadeira identidade dele, isto é, que ele era um ministro da coroa, que trabalhava todos os dias com o príncipe. Ele arriscara a própria vida na tentativa de transportar Alizeh em segurança, e agora pagaria o preço por isso. Era um sacrifício que ela jamais esqueceria.

— Se soubesse que você incineraria o vestido, não teria gastado tanta magia para fazê-lo — Cyrus estava dizendo, balançando a cabeça. — De que lhe serviu, no fim das contas. Era para o vestido escondê-la de todos que quisessem lhe fazer mal; mas, em vez de usá-lo para isso, você o destruiu, revelando sua identidade e suas roupas de baixo para toda a realeza de Ardunia. Deve estar muito orgulhosa de si.

— Perdão? — Alizeh o olhou horrorizada. — Minhas *roupas de baixo*?

— Você tem olhos, certo? — alfinetou ele, encarando-a. — Você está praticamente nua.

— Como se atreve.

Com um só movimento fluido, Cyrus jogou o casaco sobre os ombros dela, surpreendendo-a de tal forma que ela não teve chance de protestar antes de se render, impotente, ao alívio. O calor ainda presente na peça de lã misturava-se com o aroma masculino e inebriante de seu dono, mas isso Alizeh podia ignorar; o casaco pesado cobriu cada centímetro de seu corpo encolhido, com seu forro de seda acariciando e depois reconfortando sua pele rachada pelo vento. Alizeh tentou resistir àquele luxo, mas, por mais que tentasse se repreender em silêncio, não conseguia mexer os braços o suficiente para se livrar do casaco. A satisfação era, na verdade, tão dolorosa que lágrimas traidoras brotaram de seus olhos, e ela teve de morder o lábio para não deixar escapar um som de prazer.

Quando por fim levantou os olhos, encontrou Cyrus a observando, perplexo.

— Você estava mesmo em sofrimento — ele falou. — Por que não disse nada?

Ela não conseguiu encará-lo quando confessou baixinho:

— Estou sempre em sofrimento. O gelo vive em mim como um órgão não desejado; não diminui nunca. Eu quase nunca presto atenção a isso.

— Então o gelo é uma experiência real e concreta? — Cyrus franziu o cenho. — Já ouvi falar disso, é claro, mas imaginava que fosse um tipo de metáfora poética.

Ela havia esquecido: Cyrus conhecia pouco de sua linhagem.

Alizeh apertou os olhos e soltou o ar, grata porque os piores tremores de seu corpo haviam cessado.

— É o gelo que me marca como herdeira do império perdido dos jinns. O frio brutal serve para provar a minha resiliência — explicou. — Os que não conseguem sobreviver à desolação da friagem no corpo também não conseguiriam enfrentar a desolação do trono.

— Vocês existem de verdade, então. Não são meros contos de fadas — Cyrus disse, com a voz baixa.

Alizeh arregalou os olhos.

— O que você quer dizer?

— Eu conheço um pouco do folclore jinn. — Ele se virou para ela. — Realeza sem coroa é o que não falta neste mundo. Pensei que você seria mais uma rainha mimada e descoroada de algum imperiozinho insignificante demais para ser lembrado. Mas você é aquela por quem esperam, não é? Aquela por quem até o diabo está esperando. Isso explicaria as lacunas das charadas que ele me obriga a ouvir. Também explicaria por que ele a cobiça de forma tão desesperada.

— Sim — Alizeh sussurrou, sentindo-se cada vez mais uma impostora. *Ela* é que seria a salvadora de seu povo? *Ela*, que passara os últimos anos de sua vida esfregando chãos e banheiros? — Acho que sou.

Em resposta, Cyrus apenas suspirou.

Quando Alizeh enfim teve coragem de olhar para ele, encontrou-o fitando dentro do chapéu preto enquanto seus dedos circundavam a aba.

Ver isso a fez questionar:

— Hoje, mais cedo, você usou magia para nos transportar para o baile — disse. — Por que não fazer o mesmo para nos levar a Tulan? O dragão me parece um pouco demais.

As mãos de Cyrus pararam. Ele ergueu a cabeça devagar, com os olhos brilhando sob o céu radiante. Não havia censura em sua voz, apenas surpresa:

— Você não sabe mesmo nada sobre magia, não é?

Ela abanou a cabeça.

— Muito pouco.

— Apesar disso, fui informado de que você precisa dela. — Ele franziu a testa. — De que, na verdade, você possui dentro de si seus elementos mais essenciais. Você de fato nem imagina seu destino?

Alizeh sentiu uma pontada de medo ao ouvir isso, um baque conhecido que fez seu coração acelerar dentro do peito. Só então ocorreu a ela o quanto o diabo devia ter falado de sua vida para aquele total estranho. Isso a colocava em uma terrível posição de desvantagem.

— O que mais ele disse sobre mim? — perguntou.

— Quem? Iblees?

A respiração de Alizeh estava rápida; seu medo, intenso. A pergunta tinha uma resposta óbvia, que ela não daria — e Cyrus, que não era burro, logo suspirou.

— Como já falei, ele mencionou apenas que você era a rainha de outro império. Que tinha perdido o trono e estava à procura de um reino em outro lugar. Não me disse que você era jinn. — Uma pausa, e depois: — Ou, se disse, não ficou claro.

O *nosta* aqueceu-se.

— As charadas idiotas dele às vezes o tornam quase impossível de entender — Cyrus murmurou com um amargor no rosto. — Mas isso o coloca em uma posição confortável, não coloca? A comunicação complicada parece muito eficaz para tirar vantagem de humanos suscetíveis.

— Sim — Alizeh concordou, surpresa por se solidarizar com o sentimento do rei do Sul. — Sei bem o que é isso. Ele tem me caçado desde que nasci.

Cyrus a encarou, examinando-a com algo como cautela.

— Não consigo transportar a mim, nem a outras pessoas, por longas distâncias. A meia-vida do mineral é curta demais.

Alizeh não entendeu essa explicação, mas, enquanto refletia se deveria expor o tamanho de sua ignorância sobre o assunto, uma lufada violenta quase a derrubou do lugar. Ela se encolheu ao máximo dentro do casaco, puxando as lapelas para junto de seu corpo, e seus dedos sentiram algo molhado.

Alizeh afastou a mão depressa e a inspecionou sob o luar antes de dirigir a Cyrus um olhar apavorado de desprezo.

— Há sangue no seu casaco.

O olhar frio de Cyrus não deu dicas sobre seu sentimento quanto ao assunto. Ele disse, apenas:

— Tenho certeza de que você tem intelecto suficiente para concluir que seria muito difícil matar um homem sem sujar a própria roupa.

Alizeh desviou o olhar e engoliu em seco.

Só naquele momento ela se deu conta de que Cyrus e Kamran haviam ficado para trás após sua fuga repentina — e antes dela Cyrus estava posicionado para desferir o golpe fatal. Ela sabia que não podia deixar transparecer suas emoções quanto a isso, mas como ficaria em paz sem perguntar? Precisava saber, precisava de um jeito de descobrir se ele havia terminado a tarefa…

— Como foi que o príncipe descobriu o seu nome?

Alizeh teve um sobressalto. Ficou tão tensa que quase derrubou o casaco.

— O quê? — exclamou, virando-se para encará-lo.

A raiva faiscou nos olhos dele.

— Ora, vamos. Estávamos indo tão bem. Para que regredir e voltar aos insultos e às exibições de ignorância. Você se mostrou muito mais esperta do que isso.

Alizeh sentiu o coração falhar.

— Cyrus…

— Como é que ele sabe o seu nome? — ele insistiu. — Até onde eu sei, você se escondia disfarçada de criada. Que razão o herdeiro do império teria para exibir tal intimidade com uma criada?

Alizeh levou os dedos trêmulos aos lábios.

— Você o matou, não foi?

— Vejo que estamos ambos ansiosos por explicações quanto ao recém-coroado rei de Ardunia.

— Você me espanta — ela sussurrou. — Primeiro me aprisiona nesse pacto tóxico, depois exige que eu revele meus pensamentos mais íntimos, como se tivesse algum direito à minha honestidade…

— Como seu noivo, tenho direito de saber a sua história.

— Nós *não* estamos noivos…

— Não se engane — ele a interrompeu — pensando que cheguei a esse ponto degradante da minha vida à base de honra e boa vontade. Eu amarrei a minha vida à sua antes de saber o seu nome, antes de ter ideia de quem você era ou de que aparência tinha. Por que sente tanto prazer em pensar que o meu interesse nesse casamento tem alguma sórdida motivação pessoal, eu não consigo imaginar.

— Diga-me — disse ela em tom de crueldade —, é assim tão emocionante imaginar-se como o único objeto dos meus pensamentos e desejos? Você nega a mim dignidades básicas de modo deliberado, esquecendo-se do detalhe crucial de que estou tão presa a esta situação quanto você, e tudo em nome de sua autopiedade?

Ele balançou a cabeça.

— Nossa, deve ser exaustivo ser narcisista.

Ao ouvir isso, Alizeh riu quase que de maneira histérica.

— Você *me* acusa de narcisismo quando todas as suas ações atenderam apenas aos seus interesses... E a vida dos outros, que se dane?

— E você — ele disse, inclinando um pouco a cabeça na direção de Alizeh —, tão preocupada com seus dramas pessoais que não lhe ocorreu, nem por um instante, *o motivo* de eu ter de me render a um mestre tão desprezível...

— E eu devo sentir compaixão por você? — ela rebateu. — Você, que sem dúvida está sofrendo as consequências dos seus próprios pecados, atraiu uma pessoa inocente para esse esquema horroroso como um charlatão detestável. Enviou roupas mágicas para mim como se fossem por amizade. Fez-me acreditar que estava me ajudando... Que se importava...

— Não fiz nada disso. — Ele desviou o olhar. — Foi você quem tirou as conclusões mais convenientes para si, e aqui está o resultado. Não me culpe por sua ingenuidade.

Alizeh ficou pasma.

— Como? Como você pode não ter nenhum remorso pelo que fez?

Ele a encarou de novo.

— Por que você continua a agir como se eu tivesse *escolha*?

Alizeh recuou, mas Cyrus não.

Ele se aproximou dela, deixando apenas centímetros entre eles, seus olhos brilhantes encarando o rosto de Alizeh com uma nova onda de furor:

— Eu lhe pareço um homem livre agindo por vontade própria? Ou talvez você ache que, após me humilhar executando as exigências obscenas do próprio diabo, eu veria esses seus olhos grandes e ingênuos e mudaria de ideia?

— Não — ela sussurrou. — Não é isso que eu...

— Sim — ele falou baixo enquanto olhou, por um instante, para a boca de Alizeh. — Você tem consciência de sua beleza, imagino. Assim como eu tenho consciência das manobras do diabo e da fraqueza humana. Acha que não conheço o jogo dele? Do primeiro momento em que a vi, suspeitei de sua intenção... Sabia que ele a tinha enviado a *mim* apenas para me torturar... Como se eu fosse ficar tão tentado só de olhar para você que obedeceria a todos os seus desejos, abandonando assim um juramento que assinei com a minha alma e me tornando escravo dele para sempre. *Não*. Não vou me deixar seduzir por você... E você está me subestimando se acha que me deixarei levar por seus encantos.

— Senhor, temo que tenha perdido a cabeça — Alizeh falou com o coração disparado no peito. — Está totalmente enganado sobre mim...

— *Acha que sou bobo* — ele a cortou com raiva, o movimento de sua garganta a distraindo por um momento. — Eu já conheço essa história detestável e sei como ela acaba. Aliás, testemunhei as consequências da sua sedução. Hoje mesmo você partiu um soberano ao meio. Não serei o próximo.

— O que diabos quer dizer com isso? — O pânico a fazia respirar com dificuldade. — Está me sentenciando por crimes que eu nem saberia como cometer...

Ele se inclinou ainda mais, chegando tão perto que ela sentiu o calor sobre os lábios.

— Tente usar esses seus olhos contra mim de novo, e eu mandarei costurá-los.

O *nosta* queimou contra a pele de Alizeh, que se engasgou de pavor, paralisada em seu lugar.

Cyrus recuou.

— Se quiser ingerir veneno após termos trocado os votos, não vou impedi-la. Mas eu *vou* me casar com você — proferiu com firmeza. — Você não tem ideia do que posso perder se esse arranjo se desfizer. Não conseguiria nem imaginar. Então me poupe de suas lágrimas. Não me confunda com o seu rei melancólico, pois vai se decepcionar.

Como que para desobedecê-lo, lágrimas cobriram a visão de Alizeh, embaçando as estrelas atrás dele, embaralhando os traços fortes de seu rosto. A magnitude daquele horror iminente ficava cada vez mais palpável, e Alizeh surpreendeu-se com a profundidade de seu medo. Então, uma única lágrima escapou, e ela viu Cyrus a acompanhar caindo por sua face; limpou-a antes que o sal tocasse seus lábios. O gesto abrupto pareceu assustá-lo.

— Eu odeio você, de verdade — ela sussurrou com a voz emocionada. — De todo meu coração, eu odeio você.

Cyrus continuou a encará-la pelo que pareceu uma horrível eternidade, depois desviou o olhar sem dizer nada.

Perceber o leve tremor em sua respiração quando ele por fim expirou, assim como o vacilo de seus dedos ao tocarem a aba do chapéu, não incentivou Alizeh a comentar nada.

Ela não sentiria compaixão pelo inimigo.

Mas, então… Ao longe…

Alizeh prendeu a respiração.

— Prepare-se — avisou Cyrus com um tom mais suave do que o esperado. — Pode ser um pouco assustador quando visto pela primeira vez.

Ela se endireitou no lugar, esfregando os olhos.

— Ver o quê? — perguntou. — O que estou vendo?

— Tulan.

TRÊS

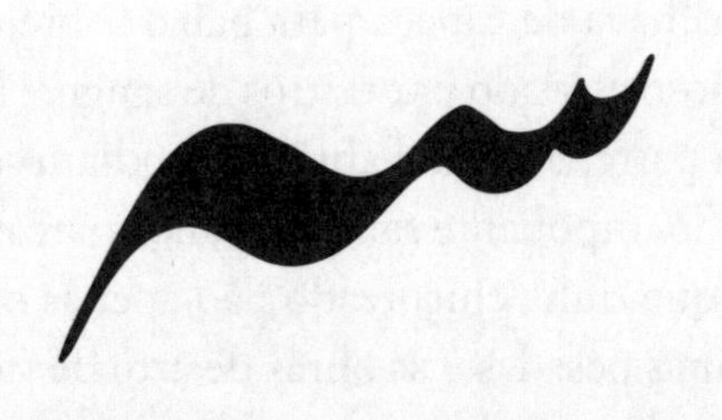

O fogo extinguiu-se com a partida de Cyrus, deixando em seu rastro a impressão carbonizada de um círculo de vários metros de diâmetro, cuja mancha não seria limpa nem com todo sabão e esforço do mundo. O piso teria de ser removido e substituído, mas aquele não seria o primeiro dos muitos trabalhos que havia pela frente.

Antes de consertar o piso, havia problemas mais urgentes para resolver; havia, por exemplo, um rei morto aos pés de Kamran, uma poça vermelha ainda se alastrando sob o corpo inerte enquanto, em seus ombros, as cabeças moles das serpentes gêmeas repousavam sobre as línguas estendidas para fora. A coroa colossal daquele outrora ilustre soberano agora brilhava de cabeça para baixo sobre uma mancha carmim; o chão pegajoso estriado por rastros de sangue: havia evidência do regicídio por toda parte. Fendas e abrasões podiam ser catalogadas em todo o perímetro do imponente salão de baile, marcando o percurso da cauda do dragão, que tinha chicoteado não apenas o mármore, mas as arandelas, as cortinas pesadas e as obras de arte de valor inestimável... Tudo precisaria ser descartado, e haveria uma imediata reposição com novos itens. Ainda assim, a destruição física mais angustiante era talvez a mais óbvia.

Havia uma enorme cratera na parede do palácio.

Era uma cavidade tão grande que lembrava a boca aberta de um estridente bebê recém-nascido; escancarada de forma tão desavergonhada, com um exército de mariposas entrando e saindo pelas enormes bordas esfareladas, como uma horda estúpida e agitada.

Lidar com os detritos do caos daquela noite seria tarefa de Kamran; havia destruição por todo lado: poeira cobrindo os cabelos e ombros de nobres escandalizados, todos eles ao seu redor; bocas aristocráticas amordaçadas por um momento devido ao choque, mãos levadas ao rosto e ao peito e cabeças zonzas entre um e outro horror.

O rei morto, a parede destruída, o herdeiro massacrado...

Sim, havia muito trabalho a ser feito. Dias apenas para varrer os destroços. Kamran teria de encarregar Jamsheed, o mordomo do palácio, da tarefa de contratar pedreiros para reparar tudo o mais com celeridade. Muita coisa estava em jogo; haveria uma semana de luto antes que Kamran pudesse ser coroado rei em uma cerimônia elaborada, após a qual ele, enfim, realizaria o desejo mais apaixonado de seu avô e escolheria uma maldita noiva — qualquer noiva — e só então, só depois de aquele evento sombrio ter sido superado, ele poderia passar para a mais importante das missões: declarar oficialmente uma guerra contra Tulan. Vingaria seu pai e seu avô. Arrancaria a cabeça de Cyrus. Renderia Tulan. E Alizeh…

Não. Não pensaria nela agora; não quando só de pensar nela feridas se abriam no seu âmago. Kamran não conseguiria conciliar tantos horrores de uma só vez.

Antes de qualquer coisa, ele precisaria sair daquela paralisia.

Havia enxames de pessoas se aproximando dele agora, todas o encarando, falando sobre ele como se estivesse morto… Ele recebeu isso como uma terrível provocação, pois a morte parecia um destino muito mais prazeroso do que aquele.

— É a luz, querida, ou ele lhe parece desfigurado?

— Pelos anjos… Que visão aterrorizante…

— Primeiro o rei, agora o príncipe…

— Quem era aquela garota? Alguém sabe?

— É cedo demais para dizer…

— O destino do nosso império…

— Alguém quer tocá-lo? Para ver se ele se mexe?

— Um acontecimento tão feio, tão rude…

— Não se pode simplesmente tocar no príncipe de Ardunia!

— Alguém entendeu o que ela estava dizendo? Eu apenas…

— Mas…

— Pensei que ela estava ajudando, até fugir no dragão…

— Pode estar morta a esta altura…

— Por que não podemos fazer nada pelo rei? Isso é tão desagradável…

— Poderíamos jogar um lençol sobre ele!

— Ou *movê-lo*, seu idiota…

— Magia das sombras! Ah, foi magia das sombras com certeza...

— Ele disse algo sobre uma rainha jinn? Sobre ela governar o mundo?

— Eu também me esforcei para ouvir a garota...

— Está sugerindo que eu toque nessas cobras? Está mesmo sugerindo que eu toque nelas?

— *Onde estão os criados?*

— Total absurdo... A realeza jinn morreu há muito tempo...

— Mas você conseguiu vê-la, então? Às vezes ela parecia ficar embaçada...

— Os criados? Eles parecem ter fugido...

— Olhe, ele ainda está sangrando!

— Ah! É mais provável que você tenha bebido vinho demais...

— Devo chamar minha carruagem, então?

— Apavorante, de fato... Simplesmente apavorante...

— O que *diabos* você acha que está acontecendo com o rosto dele?

É verdade que não havia como administrar tal situação... Kamran compreendia. Mas aquele fluxo de comentários insípidos e improdutivos era interrompido por gritos e berros aleatórios, todos tão agressivos contra os seus nervos em frangalhos que ele desejou, com grande paixão, que a massa de imbecis caísse morta.

Foi necessário cada fragmento de sua energia para manter a mente alerta enquanto a dor golpeava seu corpo, com espasmos elétricos tomando conta de seu peito, seu pescoço, até mesmo de partes de seu rosto. Tão fortes que Kamran não sabia quanto mais conseguiria suportar. Estava bem ciente de que seu corpo sangrava, seus pulmões comprimidos sob o peso cada vez maior da magia.

Apesar de tudo isso, ele ousava esperar que não morreria.

Tinham sido as palavras de despedida de Cyrus que o mantiveram calmo, que impediram sua mente de se perder de vez; parecia claro que, caso seu rival do Sul tivesse o intuito de matá-lo, ele o teria feito.

Mas Cyrus o queria vivo.

O rei insano declarara seu desejo de ver Kamran sobreviver apenas para assistir ao seu sofrimento; aliás, Cyrus parecia ansiar por sua sobrevivência e por sua inevitável luta futura.

Como, então, poderia Kamran ser solto daquela prisão?

Sem dúvida, havia Profetas capazes de desfazer tal mágica, mas estavam espalhados por Ardunia. Levaria semanas para agrupá-los e o quórum necessário na Residência dos Profetas. Mas, com uma convocação de urgência, seria possível trazer ao palácio o Profeta mais próximo.

Até apenas *um* poderia ser suficiente.

Talvez, se Hazan não tivesse se provado um canalha traidor, ele já pudesse ter emitido tal convocação. Sem dúvida, Hazan teria lidado com cada detalhe daquela terrível noite com desenvoltura, caminhando com cautela sobre poças de sangue para conduzir os nobres afrontados até suas respectivas casas com um sorriso no rosto. Mesmo Kamran, que pretendia matar seu ex-ministro, reconhecia isso, e não sem uma pontada no peito. Mas não se permitiu pensar na traição de Hazan; não havia sentido nem tempo.

Se ao menos pudesse falar, Kamran organizaria ele mesmo a multidão. Estaria gritando comandos para aquele mar de imbecis boquiabertos, alguns ocupados demais realizando constituições minuciosas a ponto de desmaiarem nos braços de seus acompanhantes; outros bastante acostumados com a tranquilidade dos tempos de paz para lembrarem como reagir em uma crise.

Era inegável: Kamran detestava os membros de sua classe.

Detestava seu ar pretensioso, suas obsessões com frivolidades, suas competições silenciosas para esmagar uns aos outros com exibições de suposta superioridade. Ele se ressentia por pertencer àquele círculo, do tempo que seu novo papel o forçaria a passar em sua companhia e até de seu direito adquirido no nascimento.

Foi então, em um momento extraordinário, que o futuro rei de Ardunia percebeu que queria sua mãe.

Ela estivera ali.

Ele sabia que sim, pois, mais cedo naquela noite, a vira sentada em um trono ao lado de seu avô. Sem dúvida, ela não abandonara a festa antes de testemunhar as devastações da noite. Ela ainda devia ter um pouco de coração, um pingo de afeição maternal por seu único filho, não?

Por que, então, ela não viera em seu auxílio? Não a incomodava vê-lo sofrer?

Ele gostaria de poder procurar por ela no salão, mas Kamran não conseguia mexer nem mesmo os olhos. As últimas e sinistras advertências de sua mãe começaram a martelar em sua cabeça, lembrando-o de que ele a tratara mal. Ele se assustou ao perceber que ela previra seu futuro apenas algumas horas antes.

Em breve — tinha dito —, *serei tudo o que resta neste palácio. Você vai andar pelos corredores sem amigos, sozinho, e aí vai me procurar. Você vai querer sua mãe apenas quando tudo o mais estiver perdido, e não prometo que vai me encontrar com facilidade.*

Ela estava errada com relação a um detalhe importante: Kamran não podia, naquele momento, percorrer os corredores do castelo, mas, se sobrevivesse àquela noite, talvez ainda houvesse tempo para isso.

Com que despreocupação Kamran descartara aquele aviso.

Agora sua mãe estava ausente; seu avô, morto; seu ministro, algemado nas masmorras. Até mesmo sua tia — com quem falara apenas alguns segundos antes de identificar Cyrus no meio da multidão — havia notoriamente sumido. A verdade de sua situação o atingiu com uma clareza arrepiante:

Ele não tinha ninguém.

Houve um súbito momento de empurrões diante de uma figura sebosa e conhecida, revelada em sua tentativa de abrir caminho entre as pessoas, suas ações enérgicas reverberando através do enxame de espectadores, que, de repente, se calaram ao avistá-la. O ministro da defesa — chamado Zahhak — era um homem magro e calvo de estatura média, cujo rosto parecia com frequência uma superfície refletora: sempre coberto por uma camada de brilho. Naquela noite, sua pele parecia brilhar mais do que o normal à medida que ele avançava, o redemoinho verde-azulado de suas vestes representando as cores da nobre Casa de Ketab. Ele abriu caminho entre as pessoas com um ar de autoridade tão adequado àquela conjuntura que as cabeças se viraram para acompanhar seus movimentos, todos os presentes prendendo a respiração à espera de um pronunciamento que lhes permitiria enfim partir daquele trágico palco e retirarem-se para os seus aposentos em suas casas.

O pavor contraiu o estômago de Kamran.

Ele detestava Zahhak com ferocidade. No dia anterior, Kamran o insultara sem remorso em uma sala cheia de outros ministros. Por mais odioso que o ministro da defesa fosse, a atitude de Kamran tinha sido tola — e foi apenas quando a figura oleosa se pôs a examinar seu rosto paralisado, seus olhos negros redondos faiscando com algo assemelhado a triunfo, que Kamran se deu conta do tamanho do erro. Zahhak era um homem truculento, mas covarde demais para erguer uma espada em defesa própria; em vez disso, destilava em todas as conversas o veneno da agressão passiva, a arma preferida dos covardes.

Sem dúvida, ele desferiria um golpe afiado agora.

— Temo — anunciou com calma, sua voz ecoando no silêncio — que não tenhamos outra escolha além de declarar o príncipe morto.

A multidão arfou, depois recuou em uníssono.

Tão aterrador foi aquele pronunciamento que Kamran sentiu um choque elétrico em seu coração — e, então, com a mesma rapidez, o sentimento foi substituído pela vergonha, pois a magnitude de seu espanto o invadiu apenas como um reflexo de sua estupidez. Seu avô tentara avisá-lo sobre tais maquinações — e Kamran não dera o devido peso às palavras.

Como se invocado de outro plano, ele ouviu o sussurro de Zaal:

Meu garoto, você não entende quão precária é a posição em que se encontra? Aqueles que cobiçam sua posição estão abertos a qualquer motivo para considerá-lo indigno do trono...

Kamran nunca se considerara ingênuo e, no entanto... Não estava suportando mais do que uma hora sem a proteção de seu avô. Tivera seu corpo filetado; o conteúdo infantil de sua mente, revelado; e a verdade sobre sua vida protegida de príncipe, exposta a todos. Kamran era a própria definição de um tolo; ele não previra nenhuma das traições que sofrera naquela noite, tão confortável estava em seu papel, tão certo de sua autoridade no mundo. Agora ele não passava de um animal enjaulado para o mundo observar, despido em questão de instantes de tudo o que antes o definia.

Nunca se sentira tão impotente.

Os murmúrios da multidão ficaram ainda mais frenéticos nesse interlúdio, e Kamran se enfureceu dentro da prisão de seu corpo, o sangue fervendo mesmo que seus pulmões continuassem comprimidos.

Enquanto isso, Zahhak envaidecia-se ao encarar as pessoas, expressando um falso luto em sua voz ao percorrer o salão:

— Meus caros nobres, esta foi realmente uma noite gravíssima. Perdemos nosso imperador e nosso herdeiro no espaço de uma hora, e sob horríveis circunstâncias — alguém soluçou alto —, mas estou diante de vocês esta noite para oferecer uma garantia: Ardunia é um império grandioso demais para ser derrubado, mesmo por essas grandes tragédias. Ainda assim, os detalhes desagradáveis que levaram ao assassinato de nosso amado rei exigirão imenso escrutínio. Um conselho de líderes da Câmara será reunido amanhã, e na reunião decidiremos se a situação pede uma represália, para depois iniciarmos a busca por um herdeiro ao trono. Até lá, como discriminado pela lei de Ardunia, assumirei a coroa de forma interina e, assim que puder, fecharei um acordo de paz com Tulan para que possamos, sem demora, devolver nosso império ao estado de tranquilidade de que aprendemos a desfrutar...

Uma dor explosiva detonou sem aviso no ombro de Kamran, o peso inconfundível de uma lâmina perfurando sua carne em um momento que lhe pareceu surreal. A perfuração despertou dentro dele um frio sobrenatural, um tormento único que atravessou suas veias com tanta violência que ele berrou de aflição. Não sabia que o som havia escapado de seus lábios até ouvir o estilhaçamento da espada, o aço atingindo o chão ao cair de sua mão descongelada, seus joelhos batendo no mármore quando suas pernas cederam, seu corpo descongelado tremendo solto.

A graus angustiantes, Kamran ergueu a cabeça.

O barulho do recinto silenciou-se em um instante, o espanto deixando todas as bocas imóveis diante de tal milagre. Kamran, em sua perplexidade, não ouviu a estupefação desastrada do ministro da defesa, que recuou em desespero; nem se preocupou em analisar os sussurros da multidão, que agora eram retomados ao seu redor. Não, Kamran estava muito mais preocupado com a evidência enterrada em seu músculo:

Ele fora atacado.

Estendeu um braço trêmulo para puxar o punhal de rubi plantado em seu ombro esquerdo, uma ação tão excruciante que ele quase perdeu a consciência. Sentiu como se fosse convulsionar ao examinar a antiga arma, a sala parecendo flutuar diante dele.

Aquela lâmina... Ele *conhecia* aquela lâmina...

Kamran virou a cabeça com dificuldade, seu crânio balançando com a graça de um pêndulo enquanto ele vasculhava os arredores em busca de seu agressor. Pelo menos o milagre de sua libertação tivera uma explicação bastante clara: a brilhante adaga escarlate tinha cortado o feitiço, o que significava que a arma fora fortalecida pelos Profetas para que seu dono se preparasse contra o inimigo, cuja armadura poderia estar revestida com proteções mágicas.

Em si, aquela não era uma descoberta notável, pois tais fortificações eram comuns nas armas reais; as próprias espadas de Kamran ostentavam os mesmos benefícios. Muito mais interessante era o quase assassinato; para Kamran, havia apenas uma pessoa viva que arriscaria matá-lo para que ele sobrevivesse.

A adaga pertencia à sua mãe.

Sem sucesso, ele vasculhou o local em busca do rosto dela, cada vez mais perplexo com suas ações. Sua mãe o salvara. Por que, então, ela o tinha abandonado...

Kamran ficou mortalmente imóvel.

Desta vez, não por magia, mas por medo, pois avistara o próprio reflexo em um espelho estilhaçado na parede ao lado. Abismado, levou a mão trêmula ao queixo, à face, a uma delicada pálpebra.

Antes, os espelhos decorativos adornavam o salão de modo a impactar, realçando a resplandecência dos cristais, o brilho do fogo e a luz cintilante de centenas de lustres, o que elevava a ambientação de uma noite importante a alturas vertiginosas.

Agora o espelho quebrado apenas revelava cenas monstruosas, entre elas uma imagem de si que ele ainda não conseguiria expressar na forma de palavras. Faltava-lhe tempo até mesmo para assimilar aquela transformação, pois foi apenas um instante depois que Zahhak se ajoelhou de forma teatral.

De uma só vez, o rebanho ao redor dele fez o mesmo.

— Alteza! — Zahhak exclamou. — Não ousamos acreditar em tal milagre! Não há dúvida de que nosso império foi abençoado pelos céus!

Kamran examinou o mar de nobres ajoelhados perante ele com um vago nojo. Mesmo agora exibiam uma duplicidade; aqueles impostores curvavam-se sem dizer palavra, imóveis como estátuas mesmo quando seu rei ainda não coroado tinha dificuldade de ficar em pé, com o corpo ferido e sangrando. Não correram para o seu lado, não chamaram um cirurgião, nem trouxeram uma maca para transportá-lo a um lugar seguro.

Não, não parecia lhes importar que ele estivesse morrendo.

E Kamran estava mesmo morrendo.

A restauração de seus movimentos o libertara, sim, mas a reconexão entre físico e intelecto também despertara toda a devastação brutal que seu corpo sofrera naquela noite. Kamran podia sentir que havia algo de muito errado consigo. Era pior do que a destruição de seu rosto — os pulmões tremiam ao respirar; uma dor elétrica pulsava em seus olhos; sua visão falhava conforme uma luz branca e brilhante ofuscava sua vista a uma frequência cada vez maior. Seus braços e pernas chamuscados ainda sangravam em profusão e, o que era pior, já não mais obedeciam a comandos para parar de tremer. Também havia algo errado com seu peito; seu coração parecia bater rápido e devagar ao mesmo tempo e, em sua cavidade, parecia haver uma dor de ossos quebrados.

Podia ser que fosse porque tinha perdido muito sangue, ou recebido um golpe nos pulmões; ou talvez tivesse ficado congelado por tempo demais e seus ferimentos só tivessem se agravado nesse ínterim. Seja qual fosse a razão, a morte parecia agora inevitável. Sem a aplicação imediata de magia restauradora e poderosa, Kamran sabia que perderia logo a capacidade até de falar, pois ficava cada vez mais difícil respirar. Que ele ainda conseguisse manter a compostura era resultado de sua obstinada determinação, e foi um milagre falar com clareza, ainda que respirando com dificuldade:

— Mandem buscar o Profeta mais próximo. Com a máxima pressa.

— Sim, senhor. Imediatamente.

Obrigado a se mexer, Zahhak latiu para um valete a ordem de preparar cavalos e foi deferindo outros comandos para criados que se materializaram das sombras assim que Kamran despertara. Se sobrevivesse àquela noite infernal, a mera fofoca já seria difícil de aguentar.

— Vocês outros — Kamran lançou um olhar turvo para a horda ajoelhada —, podem ir para casa.

Quando a massa permaneceu petrificada, Kamran ficou zonzo de raiva.

— *Agora!* — berrou, os pulmões travados pelo esforço.

A multidão se desfez, embalada por uma série de exclamações e pelo ruflar da seda e do tule das saias, conforme as pessoas disparavam para as saídas em um único respiro.

Enfim, ele estava sozinho. Ou, pelo menos, parecia estar.

Kamran desconfiou que ainda sobravam alguns criados de olhos arregalados à espreita, observando-o, mas não podia nem se mexer, nem correr o risco de gritar de novo, pois a última tentativa diminuíra tanto sua capacidade respiratória que agora cada inspiração era como puxar o ar pelo buraco de uma agulha. Não havia o que fazer; Kamran enfim se abaixou no chão, agonizando na dor implacável que atacava seu corpo. O salão parecia girar quando ele desmaiou, um corpo em meio ao mar de devastação, o cadáver do rei como seu único companheiro, a poça do sangue frio de seu amado avô aproximando-se de seus membros trêmulos.

Se Kamran fosse outro homem, talvez se tivesse permitido cair em prantos. Não sentiu naquele momento mais nada além de um antigo impulso de chorar, mas resistiu, valente, ao instinto de se deixar rasgar pela dor. Nunca se sentira tão desesperadamente sozinho no mundo como naquele momento, preso no cenário de um pesadelo, na decadência da própria carne. Sua mãe tinha sido misericordiosa com ele, mas depois desaparecera. Não restava ninguém em quem confiar, ninguém com quem pudesse contar. Essa percepção ameaçou arrasá-lo, mas ele se recusou a guardá-la em sua mente.

Ele não morreria.

Morrer significava decepcionar o rei pela segunda vez, e isso Kamran não permitiria. Lutou para permanecer consciente mesmo com violentos espasmos afligindo-lhe os ossos; para vingar seu pai, seu avô, ele sobreviveria àquela série de assassinatos de sua alma. Se fosse preciso, ergueria os destroços daquele império sobre seus ombros vacilantes.

— Senhor?

O coração de Kamran se apertou. Cada instinto seu gritava para que endireitasse seu corpo, mas seus membros não obedeciam. Só conseguia ficar ali, com o peito esburacado, até que, sem aviso nenhum, sua visão foi coberta por uma massa de cachos ruivos adornando um rosto assustado e sardento. Omid Shekarzadeh, o moleque de rua cuja tentativa de roubo dera início à terrível virada na vida de Kamran, estava ali, encarando-o.

— *Você* — Kamran conseguiu tossir.

Ele notou as lágrimas marcadas nas bochechas da criança, os olhos vermelhos e inchados. A expressão do menino era um misto de cautela, medo e fascínio. Nenhum dos dois disse nada quando ele se inclinou por sobre o corpo do futuro rei moribundo e tirou de seu bolso um pequeno cubo azul de açúcar.

Kamran enrijeceu ao ver aquilo.

— Acho que eles sabiam, senhor — disse Omid, no idioma feshtoon. — Os Profetas. Acho que eles sabiam o que ia acontecer. Acho que eles sabiam que seriam assassinados.

Kamran sentiu o coração retumbar nos ouvidos. O objeto que Omid tinha nas mãos era uma ração mágica chamada *sif*; lendários cristais azuis eram comprimidos até formarem cubinhos que, segundo a tradição, eram entregues a nobres ardunianos que estavam de partida para o campo de batalha. Tão valiosas eram a vida dos imperadores e de seus herdeiros que os Profetas sempre os enviavam para a guerra com essas porções únicas de reforço. Se o golpe fosse fatal, nada poderia revertê-lo; mas ainda havia muito a ser feito quando se estava a centímetros da morte.

Um *sif* era suficiente para desfazer os piores ferimentos.

— *Bengez* — a criança sussurrou. *Coma.*

— Não… Eu não…

— Eles me deram quando comecei a me recuperar — o menino explicou, baixinho. — Me disseram que deveria guardar sempre comigo, que eu saberia quando usar. — Ele engoliu em seco. — Pensei que fosse para me salvar em algum momento no futuro, sabe. Não tinha me dado conta até agora de que talvez não fosse para mim.

— *Não* — Kamran insistiu de forma mais firme, enquanto via estrelas, estrelas brilhantes desvanecendo em seu olhar. — Se os Profetas o abençoaram com tal presente — ele arquejou —, você não deve... Não deve entregar a outra pessoa...

— Entrego a quem eu bem entender — rebateu Omid, com a raiva transparecendo em sua voz. — O senhor salvou a minha vida. Agora é a minha vez de salvar a sua.

QUATRO

De longe, Alizeh avistou estrelas.

Dezenas de milhares... Ou centenas de milhares... Ou milhares e milhares...

Era impossível dizer, e ela parecia incapaz de chegar a uma estimativa grande o suficiente para dar conta de todas. Só sabia o que estava vendo: uma expansão infinita de corpos celestes densamente reunidos, que pareciam todos tremer à sua aproximação. A essa altura, já fazia horas que estavam em silêncio e, a cada bater das enormes asas coriáceas do dragão, aproximavam-se um pouco mais daquela visão espectral. As luzes distantes pareciam se rearranjar sem parar, reorganizando-se de forma errática.

Por fim, Alizeh sentiu-se confusa.

Estrelas não se moviam daquela maneira.

Ela se virou para o companheiro de viagem para obter uma explicação, mas desistiu ao vê-lo. Cyrus estava sentado ao seu lado com um palpável desconforto, tornado aparente pelo enrijecimento pouco natural de seu corpo — cabeça erguida, ombros para trás, coluna ereta; os olhos fixos no horizonte à frente e os cabelos voando ao vento, com uma mecha ou outra mais longa às vezes cobrindo sua visão. Ainda assim, ele não se movia.

Era impossível saber o que o atormentava, e Alizeh não conseguia se importar com isso. Seus olhos ainda ardiam com os resquícios de lágrimas; ela desprezava aquele ser inescrupuloso, mas, até que pudesse traçar um plano de ação, ele seria muito necessário: suas respostas sobre o que o diabo tinha em mente, sua orientação pelas ruas de Tulan, a oferta de um lugar seguro para ficar enquanto refletisse e fosse decidir o próximo passo. Era uma situação detestável, com a qual ela teria de lidar com o máximo de precaução. Ainda estava pensando sobre isso, ainda examinando os belos traços do jovem, quando a mandíbula dele de repente se contraiu.

— Basta — disparou. — Não quero ser analisado por você. Pare de me estudar.

Um amargor a fez dizer:

— Você não manda em mim.

Cyrus voltou-se para ela, encarando seus olhos com uma intensidade quase alarmante.

— E você por um acaso pretende mandar em mim?

A pergunta era tão chocante que Alizeh recuou.

Cyrus inclinou-se.

— Esqueça esse sonho — ele falou, em voz baixa. — Não há possibilidade de me dominar.

Alizeh ficou tensa.

— Poderia matá-lo agora mesmo.

Ele apenas olhou para ela com um sorriso lento abrindo-se em seu rosto.

— Mate, então — alfinetou. — Mate-me. Não vou interferir.

Ela estreitou os olhos:

— Não descarto aquilo que ainda pode me ser útil.

— Útil? É isso que você decidiu que eu sou? — Ele quase riu. — Você mente para si mesma com frequência?

Ao ouvir isso, Alizeh sentiu uma onda de calor; uma raiva que a conduziu de volta ao silêncio enquanto os dois trocavam um olhar mortal em uma espécie de competição. Alizeh fez o máximo que pôde para permanecer imóvel sob a inspeção minuciosa que Cyrus agora operava sobre ela, mas o peso de seu escrutínio — e em tal proximidade — era demais para suportar. Ele parecia devorá-la com um só olhar, o azul de seus olhos dirigido aos dela sem piedade antes de catalogarem cada centímetro de seu rosto, o ângulo de sua mandíbula, a forma de seu pescoço. Os olhos dele estavam carregados com algo elétrico e agressivo, a energia toda de seu corpo canalizada para aquela única conexão. Alizeh sentiu o calor da lenta avaliação em seus ossos, na ponta dos dedos; seu coração acelerou, entendendo que ele a assustava — e que queria assustá-la.

Alizeh, então, desviou o olhar.

— Como pensei — ele sussurrou. — Você é sensível demais até para aguentar o peso da minha atenção.

Alizeh riu baixinho, sentindo o vento em um dedo, como se a corrente de ar o envolvesse.

— O céu também é sensível — ela disse. — Mas todos que caem em seus braços padecem.

Ela o sentiu enrijecer ao seu lado.

— Você — disse ele, por fim — não é como eu imaginava.

Alizeh não se dignou a responder, preferindo retomar sua contemplação da noite. Estavam iniciando a aterrissagem em Tulan — ela conseguia sentir — e, conforme se aproximavam daquilo que parecia ser um festival de luzinhas, seus olhos arregalaram-se de admiração.

— Diga-me — pediu —, por que aquelas estrelas se mexem? Há magia no céu daqui?

— São duas questões bem diferentes — respondeu Cyrus, cujos olhos se fixaram nela. — Para a primeira: mexem-se porque não são estrelas.

Ela se virou para ele com as sobrancelhas erguidas.

— Logo você saberá que Tulan é coberta por vários céus protetores — ele explicou. — Os vaga-lumes habitam a nossa terceira atmosfera, onde se reúnem em números tão grandes que quase parecem formar pequenas galáxias, ou até mesmo terríveis espectros, quando vistos de longe. Pode ser um pouco estranho para quem não está acostumado a essa visão.

— *Vaga-lumes* — disse Alizeh, virando-se para encará-lo. — Como...

Houve então uma ondulação inesperada de som, uma harmonia delicada que foi crescendo. Ao mesmo tempo, ela se sentiu subitamente sem peso, suspensa no ar pelo intervalo de uma única respiração, antes de despencar em velocidade vertiginosa através de um turbilhão de nuvens. Em desespero, Alizeh agarrou-se ao nada, quase caindo de seu assento, quando fortes vendavais abriram as abas do casaco emprestado e o arrancaram de cima de seu corpo, atirando-o no céu. Alizeh ouviu o grito de frustração de Cyrus, mesmo quando ela mesma estava quase gritando de dor; o frio agredia a sua pele descoberta com uma inesperada brutalidade e, em uma atitude impulsionada por nada além de desespero, ela finalmente encontrou apoio na nuca do dragão, segurando-se como podia enquanto desciam a uma velocidade progressiva. O vento soprava, implacável, contra seu corpo exposto, enquanto seu cabelo espiralava em uma tempestade de suas próprias gavinhas soltas, estalando com a estática.

Foi somente depois que foram arrancados das nuvens e soltos de novo a céu aberto que Alizeh sentiu o brilho do orvalho em sua pele, a pressão úmida de seu vestido esfarrapado contra o corpo. A paisagem abaixo dela agora estava quase nítida, o zunido e o rugido daquele som distante ficando cada vez mais ensurdecedor. Rajadas uivantes ainda fustigavam seu rosto, e o barulho sem nome chegava a um nível quase incalculável de decibéis — até que, por fim, Alizeh entendeu.

O que ouvia era água.

Deviam estar acima do oceano, *tinha* de ser isso. Foi aí que o cheiro de terra molhada encheu sua cabeça, confundindo-a; ela foi consumida, de imediato, pelo revigorante cheiro de chuva e o pesado manto da névoa, este último encobrindo sua visão.

Alizeh lutou para enxergar lá embaixo através da névoa, a condensação cobrindo seu cabelo, o vapor se agarrando aos seus cílios. Ela subiu para mais perto da cabeça do dragão — fingindo não ouvir Cyrus chamando-a de volta — e travou os braços o melhor que pôde ao redor do pescoço da fera antes de pressionar seu rosto mais fundo na névoa. Em meio ao luar estilhaçado, viu o esboço fraco do que parecia ser o fim da terra.

Uma sequência colossal de cachoeiras que nasciam no topo de altas falésias, cataratas desaguando no oceano de alturas variadas e aterrorizantes. A cena era tão sublime que Alizeh experimentou um medo inexprimível e eufórico; nunca tinha visto encostas tão íngremes nem quedas-d'água tão imponentes, e ainda estava tentando digerir a magnificência de tudo aquilo quando se lembrou, de repente, de olhar para cima.

Seu rosto foi recebido por um banho de névoa, um espirro oceânico que vitrificou seu corpo enquanto seus lábios se separavam em sinal de admiração, depois de alegria. Distinguiu as linhas rígidas de torres no céu noturno, o contorno formidável do que só poderia ser um palácio real equilibrado na beira do penhasco, suas fundações plantadas na base de centenas de quedas tão majestosas que a visão a fez prender a respiração.

Água.

Ela mal podia acreditar.

O corpo dos jinns era formado a partir do fogo, mas a água era sua verdadeira fonte de vida. Ao contrário de outras criaturas vivas, jinns não precisavam de alimentos para sobreviver. Foi esse precioso elixir que permitiu aos ancestrais de Alizeh sobreviverem a eras de uma existência congelada e sem sol. Não era nenhuma surpresa, então, que ela se sentisse mais viva quando estava próxima da água, fosse a bebendo, fosse se banhando nela.

Ergueu, então, o rosto para a chuva.

Fechou os olhos, sentiu o turbilhão passar por ela. Estavam se aproximando do castelo com grande determinação agora; quanto mais perto chegavam, mais intensamente ela experimentava a forte garoa — e não fazia nenhum esforço para se proteger. Ao contrário: Alizeh se inclinou ainda mais, lambendo a água de seus lábios, inalando o cheiro de terra encharcada, de musgo e pinho úmido. Não demorou para que ficasse também encharcada e meio congelada, tremendo incontrolavelmente, mas ainda destemida. Seus longos cachos estavam pesados e pingando, riachos serpenteando seu rosto, seu pescoço, correndo ao longo de sua clavícula.

Alizeh não prestou atenção a esses desconfortos.

Não conseguia se lembrar da última vez que experimentara um alívio tão inebriante. Seus banhos diários no *hamam* local não eram nada comparados àquilo, à magnificência de um oceano avassalador, ao poder e à generosidade do mar.

Era como se ela estivesse voltando para casa.

Esse sonho foi cruelmente interrompido por uma palavra nada cavalheiresca dita por uma voz conhecida; os braços de Cyrus vieram de repente ao redor de sua cintura, puxando-a com facilidade do pescoço do dragão e plantando-a de volta em seu assento, o tapete embaixo deles molhado pelos respingos do oceano.

Ele se afastou dela em seguida.

— Pelos céus — ele disse, chacoalhando as mãos para secá-las. — Você está encharcada. Por que está agindo como se nunca tivesse visto água?

Alizeh mal o ouviu. Estava eufórica demais para pensar, mas enfim dirigiu um sorriso a Cyrus, canalizando toda a sua alegria para ele, com olhos apertados, covinhas nas bochechas e o peito palpitante de empolgação.

Cyrus ficou inumanamente imóvel, depois se virou para o outro lado de forma abrupta.

— E você está agindo como se nunca tivesse visto uma jinn — revidou Alizeh, sem fôlego. — Eu adoro água. Vivo por ela.

— Pelo contrário — ele disse, sem emoção, ainda evitando olhar para ela —, já vi milhares de jinns, e nunca nenhum deles quase se atirou no oceano na minha frente.

Alizeh não teve oportunidade de responder; o dragão fez sua última descida abrupta e sem delicadeza, com as asas esbarrando nas cachoeiras conforme aterrissavam, borrifando água doce sobre eles. Alizeh ouviu Cyrus xingar o animal quando bateram com tudo no chão, primeiro as patas da frente, depois as de trás, em uma série de baques que fizeram os dentes de Alizeh trepidarem.

— Ela está muito cansada — Cyrus murmurou, desculpando-se.

Alizeh não disse nada.

Demorou um momento para que pudesse se sacudir para se secar um pouco, restabelecendo seu controle em meio àquele maravilhamento todo. Pararam de modo abrupto em um trecho de terra plana e musgosa em um dos penhascos mais altos, onde o barulho da água era tão alto que os dois não tinham escolha que não fosse parar de falar ou então gritar um para o outro, o que deu a Alizeh o silêncio de que ela precisava para examinar o novo ambiente. Era uma pena que eles tivessem pousado ainda no escuro, pois ela só conseguia distinguir silhuetas na paisagem.

Ainda assim, ficou perplexa.

O castelo torto parecia ter sido forjado de uma pedra preciosa, pois o exterior liso brilhava sob a luz pura das estrelas, refletindo constelações sobre a pele de Alizeh, as árvores e até mesmo a fera ainda ajoelhada embaixo dela. Sem dúvida eram a madrugada avançada, o cansaço extremo e o desgaste emocional da noite anterior os culpados por sua desorientação, mas Alizeh estava tão afetada pelo surrealismo do momento que se sentia um pouco fora de si. Seus ossos pareciam estranhos; mesmo quando estremecia, sentia como se estivesse experimentando a sensação de longe. O gelo começou a cristalizar ao longo de seus cílios, sobre as mechas endurecidas do cabelo. Ela estava tão entorpecida com o frio que mal podia sentir suas extremidades, mas nem assim se apressou a cair nos braços de um destino desconhecido.

Cyrus, enquanto isso, olhou por muito tempo para o que, obviamente, era seu lar — e soltou um suspiro pesado.

Desembarcou com um movimento rápido e fluido, pousando com firmeza de pé e sem se preocupar em olhar para trás, deixando Alizeh tentando descer do dragão de forma deselegante. Ela logo se recompôs e olhou ao redor, tentando absorver a magnitude daquele novo cenário. O ar parecia mais fresco ali — gelado e delicioso, de uma forma que a lembrava de sua infância —, e ela queria mais e mais. Inalou repetidas vezes em rápida sucessão e logo ficou zonza.

Sentindo-se delirante, olhou para cima e engasgou-se.

Enquanto o palácio real em Ardunia era uma obra de arte impressionante, que se estendia por centenas de acres, a fortaleza tulaniana fora forçada a moldar seu tamanho palaciano em um terreno modesto sobre um penhasco íngreme. Alizeh supôs que fosse por isso que o castelo era tão estonteantemente alto.

Mas também podia ser uma estratégia de intimidação.

Pináculos dourados perfuravam os céus acima dela, empalando estrelas, roçando a lua — e desapareciam completamente nas nuvens, que, juntas, coroavam o palácio como um halo.

Alizeh não conseguia nem ver o topo, tão alto era o edifício, e levou a mão congelada à boca, com os olhos arregalados de admiração.

O céu, enquanto isso, começava a dar os sinais do alvorecer.

O peso da noite recuava sem pressa, abrindo um pouquinho as camadas escuras como se fossem cortinas em um palco. A plateia de uma pessoa só ficou impaciente diante da visão, esperando com a respiração suspensa pelo cenário da próxima cena, o próximo ato de sua vida.

Alizeh teve uma terrível sensação de mau presságio.

No entanto, um brilho dourado logo iluminou o mundo, dedos de luz tocando árvores e pássaros como se estivessem contando seus filhos.

Alizeh pensou então em procurar Cyrus, e o encontrou cuidando do dragão, primeiro largando um enorme balde d'água aos pés da criatura, depois sacando do nada uma única maçã, polida em sua camisa antes de ser oferecida ao animal. A fera então abriu a boca com um resmungo doloroso, e espirais de fumaça escaparam de suas narinas antes de ela arrebatar, com uma terrível mordida, a fruta da mão aberta de Cyrus.

Alizeh pensou ter visto o rei insano sorrir.

O rei em questão então acariciou a cabeça do dragão com a ternura de uma criança, depois a deixou com sua água. Caminhou rapidamente em direção a um baú de aço — que parecia ter sido entregue em antecipação à sua chegada — e forçou para trás a pesada tampa, retirando de dentro uma enorme travessa cheia de animais mortos.

Alizeh virou-se de costas.

Ela não precisava assistir ao dragão consumindo sua mórbida refeição; sentiu que já tinha atingido sua cota máxima de imagens sangrentas naquela noite. Além disso, a solidariedade demonstrada por Cyrus naquele momento não a distrairia; sua mente estava passando por uma infinidade de complicações urgentes, e ela se sentiu grata pela solidão, pois assim poderia pensar.

Ainda não tinha decidido o que fazer.

Fugir do diabo era inútil, ela sabia disso, mas participar daquele jogo corrupto parecia igualmente impensável.

Ela não se casaria com Cyrus: esse primeiro passo parecia claro o suficiente. Era o que vinha *depois* que a confundia. Alizeh estava exposta e sendo ativamente caçada por dois impérios — e, embora tivesse conseguido fugir de um, fora facilmente capturada pelo outro, e agora era forçada a desempenhar um papel no plano maléfico do diabo. A teia estava agora muito intrincada; sua existência, muito bem documentada. Não achava que poderia retornar a uma vida de obscuridade até que derrubasse seus inimigos — e que inimigos poderosos ela tinha!

Alizeh cerrou as mãos trêmulas.

Ah, ela jamais temera a morte. Não, era a vida que a assustava, a vida que a traumatizava. Era a lenta tortura da consciência que fazia o possível para arruiná-la. Alizeh deveria ser a salvação de seu povo, destinada a salvar os jinns dos horrores que vinham sofrendo havia séculos. Como poderia não carregar o peso daquele fracasso para sempre? O fardo era dela, e ela o havia carregado mal. Agora estava presa entre um rei enlouquecido e o próprio diabo, e temeu, por um horrível momento, que não fosse capaz de superar isso também.

Uma onda de pânico tomou conta de seu corpo.

Sentiu as pernas bambearem, e os joelhos cederam de repente; ela cambaleou um passo para trás, os pés descalços batendo no tronco da árvore mais próxima. Ela se segurou contra a casca, a cabeça se enchendo com o aroma de pinho. Já se acostumara ao som da água corrente agora, experimentando-o mais como um zumbido reconfortante do que como um ruído perturbador, e, uma vez estabilizado seu coração, ela conseguiu discernir os sons das folhas tremulando e um bando de pássaros cantando melodias ao nascer do sol.

Alizeh respirou fundo e se firmou.

Lembrou a si mesma de se consolar, como sempre fazia, pensando na força que carregava no corpo, na mente, na fé que sempre tivera em si mesma. Ela não era estúpida o bastante para pensar que poderia encontrar um caminho seguro para si naquele estado — suja, destituída de tudo, ignorante em meio a uma paisagem estrangeira. Nem estava delirando o suficiente para acreditar que alguém viria resgatá-la em Tulan. Ela pensou, então, que poderia levar um ou dois dias para avaliar suas novas circunstâncias, esperar um curto tempo até que pudesse formular um plano. Driblar Cyrus, pelo menos, seria a tarefa mais fácil, pois ela sabia que ele não passava de um peão no tabuleiro diabólico.

Era Iblees que ela precisaria derrotar.

Alizeh ainda estava pensando nisso quando ouviu uma voz suave e inesperada chamando seu nome. Seu corpo enrijeceu, tomado pelo medo uma vez mais.

Com cuidado, ela se virou para encarar a pessoa recém-chegada.

CINCO

Kamran permanecia parado diante do espelho, com uma expressão sombria.

Estivera no closet por tempo suficiente para assistir ao nascer do sol e, ainda assim, seu valete, Sina, não finalizara os detalhes do traje real. Os primeiros raios dourados da manhã passavam pela fileira de janelas estreitas ao longo da parede, conferindo uma suave radiância ao rei ainda não coroado. Dos pés à cabeça, Kamran estava trajado de acordo com a tradição arduniana, com variados tons de azul, uma cor que apenas o herdeiro de um trono vago podia usar durante o período de luto. Era uma maneira de mostrar para todo o império que, apesar da dor da perda, ainda havia esperança.

Ainda havia um líder vivo.

Ou, ao menos, lutando para sobreviver, de acordo com as manchetes da manhã.

A mandíbula de Kamran contraiu-se em solidariedade ao seu punho, que amassava uma cópia do jornal matinal de Setar, o *Daftar*. A pressão no papel provocava o único som em meio ao silêncio. O valete de Kamran sabia que o príncipe era taciturno, mas, naquela manhã, depois de todas as provações pelas quais passara na noite anterior, ele estava mais quieto do que de costume, incapaz de resmungar mais do que algumas palavras.

Ele sentia que precisava não falar nada, ou acabaria gritando.

A escolha parecia clara.

De modo dolorido, Sina alfinetou as últimas insígnias militares no bolso do peito de Kamran; a seguir, com cuidado, passou por seus ombros uma fita de cetim, tão fluida em caimento que logo formou elegantes drapeados sobre o peito, com as pontas presas nas costuras laterais da jaqueta por uma fileira de pérolas azul-prateadas. Sina prendeu, então, uma corrente na base do pescoço de Kamran; dela pendiam grandes ametistas hexagonais encaixadas uma de cada lado de uma plaqueta e, entre elas, cordões de diamantes negros reluzentes formavam arcos delicados sobre o torso do príncipe.

Houve um forte rufar de tecido.

O valete trouxe uma capa de veludo azul-escuro, que colocou sobre as costas de Kamran; Sina a atou sobre os ombros do príncipe antes de coroar todo o conjunto com um par de dragonas de metal que imitavam escamas de dragão.

Kamran devia à sua mãe o acesso àqueles itens; só ela teria tido a presença de espírito de encomendá-los. Os detalhes haviam sido providenciados meses antes. Nunca ocorreria ao príncipe preparar o guarda-roupa em antecipação à queda do rei — o que o lembrava não apenas do conspícuo desaparecimento de sua mãe como de sua atual solidão.

De súbito, sua mão começou a tremer e, em resposta, ele flexionou os dedos, fechando no punho mais uma vez as notícias do dia.

O jornal não fora entregue a Kamran sobre uma bandeja de prata ao lado de seu desjejum quente que ele deixaria intocado. Fora entregue em sua mão. Um *snoda* o entregara e logo saíra de perto dele; o homem mal se curvara em reverência ao estender a edição de *O Daftar*, com suas inconfundíveis páginas em verde-claro.

— Perdão, Alteza — sussurrou o criado. — Achamos que deveria saber.

Kamran mal pôde processar o choque.

Nunca em sua vida um *snoda* do palácio tivera coragem de falar em sua presença, muito menos de servir como mensageiro de terceiros, cujas opiniões nem deveriam ser de sua conta. Qualquer outro membro da realeza do calibre de Kamran teria mandado enforcar o criado apenas por essa audácia, mas aquilo despertara no príncipe certa curiosidade.

A princípio, não tinha intenção de ler matérias naquela manhã, pois algo impresso tão cedo devia ser notícia antiga; não houvera tempo suficiente desde a noite anterior para que o jornal pudesse detalhar todos os reveses. Ainda assim, sentiu-se impelido a avaliar o criado por um longo minuto antes de, por fim, aceitar o jornal dobrado em sua mão. O *snoda* então caiu de joelhos com um engasgo mudo, a mão cobrindo a boca ao se rastejar até a porta.

Kamran abriu o jornal de imediato.

A manchete estava abarrotada sob a dobra, com letras impressas escuras e tão amaldiçoadas quanto a morte:

VIDA LONGA AO REI, A QUE CUSTO

As páginas quase caíram de suas mãos, seu coração disparado retumbando de forma terrível entre os ouvidos. O império arduniano era o maior da terra, estendendo-se por um terço do mundo conhecido; se as notícias já tinham sido divulgadas, agora se espalhariam como uma epidemia e, sem dúvida, com o acréscimo de detalhes inventados, fomentando uma histeria generalizada.

Haveria protestos.

Rei morto, Profetas mortos, Príncipe doente

SETAR — É com profundo pesar e confusão que *O Daftar* anuncia o assassinato brutal do rei Zaal. Foi informado do baile real ontem à noite, às cerca de 23h43, que o jovem soberano de Tulan, rei Cyrus de Nara, assassinou Sua Alteza Real. Convidados relataram que o rei foi exposto de modo cruel momentos antes de sua morte, impossibilitado de se defender da acusação de que teria sacrificado incontáveis órfãos para alimentar a magia das sombras que o mantinha vivo de forma antinatural.

O herdeiro do trono estava presente na ocasião da morte, embora tenha sido confirmado por mais de uma testemunha que o Príncipe Kamran sofreu ferimentos graves em um combate com o rei tulaniano, travado em nome da honra.

"Havia um anel de fogo", descreveu um convidado aflito, que prefere permanecer

> **anônimo, sobre a disputa sangrenta entre os membros da realeza. "O príncipe lutou de forma valente, mas foi gravemente queimado. Todos pensamos que estivesse morto até ele gritar para irmos para casa."**
>
> **Até o momento, o estado de saúde do príncipe permanece desconhecido.**
>
> **Outros relatos indicam que, devido às sérias circunstâncias que rondaram a morte do rei, as casas nobres de Ardunia se reunirão a partir de hoje para decidir se deve haver retaliação contra o império do Sul. Em caso afirmativo, essa decisão marcará o fim de um período de paz de sete anos sem precedentes, dando início a uma guerra que, segundo oficiais, pode vir a ser a mais sanguinária da história recente…**

E havia mais.

Mais sobre Alizeh, descrita como uma silhueta misteriosa de jovem mulher cujo nome ele havia gritado — "O príncipe escolheria sua noiva nos próximos dias" — para que todos memorizassem. Havia mais, ainda, sobre precedentes históricos: histórias de outros reis que sucumbiram à diabólica magia das sombras e pagaram caro por isso. O pior de tudo, porém, eram as linhas dedicadas ao embate entre Cyrus e a srta. Huda. Ao que parecia, esta última encontrara tempo para dar entrevistas, descrevendo em mínimos detalhes tudo que sabia sobre Alizeh e revelando até que ouvira o rei do Sul chamar Alizeh de "Vossa Majestade", o que a levou a especular, para os jornalistas, se os dois já eram comprometidos havia algum tempo.

Kamran queria botar fogo em tudo.

Não estava entre as suas obrigações saber o nome de cada convidado do baile — Hazan era quem controlava a lista —, mas devia haver ao menos um jornalista infiltrado. De que outra forma eles teriam conseguido escrever e mandar para o impressor tantas difamações antes mesmo do amanhecer?

O momento pareceu calculado, como se deliberado para deixar sua vida ainda mais tumultuada; ele mal conseguira recuperar o fôlego e já teria de administrar um caos que poderia ter sido evitado com facilidade. Se ao menos lhe tivessem dado a oportunidade de dar entrevista, ele mesmo, talvez tivesse apaziguado seus medos ao demonstrar força — em vez disso, as mentes já pareciam estar em pânico, estimuladas por aquele lixo de matéria. Sem dúvida deviam estar caçando a próxima baboseira para publicar e lucrar com a sua dor.

Assustado por um movimento repentino, Kamran tirou os olhos do espelho, no qual fitava o próprio reflexo sem piscar.

Sina curvara-se para ele.

Com o coração ainda dolorosamente disparado no peito, Kamran obrigou-se a se acalmar, encarando por um tempo longo demais o topo da cabeça do homem mais velho, com seus cachos castanhos, que estavam se tornando grisalhos. Fazia anos agora que ele era seu valete; sempre quieto, magro, com etiqueta impecável. Com grande deferência, ele apresentou a Kamran um par de luvas de pelica azul-escuras.

— Se quiser, senhor. — Foi tudo que disse.

Em resposta, Kamran examinou sua mão esquerda, as veias douradas marcando a pele ao longo dos dedos e subindo até o punho, depois debaixo da manga, onde ele sabia que continuavam braço acima...

Por um breve momento, fechou os olhos.

Nunca fora vaidoso, mas nem por isso se fingia de cego. Ser um membro da realeza com algo mais do que um título era um fato consumado para ele; uma espiada seria o bastante para confirmar que Kamran era dono de uma beleza incomum. Não havia como comparar a magnitude de sua beleza com a de seus iguais, da mesma idade ou mais velhos. Além disso, Kamran fora bem alimentado e bem-criado; treinava com espadas e cavalos; vestia a armadura completa desde a infância. Como resultado, tornara-se algo próximo da perfeição. Nunca se impressionava com seu reflexo, pois já se acostumara ao esplendor de sua face e de seu corpo.

Agora, ele mal se reconhecia.

Havia ainda a moldura de um jovem bonito: seu corpo forte ainda parecia robusto, sua pele morena ainda reluzia e o cabelo escuro ainda estava espesso e brilhante. Mas, sobre aquela base de beleza inigualável, havia agora um sinistro verniz. Desaparecera a aura de um nobre príncipe charmoso; Kamran parecia-se agora com alguém que assava frangos no espeto e incendiava vilarejos na calada da noite para depois se refestelar com as vísceras dos inimigos.

Lentamente, o príncipe ergueu a mão machucada até a face também ferida.

No início da noite anterior, estava convicto de que a maioria das mulheres ficaria feliz de ser sua esposa; mesmo se não gostassem dele, não sentiriam repulsa com a perspectiva de partilhar sua cama.

Hoje, ele já não tinha tanta certeza.

Os trajes suntuosos escondiam um corpo que parecia ter sido atingido por um estranho raio; a marca dourada com que fora abençoado ao nascimento — colocada nele pelos próprios Profetas — antes repartia seu peito e torso com uma linha fina e elegante. Era tradição que o herdeiro do império de Ardunia fosse tocado pela magia, para que carregasse a evidência de seu direito adquirido no nascimento na própria pele, sendo reconhecido para sempre como o verdadeiro herdeiro do trono.

Nunca houve notícias sobre mutações naquela magia.

Mas, agora, a linha lisa e dourada tinha se partido por toda a sua pele, como teias brilhantes serpenteando pela parte superior esquerda de seu corpo; as veias cintilantes cortando o pescoço, o rosto e, por fim, avançando até seu olho esquerdo, conferindo à íris uma cor inumana.

Ele agora exibia um olho escuro e outro da exata cor do ouro, algo tão desorientador que quase gerava dúvida quanto à magia original, que agora parecia rejeitá-lo.

— Alteza?

O som hesitante da voz de Sina arrancou o príncipe de seu devaneio; ele o encarou sem vacilar, fingindo não notar quando o homem mais velho se encolheu um pouco.

— Sem luvas — recusou Kamran.

Sina fez mais uma mesura.

— Como desejar, Alteza.

O valete o rodeou por mais alguns minutos, usando uma escova de cerdas duras para remover qualquer fiozinho que teimasse em ficar grudado à roupa. O barulho do atrito das cerdas contra o tecido quase fez o rei não coroado adormecer.

Dizer que Kamran dormira mal naquela noite era como observar que a Terra era redonda; apontar o óbvio não ajudaria o jovem a desanuviar sua mente mais depressa. Ele mesmo obtivera prova de sua exaustão ao ver seu reflexo abatido e desfigurado: olheiras tingiam seu rosto; os músculos do pescoço exibiam a tensão; a mandíbula estava travada. Luto, exaustão, traição... Não saberia escolher qual era o pior agressor.

Sem aviso prévio, Kamran começou a sentir ondas de calor e calafrios pelo corpo, os nervos ardendo como se formigas bailassem sob sua pele. O desconforto era tal que ele queria se arrancar do próprio corpo. A impaciência de Kamran era como um sintoma de sua inação. Sua necessidade de agir era fruto do desejo de controlar o medo, um medo que resultava diretamente de uma conclusão a que chegara:

Seu tempo estava se esgotando.

Ele não sabia explicar o *porquê*, mas tinha certeza disso; como evidências, tinha apenas sensações e memórias; um mar de nobres comentando sua paralisia de forma insensível; Zahhak anunciando sua morte sem nem ao menos verificar; a falta generalizada de auxílio após o seu despertar.

Talvez fosse suficiente saber que, quando — e enfim — Zahhak retornara ao castelo com um Profeta a tiracolo, não conseguira disfarçar nem o espanto nem a raiva ao descobrir que o herdeiro de Ardunia ainda estava vivo. Kamran havia ordenado que trouxessem ajuda o mais rápido possível; em vez disso, o ministro da defesa levou horas e horas para retornar ao palácio, e era certo que, durante aquele tempo, estivera convencido de que Kamran sucumbiria à morte.

Mas fora nítido o choque ao descobrir o príncipe se banhando, sem grandes problemas, em uma banheira de cobre, tentando lavar o corpo de todo aquele espetáculo.

Kamran talvez fosse inexperiente, mas tinha noção o bastante para perceber quando os inimigos conspiravam. Logo, temia, os nobres iam elaborar um argumento forte o suficiente para lhe roubarem a coroa, o império, o *direito adquirido ao nascer*...

Incapaz de permanecer mais tempo parado, Kamran limpou a garganta, e Sina enfim recuou.

— Vossa Alteza — disse o valete, curvando a cabeça. — Perdoe-me. Fui obrigado a me desfazer dos seus trajes de ontem, embora tenha engomado e perfumado todo o resto que o senhor vestira mais cedo, antes da festa. Se precisar dele, seu manto o espera em seu quarto.

Kamran assentiu sem tirar os olhos de seu reflexo, nem mesmo quando Sina se moveu em silêncio para a porta, fechando-a atrás de si.

Só quando teve certeza de que o valete o deixara, Kamran fechou os olhos, permitindo aos ombros relaxarem apenas por um momento enquanto respirava lenta e profundamente. Havia muito a ser feito nas horas adiante, e tudo era urgente.

Faltava ainda uma semana para que fosse coroado rei.

Uma semana durante a qual ele sabia que lutaria contra as maquinações dos próprios oficiais, além de todo o resto. E pretendia dedicar seus dias corrigindo os desastres que haviam assolado sua casa, seu trono, sua vida. Mas, antes, havia uma pendência a resolver.

Tinha de matar Hazan.

SEIS

Os instintos de Alizeh foram aguçados quando uma mulher mais velha apareceu, do nada, diante dela. Vinha como se flutuando por um caminho tocado pelo orvalho com uma elegância que Alizeh admirou de imediato. O vestido azul-claro da estranha era adornado com dragonas franjadas feitas de safiras, e camadas de cetim ondulavam em torno de suas amplas curvas na brisa da manhã. Seu cabelo era da cor do próprio fogo, de um vermelho e um dourado chocantes, mas levemente raiado de cinza. Os cachos sedosos caíam sobre um único ombro, presos em intervalos com anéis de brilhantes.

Sua beleza era de tirar o fôlego, não havia como negar, mas foi nos olhos da mulher que Alizeh encontrou razão para o verdadeiro espanto, pois viu em sua expressão um entusiasmo que a surpreendeu tão completamente que acabou dando um passo para trás. Uma suspeita terrível surgiu dentro dela; mas, mesmo quando Alizeh vislumbrou o diadema no topo da cabeça da mulher, raciocinou consigo mesma que poderia estar errada... Que a senhora que se aproximava dela agora poderia ser qualquer uma, menos...

— Mãe, espere...

O corpo de Alizeh paralisou ao som da voz de Cyrus, o pânico fazendo seu coração bater furiosamente no peito.

Cyrus surgiu entre elas — a mão erguida, como se para intervir —, depois recuou abruptamente, como se tivesse sido atingido por algo, ao avistar Alizeh. Seus olhos se arregalaram, como sinal de algo que só poderia ser descrito como pânico.

Calor explodiu em seu corpo.

Poucas vezes Alizeh tivera seu rosto ruborizado a ponto de se sentir de fato quente, mas aquela humilhação era realmente aguda. Ela quase se esquecera de seu estado.

Momentos atrás, havia feito um inventário de si mesma e descartado os resultados, confortando seu orgulho com a segurança de que não encontraria ninguém tão cedo. Agora os crescentes raios de sol derretiam a geada de seu cabelo e dos cílios, a luz a cobria tão por inteiro que não havia nenhuma esperança de escapar aos olhares.

Alizeh parecia uma mulher de má reputação.

Estava encharcada; os restos de seu corpo incinerado duas vezes com um vestido agora totalmente transparente; a seda translúcida grudada em sua pele molhada de maneira tão escandalosa que parecia mais chocante do que uma exibição de nudez. Não ajudava, ainda, o fato de suas meias terem se desintegrado no fogo, ou que as mechas soltas e encharcadas de seu cabelo estivessem tão pesadas que agora roçassem sua cintura, realçando suas curvas e enfatizando a ondulação suave de seus quadris, suas pernas brilhantes expostas até as coxas. Pouco mais era exigido da imaginação quando seus seios estavam quase nus para o mundo, poupados apenas por um farrapo de modéstia preso por um espartilho tão queimado e encharcado que havia escorregado até uma altura perigosa — um só movimento infeliz, e ela estaria exposta de maneira tão erótica que Alizeh pensou que poderia se desintegrar ali mesmo.

Mas parecia paralisada.

Enquanto estava congelada naquela humilhação nauseante, Cyrus e a mulher que Alizeh teve de presumir ser a mãe dele a avaliavam em silêncio. Alizeh sabia que a opinião daquela desconhecida não deveria lhe importar, mas não adiantava... Sua dignidade fora rebaixada.

A senhora logo se recompôs, seu sorriso vacilando apenas um instante antes de voltar mais forte; na verdade, dos dois, era Cyrus que parecia mais perturbado.

Alizeh escolheu se concentrar na mãe. E esta logo diminuiu a distância entre elas, pegando as mãos de Alizeh com uma familiaridade perturbadora.

— Você deve ser Alizeh — disse a mulher, quase a cegando com um par de olhos azuis parecido com outro que ela já conhecia. — Eu sou Sarra. Não posso expressar como estou feliz por você finalmente ter concordado em vir.

Alizeh piscou, o choque deixando-a em silêncio por um momento, antes que gaguejasse:

— Eu... *Concordei* em vir?

O sorriso de Sarra se aprofundou.

— Eu estava tão ansiosa para conhecer a minha jovem futura nora! Cyrus não falou de outra coisa nos últimos meses, mas manteve os detalhes tão secretos que eu estava começando a desconfiar que você talvez não existisse.

O *nosta* acordou, aquecendo o peito de Alizeh. O calor queimava sua pele e instigava seu coração a bater com força.

Muito devagar, Alizeh virou-se para olhar para Cyrus, que agora estava fitando fixamente o horizonte. Ela quase cavou buracos na cabeça dele com o seu olhar, mas ele não se virou. Ainda olhando para o rei, Alizeh disse com irritação:

— Cyrus tem falado sobre mim? *Há meses?*

Enfim, ele se voltou para ela com olhos estreitos em sinal de advertência, o que só a deixou ainda mais furiosa.

— Estranho, não é — Alizeh continuou — que ele soubesse sobre mim por todo esse tempo, apesar de eu... — ela olhou para Sarra — ... só tê-lo encontrado esta noite, a senhora sabia disso? — Ela hesitou, então franziu a testa para o sol. — Ou suponho que tenha sido ontem à noite. Independentemente disso, não posso deixar de questionar por que ele nunca se incomodara em se apresentar para mim antes, ou me perguntar se eu gostaria de vir para cá antes de *me enganar para que eu viesse...*

— Você deve estar muito cansada — disse Cyrus, sem rodeios. — Isso não é hora...

— Pelo contrário — disse Alizeh, dirigindo-lhe um olhar flamejante que teria feito um homem mais fraco recuar. — Eu acho que este é o momento perfeito para dizer à sua mãe que não tenho absolutamente nenhuma intenção de me tornar sua esposa...

Sarra riu alto de repente, e o som oco e inautêntico chamou a atenção de Alizeh.

A senhora não largava suas mãos.

Havia algo de desesperado na maneira como Sarra apertava os dedos de Alizeh — com uma pressão que beirava a dor, que parecia expressar todo tipo de coisa não dita. Alizeh não tinha certeza, mas, quando reparou nos olhos tensos da mulher, foi atingida por uma vaga suspeita de que Sarra estava com medo.

De quê, ela não sabia.

— Você e eu vamos nos dar muito bem — disse a mulher com avidez, seu foco ainda no rosto de Alizeh. — Eu estava tão ávida para conhecê-la, e agora sei que seremos melhores amigas.

Mais uma vez, o *nosta* aqueceu-se, deixando Alizeh um pouco zonza de espanto.

Muito bem, então.

A situação parecia exigir uma abordagem mais direta.

— Seu filho — ela disse, enunciando cuidadosamente cada palavra — é um mentiroso. Um canalha. E um criminoso. Há pouco ele assassinou o rei de Ardunia, sem dúvida garantindo com isso que seus impérios entrem em guerra. E, embora eu não lamente a perda daquele rei, lamento as incontáveis vidas inocentes que logo serão perdidas como resultado das decisões estúpidas de seu filho. No pouco tempo que passei em sua companhia excruciante, fui exposta à sua grosseria, crueldade e repulsiva arrogância e, se eu não tivesse decidido que ele poderia se provar útil para mim no curto prazo, já o teria matado. A senhora, por outro lado, me parece bastante gentil, mas deixe-me ser clara: não tenho absolutamente nenhuma intenção de me tornar sua nora, nem recomendaria me deixar sozinha com seu filho, pois posso matá-lo sem aviso prévio...

— Temos tanto para conversar! — exclamou Sarra, segurando as mãos de Alizeh agora com um fervor que lhe pareceu assustador.

A mulher sorriu para ela, com um brilho de emoção nos olhos e exalando o que só poderia ser descrito como uma completa alegria — de modo que Alizeh foi forçada a se perguntar, em um momento de pânico, se Sarra não era tão insana quanto seu filho.

— Que simpatia você é — disse a senhora gentilmente, uma única lágrima traçando um caminho limpo por sua face. — Que conversas felizes com certeza teremos.

Alizeh empalideceu.

— O que importa é que você esteja aqui — Sarra disse em voz baixa, sem largar as mãos de Alizeh, nem mesmo para enxugar os olhos. — Você finalmente chegou, e agora tudo ficará bem.

Algo estava errado, de cabeça para baixo. Ou não? Aquela mulher estava fora de si. Ou não? Ou Alizeh estava tão delirante que a mulher apenas *parecia* louca?

Alarmada, ela olhou em volta, seus instintos incitando-a a escapar, identificar todas as saídas possíveis... Mas não havia nenhuma. Alizeh estava no topo de um penhasco traiçoeiro, ao pé de um castelo vultoso em um império estrangeiro, onde o sol nascente brilhava, impiedoso, pelos jardins reais. A metros dali, um cansado dragão aninhou-se sem cerimônia, sacudindo a terra ao adormecer, as súbitas exalações de sua respiração formando um arco-íris com o borrifo de tantas cachoeiras.

A saída óbvia dali, ela raciocinou, devia ser através da própria cidade real.

O coração daquele império devia ser acessível pelo castelo, mas Alizeh duvidava que pudesse dar um único passo em direção ao palácio sem ser interceptada. O que significava que poderia lutar até a morte...

Ou pular.

Ela teria que se jogar na água, nos braços de cascatas frenéticas e violentas, que, caso sobrevivesse, apenas a jogariam no lendário rio Mashti, um curso de água tão vasto e violento que suas correntezas espumantes eram lendárias, conhecidas por terem devorado, em mais de uma ocasião, os navios que ousavam se aventurar por elas. A isso, ela sabia que nunca sobreviveria, mas mesmo a pequena chance de que pudesse sobreviver não fazia sentido: do rio, seria então atirada para o mar, o que só a deixaria à deriva, no meio do nada.

Alizeh respirou fundo, tentando dissimular calma.

Parecia não ter dormido por dias; estava delirando, congelada, quase totalmente nua e ainda pingando sob a luz da manhã. Olhou para os pés descalços, depois para aquelas algemas — o aperto de ferro com que Sarra mantinha presas suas mãos nas delas.

Se não fosse pela adrenalina correndo em suas veias, Alizeh duvidava de que conseguiria ficar de pé por muito mais tempo. Encontrava-se em terrível desvantagem.

Conformando-se, disse em voz baixa:

— Muito bem.

O olhar de Cyrus se aguçou com isso, seus olhos revelando um brilho de surpresa. Com um gritinho feliz, Sarra enfim soltou as mãos de Alizeh, agora batendo palmas de alegria.

Alizeh recuou no mesmo instante.

O rei do Sul caminhou cautelosamente em direção a ela, observando Alizeh com a precaução de um caçador que se aproxima de um lobo raivoso.

— Você virá de bom grado? — ele perguntou, suas sobrancelhas juntas. — Vai se casar comigo sem protestar?

Estavam perto o suficiente para que Alizeh pudesse tocá-lo se quisesse. Ela poderia levantar um dedo para os seus sedosos cabelos de cobre, com mechas ondulando sobre a testa, sua pele dourada reluzente sob a luz. Seus olhos azuis eram luminescentes e frios e, por um breve momento, Alizeh pensou sentir nele o que ainda carregava dentro de si...

Uma dor vasta e sem fundo.

Ela ficou na ponta dos pés, pedindo com o corpo que ele viesse para mais perto — o que ele fez, aproximando-se dela sem se dar conta do que fazia, até ela quase tocar sua orelha com os lábios, sussurrando ao seu ouvido como se fossem amantes a se provocar:

— Escolha a sua arma, senhor.

Cyrus recuou de modo tão repentino que quase tropeçou, a raiva recém-atiçada ganhando vida entre eles. Com seu peito arfando, o maxilar cerrado, ele parecia prestes a implodir de fúria.

— Isso é de uma terrível inconveniência para mim — disse ela, jogando os ombros para trás, plantando os pés firmes no chão. — Mas vou ter de matá-lo agora.

Alizeh ouviu Sarra rir.

SETE

Kamran caminhava pelos corredores como um garanhão finalmente autorizado a galopar. Movia-se com uma rapidez que quase deixava transparecer o nervosismo, seus passos ecoando no silêncio, a presença percebida apenas por ocasionais *snodas* apressados, todos parando no lugar ao vê-lo e ajoelhando-se de imediato, quase derrubando bandejas de cobre, fazendo ressoar o som dos cristais colidindo entre si.

O príncipe passou por aquelas estranhas demonstrações sem expressar surpresa, mas a verdade é que elas o deixavam desconfortável, pois não estava acostumado àquele nível de servilismo. Ainda levaria mais uma semana para ser coroado rei; até lá, não sabia se esse comportamento era normal.

Mais uma vez, sua mente se voltou para Hazan.

Hazan, em quem ele sempre confiara para mantê-lo informado, justamente, sobre esse tipo de coisa. Que sempre estivera lá para corrigi-lo e orientá-lo. Seria possível que *tudo* não passasse de uma mentira?

Não, Kamran era muito perspicaz.

Confiava demais em seus instintos para acreditar em tal façanha. A traição de Hazan devia ter sido um acontecimento recente. Kamran, porém, não conseguia entender *por quê*.

Por que razão, depois de anos de lealdade, Hazan se voltaria contra ele... Viraria as costas para um império ao qual sua família servira por décadas? Ele sabia, de alguma forma, dos crimes do rei Zaal? Hazan vingara-se de seu avô ajudando o monstro que estava destinado a destruí-lo?

— *Hejjan?*

Kamran irritou-se com o som da voz familiar.

— *Hejjan, septa... — Senhor, espere...*

Ele não esperou.

O príncipe sentia sua capa ondular sobre os ombros enquanto se movia, a batida constante de suas botas sobre o mármore verde como um metrônomo cujo ritmo ele devia acompanhar. Hazan estava algemado nas masmorras esperando para morrer, e Kamran queria acabar com aquela situação odiosa o mais rápido possível. Estava atormentado por uma inquietação que o fazia se sentir mal. Em um momento de honestidade, podia até admitir que não desejava, de fato, matar o único homem que já chamara de amigo e, se não conseguisse executar o traidor de imediato, temia perder a coragem de fazê-lo.

Omid corria para acompanhá-lo, um pouco sem fôlego, quando disse em feshtoon:

— *Lotfi, hejjan, septa.* — *Por favor, senhor, espere. Há algo que preciso lhe dizer.*

Kamran não diminuiu o passo.

— Ele está pronto?

— *Han, hejjan. Bek...* — *Sim, senhor. Mas...*

— Então devo ir.

— *Bek...*

— Você deve ter outras coisas para fazer — cortou Kamran pela segunda vez. — Pelo que me lembre, eu mesmo lhe dei uma lista de afazeres.

Mais uma loucura do rei ainda não coroado: Kamran tinha tornado Omid — um antigo menino de rua de doze anos — seu novo ministro do interior. Kamran fizera o decreto no retorno de Zahhak ao palácio, citando a criança como a razão para a sua recuperação. O ministro da defesa mal conseguiu fechar a boca escancarada por tempo suficiente para balbuciar uma única palavra de espanto. Quando enfim o fez, quase acusou o príncipe de ter perdido a cabeça — o que parecia, a Kamran, de fato plausível.

Ele se *sentia* um pouco louco, em todo caso.

Na opinião de Kamran, o ex-menino de rua provara ser capaz de assumir o papel no qual Hazan falhara, e não lhe importava que o menino tivesse apenas doze anos. Quando Kamran tinha essa idade, já podia ter sido coroado rei de Ardunia, caso seu avô idoso — com mais de um século à época — não tivesse feito uma barganha com o diabo para viver mais. Ele tinha certeza de que Omid também podia se provar à altura da tarefa.

— Sim, senhor, e eu tenho feito outras coisas, juro que sim — o menino falou em um feshtoon ofegante. — Mas, se o senhor for vê-lo, é bom que saiba que ele está muito zangado.

Kamran olhou para a criança.

— Hazan costuma ficar zangado.

— Acho que não, senhor. Nunca o vi zangado. Com certeza nunca o vi assim.

— Mas você não o conhecia.

Omid ficou confuso.

— Conhecia, sim. Foi ele quem me deu os ingressos para o...

— *Basta.*

A desagradável verdade era que aquela criança irritante era a única pessoa que Kamran pensava nunca ter mentido para ele. Além disso, o menino possuíra um dos mais poderosos artefatos de magia conhecidos pelo homem; poderia ter vendido o *sif* por uma pequena fortuna no mercado clandestino e, assim, ganhar dinheiro suficiente para viver por anos. Mas, em vez disso, escolhera dar a preciosa ração para alguém que o tratara com nada além de desdém, irritação e crueldade. Kamran não podia imaginar um teste mais decisivo de caráter.

Isso não significava, porém, que ele precisasse *gostar* do menino.

— Mas ele precisa mesmo ser enforcado? — Omid pressionou, destemido. — Sem nem um julgamento? O senhor não lhe fez uma única pergunta... Só vai matá-lo com base no que disse o rei Cyrus, mas nós odiamos o rei Cyrus, senhor, então não parece justo confiar na palavra de um homem daqueles...

Kamran parou de chofre, e sua capa bateu contra o peito enquanto ele se virava para encarar Omid:

— É precisamente *porque* eu sou justo — disse com firmeza — que pretendo acabar com o sofrimento de Hazan esta manhã.

Omid fez uma careta.

— Era para ser uma piada, senhor?

— Longe disso. Estou lhe ensinando algo de vital importância — ele falou enquanto examinava Omid por um momento, notando pela primeira vez que o menino parecia ridículo nas roupas grandes demais dadas a ele pelos Profetas. Omid precisaria de um novo guarda-roupa se fosse mesmo representar a coroa. — Confine um homem culpado em uma masmorra com apenas sua consciência por companhia — continuou em voz baixa — e prolongará a sua tortura. É porque eu me importo com ele que pretendo ser misericordioso.

— Mas, senhor... — Omid piorou a careta. — Será que pode ser misericordioso mais tarde? Vim lhe dizer que a srta. Huda está aqui e espera falar com o senhor o mais rápido possível. O senhor se lembra da srta. Huda, não se lembra?

Kamran ouriçou-se à mera menção do nome da jovem, o asco incentivando a produção de bile em suas entranhas.

A ânsia com que a srta. Huda tinha vomitado tudo que lhe passava pela cabeça para um jornalista sedento de sangue soava para ele como a ação de uma pessoa desesperada por atenção, que, em sua opinião, era tanto uma condição incurável quanto um crime terrível. Ele já sabia da ilegitimidade de seu nascimento, e não pôde deixar de se perguntar se as afeições negadas a ela na infância a teriam levado a se tornar uma jovem capaz de qualquer coisa por um afago. Sentia que ela poderia dedicar sua lealdade a quem quer que fosse em troca de atenção, o que significava que não podia confiar nela — e as palavras de uma mentirosa, nem que fossem as mais divertidas, não lhe serviriam para nada.

— Mande-a embora.

— Mas a srta. Huda diz que possui informações importantes sobre o rei Cyrus para compartilhar com o senhor — Omid o pressionou. — Ela diz que precisa tratar de um assunto de grande importância para a coroa. O senhor... O senhor se lembra dela? De como o rei do Sul a aprisionou no anel de fogo? E de como ela gritou?

Kamran dirigiu um olhar desdenhoso ao menino.

— Se eu me *lembro*? — Ele perguntou. — Se me lembro de acontecimentos de horas atrás? Se me lembro de ter testemunhado o assassinato do meu avô, a traição do meu ministro, a destruição da minha casa, a desfiguração do meu corpo? — Ele quase riu. — Pelos anjos. Eu espero, pelo seu bem, que você não seja tão burro quanto as perguntas que faz, ou nosso acordo acabará antes mesmo do pôr do sol.

Omid ruborizou.

— Eu não tenho nenhum interesse em falar com uma pessoa disposta a divulgar informações confidenciais a um jornaleco antes de ao menos se oferecer a compartilhar tais informações com a coroa. Diga-lhe para ir embora.

— Mas, senhor... — Omid insistiu, ainda vermelho até a raiz do cabelo. —Ela diz que está em posse de uma bolsa. Uma bolsa de tapeçaria que pertencia à srta. Alizeh. Ela diz que Alizeh por acidente deixara seus pertences na Casa Follad e que talvez o senhor queira examiná-los, pois pode haver algo de interesse...

Kamran congelou no lugar.

Ouvir o nome dela era como ser preso a uma árvore com uma flechada. Seu coração disparou no peito. Sua mente ficou de súbito enevoada, como se uma bruma cobrisse seus olhos.

Ele sentiu frio.

— Senhor? Posso permitir que ela traga a bolsa?

— Sim. — O príncipe piscou, endireitando-se para se equilibrar de novo. — Leve-a à sala de visitas agora mesmo.

Omid sorriu, feliz consigo, e disparou pelo corredor.

Kamran permaneceu onde estava, com os pensamentos desenfreados.

Ele odiava a maneira como seu corpo reagia à mera menção do nome dela, ao som do nome pronunciado em voz alta.

Alizeh ainda tinha poder sobre ele, e ele não conseguia entender por quê. Eles se conheciam havia dias apenas, e ela já tinha se revelado o pior tipo de monstro. Por que, então, uma patética parte dele protestava pela perda de quem ela era? Por que ele sentia como se algo lhe tivesse sido tirado... E como se faltasse alguma informação essencial?

Sem dúvida, ela o tinha enfeitiçado.

Por que mais seu coração bateria tão forte apenas pela expectativa de conversar sobre ela? Por que mais ele sentiria uma estranha palpitação no peito, uma euforia diante da perspectiva de vasculhar as coisas dela?

Kamran lembrava-se da bolsa de Alizeh.

Lembrava-se de vê-la forçando a pequena bagagem para além de seus limites, enfiando cada artigo que possuía em suas profundezas.

Toda a sua vida cabia dentro daquela bolsa; aqueles eram os seus pertences mais importantes; suas posses mais queridas. Sentiu-se quase zonzo com a perspectiva de desvendar seus segredos.

Imaginava que só se livraria daqueles sentimentos quando ela estivesse morta.

OITO

Cyrus não se mexeu.

Apenas olhou para Alizeh, o ódio faiscando em seu olhar com um fervor que, por um momento, quase a assustou.

Aquilo era bom, ela raciocinou.

Cyrus tinha sido cruel nas palavras, era verdade, mas demonstrara gentileza em outros sentidos, não lhe apresentando nenhuma ameaça de dano físico — o que a envolvera em uma falsa sensação de segurança, e isso era perigoso. Se Alizeh o subestimasse, poderia pagar caro pelo descuido, já que Cyrus, ela cuidaria de lembrar, também podia ser assustador. Ela não se permitiria esquecer a facilidade com que ele assassinara Zaal; como casualmente sugerira matar a srta. Huda; com que confiança erguera sua espada para matar Kamran.

Kamran.

Ela ainda não sabia se ele estava morto.

Uma dor aguda a atravessou ao perceber isso, reforçando a sua resolução. Se ele tivesse matado Kamran, ela lhe arrancaria os olhos. Ela lhe arrancaria os olhos e o obrigaria a engoli-los.

— *Eu disse: escolha a sua arma* — repetiu Alizeh, mais irritada.

Cyrus, ainda assim, não se mexeu.

— E você? De onde vai tirar uma arma?

— Não preciso de armas.

Ele riu disso, com um som seco que não inspirou mudança em sua expressão petrificada.

— De todas as provações por que passei nos últimos tempos — ele falou, olhando para o céu —, você é, de longe, a mais dolorosa.

— Fico feliz.

— Não é um elogio — ele disse com alguma exaltação, encarando-a de novo. — E não vou lutar com você.

— Então deixe-me ir embora.

Ele se curvou um pouco e gesticulou de forma vaga com a mão.

— Vá.

Alizeh o encarou um pouco, depois girou, estudando a paisagem para a qual ele gesticulara, os elementos que ela já havia catalogado em sua mente: os penhascos, as cachoeiras, a arrasadora queda no rio lá embaixo. Ele estava sugerindo que ela morresse tentando escapar dele.

Pelos céus, estava lidando com um homem louco.

Cyrus balançou a cabeça, quase sorrindo.

— A queda não vale a sua liberdade?

Ela ficou mais furiosa ainda.

— Você é desprezível.

— E você é a pior das covardes. Mesmo quando finge valentia.

— Como ousa — ela cerrou os punhos. — Como ousa me menosprezar sem conhecer *nada* sobre mim…

— E uma hipócrita, também. — Ele disse sem pressa. — Fui obrigado a ouvir os seus insultos em frente à minha própria mãe, e nem por isso ergui armas contra você.

— Talvez porque tenha achado difícil discordar da minha avaliação do seu caráter.

— Caráter? — Ele ergueu as sobrancelhas. — Ah, sim, vamos conversar sobre caráter. Há horas você tem ameaçado me matar, apesar de não lhe ter faltado ocasião para tanto, e agora está arranjando briga com total consciência de que eu não levantarei um dedo contra você… Porque eu *não posso* fazer isso, mesmo que fosse adorar, mais do que tudo, calar a sua boca para sempre. Você se acha tão esperta — ele se aproximou dela —, mas essas últimas horas já me ensinaram tudo que preciso saber sobre o seu *caráter*.

Alizeh queria estrangulá-lo.

— *Escolha a sua arma* — ela repetiu, mas ele não parou de se aproximar.

Os raios de sol intermitentes batiam em seus olhos enquanto ele se movia, a luminosidade dilatando e contraindo suas pupilas em velocidades diferentes. Esse efeito em seus olhos era estranho; suas íris pareciam incapazes de escolher uma cor, variando entre tons de azul e fazendo-o parecer às vezes inumano. Alizeh indagou se era assim que as pessoas a viam também.

Aquela fração de instante lhe custou caro.

Tarde demais, Alizeh percebeu que Cyrus não estava desacelerando. Foi forçada a recuar — enquanto ele dava passos cada vez mais confiantes, ela tentou se retirar com mais pressa. Foi apenas aí que se deu conta de que estava a centímetros da beirada do penhasco. Mas Alizeh conseguiu reunir os seus instintos. Rapidamente, ela o fez frear com as mãos, impedindo-o de continuar com um forte empurrão. Este foi recebido com igual força; ele se defendeu contra a energia que ela emanava e, de alguma forma, conseguiu avançar mais um pouco.

Alizeh não conseguiu entender. Era muito mais forte do que ele... Devia ter conseguido atirá-lo para trás.

Mas Alizeh não estava em perfeita forma.

Ainda tremia de frio e delirava como alguém que não dormia havia dias, com a fadiga de uma mente estilhaçada. Alizeh não precisava de comida, mas seu corpo requeria sustentação — e o sabor da névoa em sua boca na chegada a Tulan fora o único gole d'água em muitas horas. A adrenalina estava perdendo o efeito; ela estava começando a se abater em meio àquela miríade de pressões, e, o que é pior: Cyrus estava confundindo os seus sentidos. Ele já não estava mais usando um casaco, já que a peça fora levada pelo vento, e, quando lutava contra a força de Alizeh, era como se pressionasse o seu corpo contra as mãos dela. O suéter leve que ele estava usando não ajudava em nada a mascarar a musculatura firme de seu corpo, a firmeza suave de seu peito. O calor e a sensação do corpo dele a distraíam, pois era uma experiência íntima demais. Não queria conhecê-lo daquela forma.

— O que está fazendo? — ela quase ofegou. — Eu disse para escolher...

Inesperadamente, Cyrus sorriu.

Pela primeira vez desde que conhecera o desalmado, ele de fato sorriu. Foi um sorriso de menino, não de homem, uma rápida mostra de seus dentes brancos fazendo-o parecer quase uma criança, muito mais travesso do que vingativo. Essa visão a distraiu de tal forma que ela acabou deixando as mãos caírem do peito dele, mas as mãos *dele* não perderam tempo antes de apanhá-la pela cintura. Ele a puxou com firmeza, aproximando-se tanto que os corpos quase se alinharam em todos os lugares em que não deveriam; ele a estava banhando em seu calor, cobrindo-a com sua altura e seu olhar implacável. Ela mal conseguiu ligar os fios em seu cérebro; estava cansada demais, desacostumada àquele tipo de proximidade, inebriada pelo aroma dele, pela sombra de barba em sua mandíbula, pela força de suas mãos em seu quadril, pela ponta dos dedos enterrados em sua carne. Ela congelou, a confusão a impedindo de se recompor, e teve duas certezas: a primeira era a de que tinha fracassado.

A segunda era a de que ele havia mentido.

Como o *nosta* não tinha captado aquilo? *Ele ia matá-la.* Ele riu ao erguê-la e riu de novo, de repente, quando a atirou penhasco abaixo.

Alizeh berrou.

— Eu escolho dragões! — ele gritou para ela.

Seus braços e pernas giravam enquanto ela caía para trás, céu adentro, as mãos tateando em vão enquanto gritava de medo, de raiva, despencando de uma terrível altura pela terceira vez em menos de um dia.

Não entendia por que isso continuava acontecendo com ela.

Como Alizeh tivera outras experiências para comparar, podia afirmar com segurança que *aquela* era a mais assustadora das três quedas, agravada pelo fato de estar caindo na posição errada, ficando cada vez mais desorientada, seus membros emaranhados enquanto lutava para se endireitar. A queda era tão imensurável que ela mal conseguia avistar o rio lá embaixo. Preparou-se para a força do impacto, rezando para que pelo menos morresse instantaneamente ao atingir a água. Seria muito pior sobreviver à queda e sofrer ferimentos que a matariam lentamente. De qualquer jeito, podia esperar uma dor lancinante.

Ah, como Alizeh estava cansada.

Cansada de sentir que não tinha controle sobre sua vida, cansada de ser manipulada pelo diabo, cansada de viver com medo, cansada do próprio medo. A verdade sombria que ela raramente revelava, mesmo para si, era que às vezes não queria nada mais além de se deixar derrubar, ser fraca, arrancar sua armadura e ceder.

Por quanto tempo ainda seria forçada a lutar por sua vida? Mais importante: sua vida realmente valia tanto esforço?

Perturbava-a não ter uma resposta.

Seu esgotamento emocional e físico era de fato tão agudo que ela quase acolheu a ideia de fechar os olhos para sempre e, com um estremecimento terrível, ela os fechou.

Alizeh não tinha ideia se ia morrer, mas sabia que não podia gastar mais energia lutando contra a gravidade. Deixou seus membros soltos, seu cabelo serpenteando em torno de seu rosto, os farrapos de seu vestido batendo contra o vento. Estava finalmente entregando sua vida ao destino, quando ouviu um rugido inconfundível e ensurdecedor.

Os olhos de Alizeh se abriram.

Ela viu, chocada, como uma revoada de dragões remexia as águas lá embaixo, uma explosão de gigantes subindo em sua direção. Outro rugido ensurdecedor, então um quinto e um sexto juntando-se ao coro, e Alizeh afastou todos os pensamentos de se deixar levar pelo destino. A morte pela água era uma coisa, mas ela estava determinada a não ser comida viva por dragões.

Foi um novo terror que a inspirou a reunir a força persistente que possuía; e por nada menos que um milagre ela conseguiu se colocar em uma posição ereta, com a cabeça apontando para a água.

Esperava descer mais rapidamente desta forma, para escapar dos dragões e, com alguma sorte, romper a superfície da água com menos brutalidade — mas mal teve um momento para comemorar seu sucesso antes que uma das criaturas se lançasse em sua direção com um guinchado aterrorizante, sua enorme boca aberta.

Não adiantava.

Alizeh gritou, puxando os joelhos e embalando-se como uma criança, como se o conforto de seus próprios braços fosse fazer alguma diferença. O dragão agarrou-a em sua mandíbula com uma pressão violenta e, no segundo em que Alizeh esperava ser devorada, o animal apenas subiu com uma velocidade surpreendente, o movimento repentino jogando-a contra seus dentes de trás, que perfuraram sua pele de modo a arrancar o ar de seu corpo. Alizeh sentiu a queimação excruciante dos ferimentos, a umidade de seu sangue claro escorrendo, e de repente ficou zonza. As múltiplas descidas e subidas causaram um estrago à sua mente.

Mesmo com a percepção distorcida, Alizeh tomou consciência da própria confusão; não entendia por que ainda não estava morta. Sentiu o roçar de uma brisa fresca contra a sua pele, tão diferente da boca úmida de um animal, e foi abruptamente solta; seu corpo rolou até parar com suavidade em solo úmido, seus dedos agarrados à grama.

Alizeh gemeu.

Com o barulhento bater de suas enormes asas, o dragão decolou para o céu, rugindo enquanto a dor percorria ferozmente o corpo de Alizeh. Por um momento preocupante, ela pensou que fosse vomitar.

Foi com grande amargura que percebeu que acabara de vivenciar o que Cyrus considerava ser uma brincadeira.

Ela se perguntou por que não o ouviu ali, naquele momento; por que o degenerado não se apresentou, aplaudindo-se pelo bom trabalho. Perguntou-se, enquanto se forçava a levantar, quase mordendo a língua para não gritar, o que Sarra pensaria daquela demonstração de afeto de seu filho.

Alizeh se preparou para fazer perguntas enquanto cambaleava, embriagada, em busca de seus captores. Mas percebeu que estava sozinha.

O dragão a havia depositado em outro lugar.

Alizeh estava no centro de uma estrutura monumental, uma série de arcos de pedra se fechando ao seu redor como costelas, os espaços entre elas atravessados pelo dourado do sol. A grama macia era densa e elástica; ela sentia nos pés florezinhas de laranjeira que floresciam. Pássaros cantavam, esvoaçando entre os arcos; sua plumagem colorida brilhando ao sol da manhã. Um vento suave embalou seu rosto cansado, a rajada ao mesmo tempo forte e suave o suficiente para que ela se permitisse relaxar ao seu toque, até que se persuadiu a olhar para a direita, onde foi presenteada com uma visão tão deslumbrante que a alegrou, quase a fazendo se esquecer de seus ferimentos.

As estupendas cachoeiras pareciam menores e mais calmas daquele ângulo, as colunas de pedra servindo de moldura para a magnificência da cena em toda a sua glória. Alizeh havia coletado informações visuais o suficiente até então para deduzir que havia sido depositada em algum ponto alto do castelo, e não pôde deixar de querer saber se aquele jardim celestial e isolado era mesmo para ela.

Cyrus então não pretendia jogá-la em uma masmorra?

Enquanto seguia por uma trilha, deparou-se com uma pequena mesa e uma porção de cadeiras, três das quais posicionadas sob um trio específico de arcos, onde trepadeiras floridas serpenteavam na pedra, trançando uma sombra natural no topo. A fragrância nostálgica de flores perfumava o ar tão completamente que Alizeh se sentiu compelida a parar; por um longo momento, fechou os olhos, inalando o perfume enquanto uma lufada de ar a acariciava no rosto, picava suas feridas, enrolava-se em seus cabelos.

Quando abriu os olhos, viu um conjunto de portas ao longe. Alizeh aproximou-se delas com cautela, a grama sobre a qual caminhava desaparecendo sob uma série de sedosos tapetes estampados, suas cores vivas se destacando em contraste com a trilha verde.

Lá dentro, Alizeh descobriu um oásis.

Um alto teto abobadado coroava a sala central, com ladrilhos de mármore dispostos em padrões geométricos ao longo das paredes e do chão, sobre o qual corriam metros de tapetes vermelhos exuberantes que se estendiam por todo o cômodo. Enormes janelas escancaradas deixavam entrar a luz, a brisa bem-vinda agitando os lençóis de uma enorme cama macia e luxuosa que ficava no centro de tudo, com colchas dobradas como se a convidassem para se deitar. Alizeh percorreu todo o ambiente como se estivesse em transe.

Aquilo era para ser dela?

Se era, ela pensou que poderia entender por que alguém faria um pacto com o diabo. Pelo espaço de um único momento, algo assim parecia valer a pena.

E havia mais.

Mais cômodos além daquele: uma opulenta sala de estar; salas separadas para banho e toalete; um pequeno pátio com uma mesa de jantar...

Foi apenas quando Alizeh abriu caminho por esses espaços que percebeu que havia chegado ali pelo lado contrário. Não passara pela porta principal para entrar naquela ala. Tal porta estava agora diante dos seus olhos: um imponente portal de madeira que parecia piscar para ela de onde estava, desafiando-a a abri-lo.

Mas ela não abriria.

Não ainda.

Em vez disso, entrou furtivamente no banheiro, localizando um estoque de roupa de cama em um armário e rapidamente rasgando um lençol em tiras. Uma metade ela usou para esfregar e estancar o sangue de suas feridas, e o restante reaproveitou para fazer curativos em seus ferimentos. Com um suspiro pesado, ela caiu contra a parede. Tudo o que desejava no mundo naquele momento era tomar um banho morno, envolver-se em roupas limpas e dormir por uma eternidade.

As duas primeiras ações pareciam impossíveis em seu estado atual; não achava que sobreviveria ao tempo de preparar um banho, e também não sabia onde encontrar uma muda de roupas. Mas, se conseguisse voltar para a cama, ainda poderia realizar a terceira.

Espiou por outra porta, descobrindo-se dentro de um luxuoso closet, que, conforme ia desvendando sua curiosidade, descobriu estar totalmente abastecido com roupas tão finas que ela tinha medo de tocá-las. Só ousou roçar a ponta dos dedos nas peças, a visão de tecidos tão magníficos despertando uma parte adormecida de seu cérebro; Alizeh de repente ansiou por seus materiais de costura.

Sem pensar, estendeu a mão até bolsos que não existiam, buscando consigo uma bolsa que já não estava mais com ela.

Com um susto terrível, Alizeh congelou.

A compreensão foi se instalando lenta e dolorosamente, o medo inundando seu corpo enquanto as memórias enchiam sua cabeça; ela tentou relembrar o caos das últimas doze horas, organizando-o em ordem cronológica.

Alizeh levou a mão à boca.

Só então se deu conta de onde havia deixado sua bolsa de viagem.

NOVE

A srta. Huda o estava esperando na sala real de visitas, completa e inequivocamente deslocada, com um vestido tão feio que até Kamran, que não sabia a diferença entre uma anágua e um plissado, não podia deixar de reprová-lo.

Uma visão horrorosa, de fato. Ela era uma jovem corpulenta, os cortes afiados de seu queixo e das maçãs do rosto insinuando uma estrutura óssea nobre. Parecia estar fantasiada de sol, só que sem o brilho. Usava amarelo da gola à barra, as dobras ondulantes de seu vestido a beliscando, às vezes a engolindo em lugares para os quais ele tomou cuidado para não olhar. Apesar da tragédia daquelas vestimentas, a senhorita parecia bem, embora visivelmente nervosa; seus olhos corriam ao redor, incapazes de se fixar. Kamran a observou por um momento da porta, notando, com um sobressalto, a bolsa volumosa a seus pés. A visão como que enviou um raio de sentimento através de seu peito.

Sem fazer alarde, ele limpou a garganta.

A srta. Huda levantou-se de imediato, fazendo uma mesura com uma graça que contradizia a deselegância de seu vestido.

— Vossa Alteza. — Ela respirou, seus olhos fixos no chão. — Deve saber como sou grata por ter podido me ver esta manhã. Sei que nunca fomos apresentados de maneira formal; mas, depois dos eventos da noite passada, senti que deveria violar o decoro na esperança de colocar em suas mãos um item de grande... Isto é, não que eu vá colocá-lo em suas mãos de modo literal, eu nunca sonharia em tomar tal liberdade, só quis dizer que gostaria de lhe entregar... Gostaria... *Ah*...

Kamran já havia atravessado a sala e pegado a bolsa do chão. Só quando deu um passo para trás, a srta. Huda enfim ergueu os olhos. E ficou boquiaberta como um peixe.

— Seu rosto...

— Obrigado pela bolsa. Está dispensada.

— Mas o que aconteceu com o seu rosto? — ela insistiu, chocando-o com a falta de polidez. — Foi aquele rei horroroso? Ele fez isso com o senhor?

— Srta. Huda — disse, com a mandíbula tensa —, se puder por gentileza...

— Ah, mas não se preocupe, o senhor continua lindo de morrer — ela assegurou, sem fôlego, com as mãos agitadas ao redor da cintura. — Não quis dizer que o senhor perdeu seu atrativo, só que agora tem uma aparência muito mais trágica... Há quem vá achá-lo até *mais* atraente... A depender, claro, do gosto da pessoa, mas eu...

— *Srta. Huda.*

Como um brinquedo de criança, ela parou na mesma hora.

A boca fechada, as mãos entrelaçadas, os calcanhares juntos. Ela se endireitou o melhor que pôde naquela fantasia amarela e o encarou com um olhar de intensa vergonha.

— Sim, Vossa Alteza? — sussurrou.

— A menos que queira compartilhar algo mais sobre a jovem proprietária desta bolsa — ele acenou para o volume que estava segurando —, temo que eu precise me retirar.

— Qualquer coisa — ela respondeu, nervosa. — Qualquer coisa que queira saber. Eu já bisbilhotei a bolsa, senhor, e, embora não tenha localizado nada de grande importância, encontrei alguns remédios com o rótulo do boticário local, o que pode ser uma boa pista se quiser empreender uma investigação...

— Eu já sei sobre o boticário — Kamran cortou.

— Certo. — A srta. Huda respirou de novo com força. — Bem. Acho que a única coisa que resta é perguntar se pode devolver meu vestido, que não imagino como sendo do seu interesse, mas que hesitei em retirar da bolsa por medo de interferir em alguma evidência...

— Devolver o *seu* vestido? — Kamran a interrompeu mais uma vez, derrubando a bolsa no chão antes de levar a mão ao rosto e beliscar o nariz entre o dedão e o indicador, em sinal de nervoso. Primeiro, ela tinha a audácia de lhe oferecer conselhos investigativos, e agora tinha a pachorra de pedir roupas? Aquela mulher estava lhe dando uma horrível dor de cabeça. — A srta. Huda está passando bem? O que eu tenho a ver com o seu guarda-roupa?

Ela ficou perplexa por um momento, imóvel como uma estátua de sal, antes de cair em uma gargalhada, uma explosão repentina e terrível, segurando uma das mãos sobre o peito enquanto garantia a Kamran, com um pouco de histeria, que achava que ele não tinha nada a ver com seu guarda-roupa, que estava apenas se referindo à peça de roupa inacabada ainda enfiada na bolsa e "que adoraria levar, senhor, pois o vestido ainda estava bem alfinetado em todos os lugares que deveria", então ela achava que conseguiria "convencer a criada a terminar o trabalho que Alizeh começara...".

Kamran encolheu-se um pouco.

O nome dela o golpeou como uma pedra quando a srta. Huda o pronunciou, preenchendo sua cabeça com o som do vento e do canto dos pássaros e também com uma dor aguda que o forçou a se virar. Ele pressionou a palma da mão contra um súbito espasmo no pescoço, ao longo das fissuras que serpenteavam por sua pele, tentando em vão entender o que diabos se passava com ele.

— Perdoe-me, senhor — disse a srta. Huda, interpretando de forma errada o movimento abrupto. — Eu não quis...

— Eu não entendo uma palavra do que está falando. — Foi o que conseguiu dizer, voltando-se de novo para encará-la. — Ela trabalhava como criada, não costureira, e você declarou ao *Daftar* que só a vira por instantes no baile, então não faz sentido que ela tivesse tempo de alterar um vestido para você, sem mencionar que não teria motivo algum para fazer tal coisa.

— Entendo. — Ela arregalou os olhos. — Então o senhor já leu a matéria.

Como resposta, Kamran resmungou.

— Ainda bem — ela começou a dizer com cautela —, porque agora entendo por que relutou em falar comigo. Temo que esteja com uma péssima impressão de meu caráter. Então preciso assegurá-lo, senhor, de que só dei uma breve declaração para o jornal, compartilhando apenas uma parte diminuta do que eu sabia, e só porque fui abordada por um jornalista não muito depois de aquele detestável rei me libertar do fogo. Estava vulnerável e fui pega de surpresa, sabe, mas juro que só contei uma fração da verdade, porque, mesmo se o senhor não acreditar que eu agi por princípio, pode acreditar que eu omitiria boa parte da história em nome dos meus interesses... Porque a verdade teria me causado muitos problemas com os meus pais, senhor, então eu não arriscaria publicá-la em um jornal ao alcance de todos.

Enfim, a exasperada senhorita capturou a atenção de Kamran. Ele lhe dirigiu um olhar cuidadoso:

— Causar-lhe problemas... Como?

A srta. Huda respirou para recuperar o fôlego.

— Bem, eu havia contratado os serviços da srta. Alizeh na surdina...

— *Não* — ele objetou, cerrando os punhos para controlar uma onda de dor. — Não repita o nome dela.

A srta. Huda recuou, assustada. Piscou para ele por um momento, depois olhou para as próprias mãos.

— Claro, senhor. Não direi o nome dela. Mas eu contratei seus serviços — prosseguiu, engolindo — para confeccionar novos vestidos, porque minha mãe estava me obrigando a usar umas monstruosidades que encomendara e, já que recebo um pouco de dinheiro do meu pai, pensei que poderia driblar essas pequenas torturas achando uma nova modista.

— Mais uma vez, srta. Huda, vou lembrá-la de que a jovem em questão era criada, não costureira.

— Era costureira sim, senhor — ela rebateu com ansiedade. — Ela fazia as duas coisas.

— Impossível. Na Casa Baz, ela trabalhava, no mínimo, um turno de doze horas. Ela trabalhava para a minha tia, eu a vi lá...

— Sim, senhor, de fato. Mas vinha à minha casa à noite, após o fim do turno.

Kamran a encarou, perplexo.

— Se isso é verdade, quando ela dormia? Quando se alimentava?

Essas eram questões tão estranhas que até a srta. Huda se calou. Olhou com curiosidade para o príncipe. Percebendo tarde demais que tinha compartilhado algo íntimo sobre si, Kamran logo procurou dar outro direcionamento às perguntas, fazendo uma mais acusatória:

— Onde ela arrumava tempo para conspirar com o rei de Tulan?

O feitiço quebrou-se.

A srta. Huda assentiu, e seus olhos faiscaram com novo fervor.

— Pois é isso, senhor. Aliz... Quero dizer, a jovem que não nomearei... Ela não tinha como conspirar com ele. Ela nem sabia quem ele era.

O pouco interesse de Kamran evaporou.

— Não apenas isso que você alega é impossível — disse em tom cruel —, como contradiz o que contou ao jornal. Pois, na entrevista para eles, você declarou que já fazia algum tempo que ela estava noiva do rei tulaniano.

— Eu achava possível, sim. — Confirmou a srta. Huda, avançando um passo em direção a ele antes de cair em si e recuar de novo. — Ela confessou para mim que pertencia a alguma nobreza perdida, e com frequência esses acordos de casamento são travados na infância, não são? Na realeza, é comum se comprometer com alguém desconhecido.

— Não nesse caso — ele pontuou. — Os dois se conheciam bem...

A srta. Huda protestou de forma vigorosa com a cabeça.

— Eu estava lá na primeira vez que eles se viram... Eu vi como se olharam, e eles eram estranhos um ao outro.

— Onde foi isso?

— No meu quarto, senhor, na noite do baile. Aliz... Quero dizer, *ela* tinha de acabar o vestido já mencionado... Que o senhor encontrará enterrado dentro da bolsa... Tinha de acabar antes das festividades, mas havia chegado à minha casa um pouco desesperada naquela noite, alegando que não conseguiria terminar o serviço a tempo. Só depois que a pressionei, ela admitiu que precisava fugir para se salvar de alguma entidade... Pouco depois, o rei do Sul *apareceu* de maneira mágica no meu quarto, e, Alteza, ela não tinha a menor ideia de quem ele era. Nenhuma de nós tinha. Ele não queria revelar seu nome; insistia que o chamássemos de *Nada*...

— Que modo conveniente de proteger a própria identidade — disse Kamran, dirigindo um olhar sombrio à srta. Huda. — Sim, tenho certeza de que, na sua presença, fingiram muito bem que não se conheciam.

A srta. Huda empalideceu.

— Ah, não, eu garanto, até quando ele abriu aquela estranha caixa de sapatos... Que fora entregue para mim antes da chegada dela... Ela ficou em total choque, precisa acreditar em mim, as reações dela foram muito espontâneas...

— Que estranha caixa de sapatos? Do que diabos você está falando?

A jovem mordeu o lábio; retorceu as mãos.

— Peço desculpas, senhor. Estou mais do que um pouco nervosa, e temo que esteja contando a história fora de ordem...

Kamran então foi forçado a ouvir, com irritação crescente, o relato da srta. Huda sobre a entrega do misterioso pacote, que só se revelava para a própria Alizeh e que continha em suas profundezas um bilhete que desaparecia, além de um lindo par de sapatos, que combinava com o vestido que já estava em posse de Alizeh quando ela chegara à Casa Follad.

— *Basta.*

O príncipe fechou os olhos com força, a dor de cabeça ameaçando partir seu crânio ao meio. A prova do comportamento traiçoeiro de Alizeh beirava o insuportável. As revelações o faziam passar mal; as descrições dos pensamentos e movimentos dela antes do baile. Enquanto ele repassava em sua mente os momentos furtivos que passaram juntos, sonhando com ela como um bobo apaixonado, ela estava conspirando contra ele, sem dúvida rindo de como tinha sido fácil seduzi-lo com sua beleza, seu charme e suas ceninhas de graciosidade e compaixão.

Kamran odiou-se naquele momento. Odiou-se tão completamente que pensou que pudesse vomitar.

Com tremendo esforço, ele se recompôs, dizendo com calma:

— A sequência de eventos que descreve para mim agora apresenta uma evidência tão clara, e tão incriminadora, que não consigo imaginar como você não consegue entender. Juntos, esses detalhes compõem o *quadro* de um plano elaborado e, ao contrário do que se possa acreditar, aquela jovem estava... *Está*, aliás, conspirando com o rei da nação inimiga, que quer me destruir. Não há como questionar esse fato.

— Eu questiono, senhor... Perdoe-me, mas eu questiono, sim, pois passei muitas horas na presença dela e não estou convencida de que ela seja, como o senhor insinua, uma jovem má. Estou convencida, por sinal, do contrário, pois ela foi muito bondosa comigo; só faltou oferecer-se para me defender com a própria vida, senhor, mesmo em meio às provações mortais que enfrentava. Sinto em dizer que essa foi uma generosidade que ninguém nunca me ofereceu, e eu não posso, de consciência limpa, abandoná-la agora, não quando temo que ela possa estar em grande perigo e, se houver alguma chance de encontrá-la, eu adoraria poder ajudar...

— Sua inconstância é enlouquecedora! — Kamran gritou, já incapaz de controlar a raiva. — Primeiro, você a entrega para a imprensa, depois pede para salvá-la? Será que não deixei claro o bastante que ela é uma traidora deste império?

— Perdoe-me, senhor, não quero agir de forma enlouquecedora... Minha mãe diz quão enlouquecedora sou, e eu vejo que ela deve ter alguma razão, mas confesso que estou confusa com o seu aborrecimento, porque tive esperança... Quero dizer, eu ouvi como o senhor a chamou ontem à noite, então pensei que, talvez, o senhor também estivesse preocupado com o que aquele homem horrível pode fazer com ela...

— Você se preocupa sem motivo. — Kamran estava furioso, dirigindo agora um olhar implacável para a jovem. — Não estou preocupado com o bem-estar dela. Aliás, seus relatos desta manhã só consolidaram a minha certeza de que ela deveria ser enforcada, arrastada e esquartejada. Que ela tenha sido esperta o bastante para se aproveitar das suas emoções é prova apenas da capacidade de manipulação dela, e sem dúvida não indicativo de um coração generoso. Você foi explorada, srta. Huda. Aceite esse fato. Ela não é sua amiga.

A última fala pareceu abater a srta. Huda de forma poderosa, pois ela recuou um passo para trás, um pouco trêmula, e desviou o olhar. Cruzou os olhos com os do príncipe por um breve instante, mas desviou de novo, pois os seus estavam úmidos de emoção.

— Tem razão — ela sussurrou. — Sim, entendi agora... Eu me ouvi falando... Que razão ela teria para ser bondosa comigo, se não fosse para zombar de mim ou para me explorar? Com certeza estaria de acordo com as minhas experiências anteriores. Sou muito pressionada, sabe — ela olhou para cima, tentou rir —, para encontrar amigos entre os meus iguais. Talvez eu tenha querido acreditar nas coisas que ela falava para mim. Perdoe-me, senhor, por ser tão estúpida.

Kamran não sabia o que fazer com aquela exibição lamuriosa. Sentiu-se paralisado diante dela, sem saber o que fazer com as mãos e para onde olhar. Pensou que talvez devesse negar a crueldade que ela dirigira a si. Mas ele também achava que a srta. Huda era muito estúpida.

— Obrigado por entregar a bolsa — disse, sem entusiasmo. — Você pode ir.

— Sim. — Ela inspirou com força, lutando para se recompor.

A seguir, abriu a bolsa, que estava no chão, entre os dois, e tirou do fundo um amontoado de tecido verde amassado. Carregou-o nos braços.

— Obrigado, senhor, por seu...

Um pequeno inseto saiu voando de dentro da bolsa com uma velocidade que assustou a ambos. A srta. Huda engasgou-se e deu um tapa no próprio rosto, mas o pestinha pôs-se a voar por todo o cômodo, batendo em mesas e abajures como se estivesse bêbado. Seu diminuto corpo quicou por quase todas as superfícies até bater na testa de Kamran, o que desencadeou uma memória da noite anterior.

Hazan.

O inseto estava desorientado. Tentando escapar, agora batia seu corpo duro contra a porta fechada, em uma fracassada tentativa de passar pelo buraco da fechadura. Com cuidado, Kamran aproximou-se e, em um gesto rápido, prendeu o inseto na mão. Ele sentiu o bichinho se debatendo contra a sua pele e, de novo com cuidado, virou-o sobre a palma, onde ele se remexeu com os movimentos frenéticos de um minifogo de artifício.

— O que diabos? — perguntou-se a srta. Huda em voz alta. — Que estranho... Tenho tentado capturar essa criaturinha desde hoje cedo.

Kamran virou-se para ela, contrariado.

— Esta abelha veio de sua casa?

— Eu o encontrei zunindo no meu quarto quando voltei do baile. — Ela esfregou os olhos ainda úmidos. — Tentei capturá-lo várias vezes, mas ele é rápido demais. E não é uma abelha, senhor, é um vaga-lume. Vi o bumbum dele brilhando no escuro. Só posso imaginar que tenha se aconchegado na bolsa de tapeçaria quando a abri.

— Vaga-lume? — Kamran franziu o cenho, depois ficou imóvel, as engrenagens de sua mente girando a todo vapor. Por que aquela revelação lhe pareceu tão significativa? E familiar?

— Senhor? — perguntou a srta. Huda, com o semblante confuso. — O senhor está bem?

Mas Kamran não a ouviu.

— Aquele *canalha mentiroso* — murmurou.

DEZ

— Querida? Querida, você precisa acordar.

Alizeh sentiu a pressão de dedos delicados contra a sua testa, uma pele tão macia que a sensação foi quase bizarra. O nariz dela encheu-se com um perfume exuberante e floral; ouviu o barulho da seda, o tilintar suave de joias, pulseiras empilhando-se a cada carícia em seu cabelo. Pela duração do momento mais divino, Alizeh pensou que tinha se reunido com sua mãe.

Estava delirando.

Parecia incapaz de mover um dedo sequer; seus membros estavam pesados, o corpo colado ao tapete. Alizeh nunca chegara à cama; logo após perceber o preço que pagaria por ter esquecido sua bolsa, qualquer resquício de adrenalina fora drenado de seu corpo. Alizeh, que já estava lutando contra a exaustão, foi reduzida a uma casca fraca e trêmula. Seus joelhos cederam, e ela caiu no chão com uma fadiga tão aguda que não conseguia mais evitar o desejo de dormir; ganhava e perdia a consciência, sua mente entrelaçando os sons e as cenas da realidade com os sonhos até que ela já não mais podia distingui-los.

Foi um sono delicioso.

Adormeceu sob um raio de sol que a banhou lentamente enquanto dormia; e, embora Alizeh não tivesse ideia de quanto tempo tinha cochilado, parecia que havia passado apenas alguns minutos inconsciente, e alguém já estava exigindo que acordasse.

Naquele momento, não conseguia imaginar nada mais cruel.

— Minha querida, não temos muito tempo. Devo falar com você.

Outro tapinha suave, desta vez contra o seu rosto, e Alizeh quase adormeceu novamente. Ela estava grogue, desorientada e não queria acordar de jeito nenhum. Queria ficar ali para sempre, ou pelo menos até que o sol tivesse banhado sua carne congelada toda por igual.

— Não — resmungou.

Houve o som de uma risada leve.

— Eu sei que você está muito cansada, minha querida, mas, enquanto Cyrus achar que você está dormindo, não vai suspeitar da nossa conversa. Você deve acordar, querida, pois devo falar com você depressa.

O *nosta* despertou, ardendo contra a pele delicada de seus seios, um lembrete de que ainda estava escondido dentro do espartilho danificado e um aviso da verdade nas palavras de Sarra. Somente o medo era forte o suficiente para obrigar Alizeh a voltar à consciência, e mesmo assim o esforço foi pura angústia. Seus olhos estavam tão secos que queimaram quando as pálpebras se abriram, sua cabeça latejando de exaustão e desidratação, e, mesmo estando ela atordoada, sua frequência cardíaca começou a disparar.

— O que aconteceu? — Alizeh perguntou, piscando através de uma camada de lágrimas, seus olhos arenosos tentando se lubrificar. Ela tentou se sentar, mas, em vez disso, seus músculos se contraíram por conta de uma dor lancinante no lado esquerdo do corpo.

— Ah, querida — disse Sarra, preocupada.

Alizeh ficou tensa quando a mulher a olhou com o que parecia ser uma preocupação sincera; pegou o braço ferido de Alizeh em sua mão, dedos gentis sondando as bandagens caseiras, então pressionou levemente contra um ponto na perna de Alizeh, o que desencadeou uma onda inesperada de tormento.

A garota conteve um grito.

— Entendi — disse Sarra em voz baixa. — Estas são marcas de dentes, não são? Dentes de dragão.

— Para ser justa — Alizeh explicou, ainda com dificuldade para abrir os olhos —, não acho que o dragão tenha querido me morder.

— Não, ele não queria — Sarra franziu a testa. — Não se engane com o tamanho deles. Na verdade, são criaturas bem meigas.

— Sei. — Alizeh tentou respirar em meio à agonia, confortando-se com a lembrança da recente descoberta: de que seu corpo possuía a habilidade de se restaurar. — Não há muito o que fazer. Limpei os ferimentos e fiz bandagens. Logo estarão curados.

Sarra ergueu as sobrancelhas.

— Imagino que não tenha visto a fileira de marcas em sua perna, então?

— O quê?

Com alguma dificuldade, Alizeh conseguiu se sentar e examinou a perna em questão. Ainda estava usando os vestígios do vestido destruído duas vezes, o que significava que estava bem exposta. Sua coxa nua exibia uma sequência nítida de perfurações, que, ela só podia imaginar, repetia-se em algum lugar de seu abdome. As lacerações visíveis tinham sangrado e coagulado, seu sangue claro fazendo parecer que sua pele estava coberta por uma gelatina translúcida e espessa.

O estômago de Alizeh revirou-se ao ver isso.

— Ele é mesmo um monstro, não é? — disse Sarra em tom de constatação.

Espantada, Alizeh olhou para a mulher.

— Quem?

— Meu filho — ela respondeu com uma expressão triste, embora estivesse sorrindo. — É um bruto imperdoável.

Mesmo com o *nosta* aquecido, parecia uma armadilha.

Alizeh não disse nada; apenas estudou Sarra com cautela, perguntando-se no que devia acreditar. Desde o início, a mãe de Cyrus lhe pareceu difícil de decifrar, agindo sem uma lógica aparente. Alizeh não sabia o que fazer com a mulher agora. Certamente não confiava nela.

— Sobre o que precisa conversar comigo? — Alizeh perguntou, com cuidado para manter uma expressão de calma. — Soou como se houvesse algo de errado.

— Ah, tudo está errado, minha querida. Tudo está errado. — Mais uma vez, Sarra sorriu de modo trágico. — Eu tinha esperança de que, quando você chegasse, fôssemos conseguir reverter o curso das coisas. Vim aqui falar com você sobre isso, mas agora vejo que não confia em mim, o que significa que não poderemos formar uma aliança até que isso aconteça.

— Nós duas formarmos uma aliança? — Alizeh quase riu. — Não pode estar falando sério.

Sarra dirigiu um olhar de reprovação para ela antes de ficar em pé, estendendo a mão. Alizeh examinou a mulher com uma expressão receosa.

— Não seja boba. — Sarra balançou levemente a cabeça. — Não vou machucá-la.

— Então, o que fará comigo?

— Vou ajudá-la e depois vou preparar um banho para você.

O *nosta* emitiu calor com essa declaração, e a esperança aumentou no peito de Alizeh. Um banho seria *divino*.

— E isso é tudo?

Sarra dirigiu-lhe um sorriso seco:

— Isso é tudo.

Alizeh aceitou a mão da mulher e cambaleou para se colocar de pé; uma vez encontrado o equilíbrio, ela foi se arrastando atrás de Sarra, que a conduziu à banheira. A mulher abriu as torneiras até que o som da água corrente preenchesse todo o cômodo; a visão e a promessa do banho foram suficientes para acalmar os sentidos de Alizeh de uma só vez.

Conforme os jatos d'água retumbavam contra a porcelana, Sarra buscou uma bandeja com potinhos de madeira encaixados em uma base. Ela tirou medidas exatas do que pareciam ser ervas multicoloridas, virando-as na água.

Em um ritmo regular, a banheira foi se enchendo.

— São medicinais — Sarra explicou, acenando com a cabeça para a bandeja que levava de volta à prateleira. — Quando a água tocar sua pele machucada, você a sentirá queimar; mas, se suportar um pouco a dor, verá que há poucos remédios melhores para acalmar e limpar ferimentos.

Alizeh tremeu.

Ela não sabia por quê, mas as palavras da mulher soavam como um desafio.

— Eu garanto — disse, mancando até a pia — que posso suportar um pouco de dor.

Alizeh pegou uma toalha de uma prateleira mais baixa e passou-a sob a torneira; ela pretendia limpar os ferimentos negligenciados enquanto a banheira enchia. Travando os dentes, gentilmente passou o tecido no sangue coagulado ao longo de sua perna, com cuidado para não reabrir as lacerações.

Enquanto isso, Sarra a observava com indisfarçável curiosidade.

— Sabe, eu não tinha ideia do que esperar antes de você chegar — disse, sentando-se na borda da banheira. — Apesar de tudo que Cyrus havia me contado sobre você, eu não tinha certeza de como seria. — Ela fez uma pausa. — Mas eu também nem tinha certeza se você viria.

Alizeh congelou ao ouvir isso, então se endireitou. Jogou a toalha suja na pia.

— Quando, exatamente, ele começou a falar sobre mim? E o que ele disse?

Sarra gesticulou como se descartasse as próprias palavras enquanto dizia:

— Ah, foi há alguns meses. Ele entrou na sala de jantar de repente e, sem preâmbulo, declarou diante de todos os servos sua intenção de se casar. Ele me instruiu a preparar os aposentos; disse que você não teria as roupas certas, nem mesmo um enxoval, e que eu deveria começar a montá-lo... Embora ele nunca tenha me dado uma pista sobre suas medidas. Naturalmente, eu tinha milhares de perguntas, mas suas respostas eram sempre vagas. Ele me contou sua idade e disse que você residia no Norte. Falou que era órfã, mas que era descendente de uma linhagem real esquecida, insistindo que você tinha sangue nobre, apesar de não ter desfrutado de uma educação adequada, e que podia se apresentar um pouco incivilizada como resultado de uma criação inacabada...

Os olhos de Alizeh se arregalaram de indignação.

— *Perdão?*

— Ah, eu não levaria para o lado pessoal, minha querida — consolou Sarra, um sorriso irônico curvando seus lábios. — É claro para mim que você está bem em posse de suas faculdades. Mas a verdade é que — seus olhos brilharam, acesos — você ofereceu uma primeira impressão bastante heterodoxa, e eu me senti grata pelo aviso que recebi. Caso não estivesse preparada para uma jovem um tanto selvagem, poderia ter ficado chocada demais.

Devidamente castigada, a boca de Alizeh se fechou.

— No entanto — Sarra continuou com um suspiro —, era óbvio mesmo então que ele não tinha ideia de quem você realmente era, porque suas descrições não davam nenhuma indicação de seu caráter ou personalidade. Na verdade, sempre que eu o obrigava a falar sobre você, ele o fazia com uma repulsa palpável. *Várias* vezes declarou em voz alta a esperança de que você não fosse burra, e nunca me deu nenhum detalhe sobre os seus atributos físicos, apesar de você — ela avaliou Alizeh —, mesmo suja como está, ser surpreendentemente linda, não é? Ele teria mencionado algo tão óbvio. Em vez disso, a mais premente preocupação dele era que você não se revelasse uma idiota incurável.

Alizeh piscou para a mulher, atordoada. Sarra não mentiu nenhuma vez.

— Acho que ele não mencionou, então, que estava sendo obrigado a se casar comigo por decreto do próprio Iblees.

— Claro que sim — disse Sarra, fechando a água.

A estupefação de Alizeh diante dessa resposta teria de esperar, pois a banheira estava cheia. As ervas adicionadas faziam a água borbulhar e espumar, enquanto a fragrância de eucalipto e jasmim perfumava o ar úmido. O coração de Alizeh aqueceu-se com a visão e os aromas familiares.

Sarra virou-se e foi até a porta, presenteando Alizeh com a parte de trás de sua cabeça ruiva para que ela tivesse privacidade.

Alizeh, por sua vez, não demorou; ela se despiu dos restos de seu vestido com prazer, hesitando apenas quando se lembrou do *nosta*, que até então estava escondido habilmente dentro de seu espartilho. Pensou em alternativas, mas primeiro olhou para a nuca de Sarra para se certificar, então recuperou o pequeno orbe e colocou-o rapidamente na boca, onde se encaixou facilmente dentro de sua bochecha. Ela empilhou seu espartilho destruído e suas roupas íntimas esfarrapadas em um montinho sobre o vestido, depois olhou aquilo com uma vívida sensação de desorientação.

Ainda lhe parecia surreal estar ali.

Estava totalmente nua no coração de um império estrangeiro, presa com a mãe de um rei implacável assumidamente ligado ao diabo, e não tinha a menor ideia dos horrores que a esperavam.

Era quase coisa demais para manter em sua mente de uma só vez.

Mesmo quando entrou com cuidado no banho de espuma, Alizeh se perguntou se estava louca por confiar em Sarra, pois ela podia ter enchido a banheira com veneno. Mas a água tocou suas feridas e a dor de Alizeh piorou tanto que ela não conseguiu pensar em mais nada. Não sabia se gemia de alívio ou se gritava de angústia.

— Espere alguns minutos — disse Sarra, da porta. — A dor vai diminuir, eu prometo. E, então, você vai se sentir muito melhor.

Alizeh fechou os olhos com força, os músculos tensos enquanto o remédio penetrava em sua carne.

— Eu não entendo — ela falou devagar para não desalojar o *nosta*. — A senhora quer me dizer que sabe da aliança de Cyrus com o diabo? Que ele lhe contou *tudo*?

Sarra riu.

— Eu nunca sei de *tudo*.

— Mas sabe dos detalhes do plano maléfico de seu filho: que ele está determinado a se casar comigo contra a minha vontade e a dele próprio, tudo para pagar uma terrível dívida devida a Iblees? A senhora sabe disso e ainda assim... Não parece se importar.

A voz de Sarra assumiu uma quietude sinistra quando ela murmurou:

— Não é que eu não me importe. É que eu não acredito mais nele. Nos últimos meses, meu filho atribuiu todas as suas más decisões ao diabo. Ele nunca assume a responsabilidade pelas próprias ações. Está sempre me implorando para entender que não tem escolha... Mesmo quando faz exigências de mim, de seu povo... Ele insiste que faz isso apenas porque está algemado a um acordo contra sua vontade.

— Mas... — Alizeh franziu a testa, os olhos ainda fechados — ... ele confia na senhora, então? Ele diz a verdade à senhora? Eu não esperava que um jovem tão tirânico procurasse a mãe para se aconselhar.

Mais uma vez, Sarra riu sombriamente.

— Ele não me procura para *se aconselhar*. Apenas desabafa, no que descobri ser a busca ilusória de minha absolvição. Ele ainda é jovem e tolo o suficiente para pensar que confiar em mim irá despertar a minha compaixão por ele, mas me acostumei com sua autopiedade. Claro que *tentei* — ela declarou com um suspiro. — Tentei, no início, guiá-lo, mas aprendi rápido o suficiente que ele só fala, nunca escuta. Tive que aceitar não ter nenhuma influência sobre ele; na verdade, ninguém tem. Ele pode culpar Iblees, mas, no final das contas, Cyrus age como deseja; está claro o suficiente que somos todos peões em suas jogadas.

Alizeh abriu os olhos.

Foi uma sensação estranha, sentir o *nosta* faiscando seu calor dentro da boca. Mais estranho ainda que as revelações confusas de Sarra fossem verdadeiras, pois Alizeh não imaginava que Cyrus seria tão próximo de sua mãe. E, ainda que ela não tivesse interesse em defender aquele rei repugnante, Alizeh era, ela mesma, familiarizada demais com as táticas de Iblees para negar o poder de sua influência. Parecia irracional negar que Cyrus pudesse estar agindo sob extrema coação.

— Para ser justa — Alizeh falou com calma —, o diabo tem estratégias para enganar até os mais espertos entre nós. E tenho certeza de que a senhora sabe que a única forma de desistir de um acordo com Iblees é, no mínimo, perder a vida. Cyrus teria de se sacrificar, caso quisesse quebrar o acordo.

— Pode-se contestar — rebateu Sarra bruscamente — que o melhor teria sido nunca fazer um acordo com o diabo. Iblees aproxima-se de cada novo soberano coroado com a isca de uma barganha desvantajosa; Cyrus soube disso a vida inteira, foi preparado para enfrentá-lo, para se afastar de tais tentações como todos os outros fizeram antes dele. — Ela balançou a cabeça. — As desculpas dele já se tornaram tediosas, minha querida, e minha paciência está se esgotando.

A fúria da mulher a surpreendeu.

Alizeh estudou a senhora emoldurada pelo batente da porta: olhos brilhantes, lábios franzidos, a tensão que carregava em seus ombros.

Em vez de ser consolada pela fúria da mulher, Alizeh achou a conversa alarmante. Sarra queixava-se do próprio filho, condenando-o por suas ações e demandas, mas ainda assim as cumpria. Alizeh compreendia por que Sarra *ficaria* no palácio; talvez ela permanecesse ali por princípio, não querendo ser forçada a sair de sua própria casa... Ou talvez Cyrus tivesse assumido o controle de seus bens, deixando-a sem ter para onde ir. Tendo experimentado isso ela mesma, Alizeh não recomendaria a vida nas ruas como uma alternativa válida a uma cama quente.

Não, não é que Alizeh não tivesse discernimento para entender a dificuldade da situação da mulher; era a inconstância dela que a assustava, pois parecia indicar que algo estava errado. A preparação daqueles quartos, afinal, era fruto do esforço de Sarra, conforme seu próprio relato; os guarda-roupas abastecidos com roupas deslumbrantes eram evidências de ordens executadas.

Como ela poderia se enfurecer contra o filho enquanto cumpria suas ordens? Como ela não via que, ao construir para Alizeh aquela bela prisão, tornava-se cúmplice dos crimes dele?

Ainda assim, havia algum conforto na companhia da mulher, pois Sarra havia provado que não era uma mentirosa. Como prometido, a dor nas feridas de Alizeh começou a diminuir e, por fim, ela relaxou; permitiu que seu corpo flutuasse por um momento na água morna, seu cabelo boiando ao redor do rosto, as gavinhas escuras parecendo tentáculos sobre a espuma da superfície.

Com cuidado, Alizeh pegou uma barra de sabão na prateleira acima da linha dos olhos e começou a ensaboar os membros doloridos. Sua cabeça logo se encheu com o cheiro exuberante de jasmim-estrela.

— Por que você veio até mim? — ela perguntou, olhando para Sarra. — Por que achou que poderíamos formar uma aliança?

Sarra a estudou, sem dizer nada por um longo momento.

— Tem certeza de que não quer se casar com meu filho?

Alizeh devolveu seu olhar avaliador.

— Duvida de mim?

— Tenho consciência da beleza do meu filho — disse ela, arqueando uma sobrancelha. — Milhares de moças em Tulan se casariam com ele em um instante. Pode ser chocante para você ouvir isso, mas o fato é que ele tem um exército de admiradoras. Elas ainda não sabem sobre você, é claro... Mas ficarão muito chateadas quando for anunciado o noivado.

— Não haverá tal anúncio — disse Alizeh, com irritação —, já que não irei me casar com ele. Por que está mesmo me dizendo isso? Acha que minha opinião sobre seu filho pode ser influenciada pelas fantasias passageiras de uma multidão de garotas iludidas?

— De jeito nenhum — disse Sarra, recompensando-a com um sorriso ofuscante. — Você foi enganada, como disse, para vir para cá. Você mesma declarou que o odeia. Inclusive já tentou matá-lo. E provou nos primeiros minutos de sua chegada que é corajosa o bastante para enfrentá-lo e forte o suficiente para desafiá-lo. Eu não tenho nenhuma expectativa de que você se case com o meu filho.

Alizeh ficou mais quieta do que de costume.

Sarra estava se aproximando dela com passos cuidadosos e medidos, e Alizeh não conseguia se livrar do medo de estar sendo lentamente ludibriada. Enganada, de alguma forma, pela personagem de que menos suspeitaria.

O problema era que não sabia por quê.

Ou como.

— O que quer de mim? — perguntou Alizeh, pegando uma toalha próxima.

Ela abriu o retângulo de algodão enquanto se levantava, de alguma forma conseguindo proteger sua privacidade enquanto se embrulhava no calor da toalha, agarrando-se ao pano como se fosse uma armadura.

— A senhora difama seu filho em muitos sentidos, e ainda assim eu não a ouvi me oferecer uma via de escape. Se o odeia tanto assim, por que não me ajuda a fugir dele?

— Porque eu preciso de você — ela disse, pegando um roupão de um armário escondido e o oferecendo a Alizeh. — Porque precisamos uma da outra.

— Não preciso da senhora para *nada* — Alizeh rebateu, ao mesmo tempo em que pegava o roupão das mãos de Sarra. — Mas vejo agora que a senhora, como todo mundo, parece querer algo de mim.

— Eu só quero justiça.

Alizeh zombou disso, trocando discretamente a toalha pelo roupão, que ela amarrou, com movimentos raivosos, na cintura.

— Continua cúmplice do meu rapto, e ainda assim espera que eu acredite que tem alguma noção de justiça?

— Nós duas somos prisioneiras aqui — disse Sarra em voz baixa. — Eu apenas desempenho o meu papel de maneira diferente da sua.

— Como isso pode ser verdade?

— Você parece esquecer, querida, que Cyrus matou meu marido.

Ao ouvir isso, Alizeh ficou imóvel. Muito devagar, ela estudou a mulher diante dela como se fosse a primeira vez.

De fato, Alizeh havia esquecido.

Ela ouvira os rumores, é claro; todo tipo de história sobre Cyrus, o Impiedoso, o filho que havia assassinado o próprio pai pelo controle da coroa. A notícia era recente, de meses atrás; Alizeh ainda não tinha chegado a Setar, onde a fofoca em torno do evento sangrento devia, sem dúvida, ter sido mais intensa — mas não importava. Houvera enormes manchetes estampadas na primeira página de todos os jornais locais por semanas a fio, pois a transferência selvagem de poder parecia ameaçadora para todo o mundo. Se o jovem rei estava disposto a matar o próprio pai na busca da glória, que outro trono ele escolheria derrubar agora?

Bem. Agora todos sabiam a resposta.

— Não é bem-visto uma mãe odiar o próprio filho — Sarra falou com calma. — Independentemente dos males que causam, esperam que nós os amemos, perdoando-os mesmo quando se transformam em assassinos diante de nossos olhos.

— Sinto muito — sussurrou Alizeh.

Sarra inclinou a cabeça.

— Quando Cyrus matou meu marido, eu não acreditei. Não a princípio, claro. Dei ao meu filho uma chance de negar aqueles horrores, de confessar que tudo não passara de um terrível acidente... Ou mesmo me dizer que tinha sido incriminado. Mas ele não fez nada disso. Cyrus me olhou nos olhos e disse que havia assassinado o pai, um homem que o amava mais do que a si mesmo, porque ele não era apto para ser rei. Não demonstrou remorso. Não se arrependeu de suas ações.

Horrorizada, Alizeh levou a mão à boca.

— Um dia — a mulher prosseguiu —, Cyrus era meu filho. No dia seguinte, não era mais.

— Por que a senhora fica aqui? — Alizeh perguntou, sua mão caindo do rosto, a descrença em sua voz. — Ele ameaça a sua vida? Não tem outro lugar para ir?

— A maternidade é complicada — disse Sarra, afastando-se. — Em quase todos os sentidos, eu o deserdei em meu coração. Nunca irei perdoá-lo. Não posso amá-lo. Mas já entendi que há algumas coisas que não consigo realizar. Em vão eu tentei, mas descobri que essa é uma linha que não consigo cruzar. — Ela então encarou Alizeh: — Preciso que você fique porque não tenho como fazer isso sozinha.

— Eu não entendo — disse Alizeh, com o coração martelando no peito, seus instintos gritando para ela ficar quieta e não fazer mais perguntas. — O que não consegue fazer sozinha?

— Matá-lo, querida. Preciso de sua ajuda para matá-lo.

ONZE

O cheiro de pedra molhada encheu a cabeça de Kamran. O caminho escuro à sua frente era iluminado por uma fileira de tochas pendendo das paredes úmidas, e seu brilho coletivo projetava sombras bruxuleantes nas imundas pedras sob os seus pés, às vezes permitindo entrever as aranhas que fugiam da luz. Seus passos ecoaram na passagem alta e estreita, os sons agudos e odores do lugar inspirando nele um profundo pavor e um desejo de fugir. Antes, ele sentira pressa de chegar ali, para dar um fim à desagradável situação com Hazan e seguir em frente com sua vida, mas agora preferiria estar em qualquer outro lugar, em qualquer um que não fosse o caminho tortuoso que levava às masmorras — um caminho, aliás, que ele percorrera apenas duas noites atrás: paredes sujas com goteiras fechando-se sobre ele como se fossem engoli-lo.

Ele segurou a alça da bolsa com mais força.

Memórias o perseguiam pelo caminho; suas emoções estavam confusas, complicadas. Dois dias atrás, seu avô estava vivo; dois dias atrás, eles percorreram aqueles corredores juntos. E, pior, aquela era uma de suas piores lembranças do falecido rei, que o acusara de traição naquela noite e estivera pronto para trancá-lo na masmorra, ameaçando decapitá-lo se ele resistisse à sentença.

Um único dia após a morte do avô e, de todas as memórias que compartilharam, *essa* foi a lembrança que se instalou em sua mente.

Era mais um exemplo da tragédia naquele caos que Kamran não tivesse podido viver o luto por mais de alguns minutos. Por esse motivo, era agora incapaz de organizar seus sentimentos sobre o rei Zaal. Desejava que alguém pudesse simplesmente dizer como ele devia se sentir, ou pelo menos ensiná-lo a entender os horrores indescritíveis que seu avô havia cometido.

Como Kamran poderia condenar alguém que tivesse se rebaixado em nome da própria proteção? Como, quando conhecera dezoito anos de amor e devoção por parte de seu avô, poderia compartimentalizar seus sentimentos agora, com a mente golpeada pela dor e sem as ferramentas necessárias para separar as câmaras de seu coração? Seria possível, ele se perguntou, amar e detestar um avô ao mesmo tempo?

Quando criança, suas convicções eram mais fortes; o mundo lhe parecia mais simples e suas opiniões mais absolutas. Pensou que, com a idade e a experiência, suas ideias sobre o mundo fossem ficar cada vez mais corretas, mas o oposto se mostrou verdadeiro.

Quanto mais ele vivia — quanto mais suportava —, mais Kamran se convencia de que não sabia de nada.

Era impossível desvendar tantas dores e horrores emaranhados em sua cabeça naquele momento; impossível quando a masmorra e o jovem solitário preso dentro dela já estavam quase à vista. De fato, era humilhante perceber que, na última vez que andara por ali, não tinha ideia de como seus problemas eram minúsculos, mesmo que parecessem tão grandes.

O que não daria era para voltar no tempo agora.

Kamran passou pelos guardas à porta da câmara principal, e todos gritaram algo que ele nem tentou escutar. Em uma das mãos, Kamran segurava a modesta bolsa de Alizeh; na outra, um pequeno pote de geleia lacrado, a fina tampa que perfurara várias vezes com a adaga de sua mãe para que o inseto em seu interior pudesse respirar.

Por fim, ele encontrou o homem em questão.

O contorno indistinto do corpo de Hazan era visível através das barras de ferro de sua cela: as costas descansavam contra uma parede imunda, suas longas pernas estendidas em frente ao corpo, seu rosto obscurecido. A cabeça de Hazan pendia baixa sobre o peito, exibindo uma massa de cabelos loiro-escuros que às vezes reluzia na luz trêmula do fogo. Seu antigo ministro não se mexeu um centímetro, nem mesmo quando uma frota de guardas seguiu Kamran até o interior da câmara, ajoelhando-se aos seus pés e implorando, sem fôlego, para que ele deixasse o prisioneiro em paz.

— Não sabíamos que ele era um jinn, senhor… Ele já destruiu duas outras celas…

— Foram necessários doze de nós para contê-lo…

— Ele foi violento, Alteza. Não deveria ficar sozinho com ele…

— Tivemos que deixá-lo inconsciente…

— E colocar algemas, feitas especialmente para sua espécie, mas ele é como uma fera, fora de si...

— Incrivelmente forte, senhor... É melhor nos deixar lidar com ele...

— *Saiam* — ordenou Kamran, sua voz soando como um trovão. — Todos vocês. Eu posso lidar com ele perfeitamente bem.

O grupo de guardas congelou e ficou de pé de uma só vez; eles se curvaram em massa e saíram correndo pela porta da câmara, que se fechou com um estrondo violento. Só quando tinha certeza de que estavam sozinhos, Kamran se aproximou das barras enferrujadas da cela.

— Hazan. — Kamran cortou o silêncio. — Olhe para mim.

Ele não obedeceu.

— Hazan. — repetiu Kamran, desta vez com raiva. — Levante-se, eu exijo.

Sem levantar a cabeça, Hazan disse:

— Com toda a devida ofensa, senhor, vá pro inferno.

O choque fez Kamran emitir um som, algo como uma risada. Ele nunca tinha ouvido Hazan falar assim e, de alguma forma, isso alimentou sua curiosidade.

Parecia que Hazan vinha escondendo muitas coisas sobre si; e Kamran, que de repente tinha numerosas perguntas para seu velho amigo, não fez nenhum preâmbulo.

— Por que você nunca me disse que era jinn?

— Julgava que não fosse da sua conta.

— Que não era da minha conta? Nós nos conhecemos desde a infância, e você não achava que eu tinha o direito de saber que a sua lealdade, todo esse tempo, era dirigida a outro império? A outro soberano? Você não pensou que era da minha conta saber que o meu ministro do interior estava apenas ganhando tempo, usando-me, sem dúvida, para fornecer informações ao seu povo, na esperança de um dia liderar uma insurreição?

— Não.

Kamran quase sorriu. Não havia nada para comemorar, mas ele se sentia estranhamente revigorado. Todas as formalidades entre ele e Hazan haviam evaporado; despojado da deferência que seu posto exigia, Hazan tinha revelado mais sobre o seu verdadeiro eu nos últimos minutos — e no tempo que passou na masmorra durante a noite — do que em uma década.

Havia algo de fascinante nessa descoberta: aquela postura raivosa, beligerante e despreocupada de seu ex-ministro era, de alguma forma, revigorante. Hazan não tinha medo dele, nem tentava mais cultivar um bom temperamento. Agiam agora como iguais — se não em status, ao menos em aptidão emocional e proeza física. Mas por que essa revelação oferecia a Kamran algum conforto, ele não conseguiu articular em palavras.

Apenas sentiu um alívio inexplicável.

Kamran percebeu a verdade sobre a natureza de Hazan somente quando a srta. Huda identificou o inseto como um vaga-lume; Kamran sabia um pouco sobre a história dos jinns e se lembrou do que os vaga-lumes representavam para eles. Naquele momento, estava grato por esse conhecimento, pois, se não tivesse sido capaz de montar o quebra-cabeça das motivações de Hazan, nunca teria conseguido imaginar uma explicação mais complexa para os crimes do jovem. A possibilidade de Hazan ter sido leal apenas a *Alizeh*, e não a Cyrus — bem, isso mudava tudo.

— Estou com o seu bichinho de estimação — disse.

Hazan endireitou-se no lugar ao ouvir isso, estudando Kamran com uma cautela que dizia que não acreditava nele.

— Meu bichinho de estimação?

Kamran ergueu o pote de geleia até a linha dos olhos de Hazan. Ao avistá-lo, o desanimado inseto levantou voo com terrível frenesi, lançando-se desesperadamente contra as paredes de sua prisão, o abdome iluminando-se de quando em quando, o corpo batendo no vidro em uma repetição constante e monótona.

— Vai tentar negar que isso lhe pertence?

Demorou um pouco até que Hazan dissesse, relutantemente:

— Não.

— Suponho que o queira de volta.

Como resposta, Hazan apenas suspirou. Inclinou a cabeça contra a parede e cruzou os braços no peito. A linha tensa de sua boca praticamente gritava de fúria contida.

— Não é um *bichinho* — disse com frieza. — É *a minha vaga-lume.*

— E eu a devolverei depois que você responder às minhas perguntas.

Hazan lançou-lhe um olhar sombrio.

— Você coloca em alta conta o meu relacionamento com um inseto, se acha que eu divulgaria informações confidenciais por uma recompensa tão pequena.

— Entendi. Então não se importaria se eu a esmagasse com a minha bota.

— Você não faria isso.

— Eu poderia.

Hazan balançou a cabeça e virou para o lado.

— Você realmente faria isso, não é? Seu patife ingrato.

A expressão de Kamran era séria.

— Hazan — insistiu. — Eu preciso saber o que você fez por ela.

— Por quê? — Hazan riu amargamente. — Vocês a perderam de novo, foi?

— Sim.

Hazan olhou para cima com o fantasma de um sorriso pairando sobre os seus lábios.

— Então você me trouxe ótimas notícias. Estou pronto para ser enforcado agora, pois posso morrer em paz sabendo que ela escapou.

— Preciso saber o que você fez por ela — repetiu o príncipe, agora furioso. — O plano era que ela tomasse o meu trono?

— *Tomasse o seu trono?* — Hazan perguntou com olhos incrédulos. — Tomasse o trono do maior império do mundo, você quer dizer? Com qual exército?

— Então o plano não era que ela alcançasse o poder?

— Por que está me interrogando? — Hazan fez uma careta. — Pensou que eu tentaria ressuscitar um antigo império? Para condenar meu próprio povo à morte, incitando uma guerra que não temos como ganhar, já que somos poucos? Uma jovem inocente estava sendo caçada pelo seu avô pelo terrível crime de *existir*, caso esteja esquecendo. Eu queria apenas levá-la a algum lugar seguro, longe do alcance dos mercenários. Ela não tem interesse em derrubar você, de qualquer maneira. É uma jovem bondosa que deseja apenas ser deixada em paz.

Kamran apertou a mandíbula.

— Quanto a isso, você está enganado.

Hazan ficou em silêncio, parando um momento para estudar o príncipe com curiosidade renovada.

— Seu idiota de uma figa — Hazan disparou. — Não me diga que mudou de ideia após a morte do seu avô? Depois de eu ter aguentado horas e horas da ladainha de como poderíamos salvá-la, você agora decidiu cumprir o desejo final do homem e cortar a cabeça dela?

Kamran encolheu-se.

Que Hazan tivesse sido capaz de lê-lo tão facilmente era uma revelação desconcertante: ele não sabia como digeri-la.

— Se acha que vou contar alguma coisa sobre ela — Hazan avisou com a voz sombria —, você está bastante iludido. Agora, ou me mate, ou vá pro inferno.

— Hazan.

— *O quê?*

— Ela está noiva dele.

— De quem? — Hazan parecia distraído, olhando fixamente para a bolsa que Kamran ainda segurava. — Noiva de quem?

— A garota. Ela está noiva de Cyrus.

A cabeça de Hazan ergueu-se bruscamente ao ouvir isso, seus olhos insondáveis, escuros como breu.

— *Cyrus?* Você se refere ao excremento humano senciente responsável por assassinar nossos Profetas? O homem que ela acusou de ser um monstro pouco antes de esbofeteá-lo?

— O próprio.

Agora Hazan parecia letal.

— Qual é o seu jogo? Caluniá-la para que eu tenha vontade de matá-lo, porque assim você não precisará arrumar a bagunça que fez na própria vida?

— Pela minha honra, juro que é verdade — disse Kamran, com firmeza. — O próprio Cyrus me contou que eles logo se casariam. Ela fugiu do baile ontem à noite montada em um dragão tulaniano. Sem dúvida, estão juntos agora.

Hazan desdobrou o corpo lentamente, erguendo-se por completo. Deu um passo à frente, o brilho alaranjado da luz das tochas dourando suas feições, enfatizando a linha irregular de seu nariz. Hazan estudou Kamran com uma familiaridade que este último sempre considerara natural. Eles se conheciam havia quinze anos, e Kamran nunca se dera conta do valor de seu velho amigo, a coisa mais próxima que tivera de um irmão.

— Seu rosto — Hazan sussurrou. — A magia mudou.

— Sim.

Hazan fechou os olhos por um momento e respirou fundo.

— E ninguém falou disso? Não vieram até você ainda?

— O que quer dizer? Quem viria até mim?

— Os Profetas — ele disse em voz baixa, antes de encarar o príncipe. — Você está em perigo, Kamran.

— Você sabe o que significa, então? — Kamran sentiu seu pulso acelerar. — Sabe por que a magia mudou?

— Sei.

— Não vai me dizer?

— Primeiro, esclareça algo para mim. — Hazan afastou-se das barras e pôs-se a andar. — Você veio aqui para me matar ou para me oferecer um acordo? Porque, se eu for morrer de qualquer forma, não vejo sentido em ajudá-lo.

— Preciso de você vivo.

Hazan parou de se mover.

— Eu o condenei à morte — explicou Kamran — porque pensei que a sua aliança com a garota significava que estava conspirando com o império tulaniano. Pensei que você tivesse participado do assassinato do meu avô, do assassinato dos Profetas. Presumi que estivesse tentando derrubar a coroa, trabalhando em conluio com o rei tulaniano.

— Suponho que deveria me sentir lisonjeado por você me achar tão empreendedor — Hazan disse friamente.

— Eu vejo agora — Kamran continuou — que seus estúpidos atos acabaram se enredando nessa teia caótica, e só esta manhã pude discernir o papel diferente que você desempenhou. Não tenho que concordar com as suas atitudes para entendê-las... E ainda acho que você é um completo miserável por mentir para mim... Mas consigo compreender seu instinto de protegê-la, pois eu senti esse mesmo instinto, como você bem se lembra.

— Então *está* me oferecendo um acordo.

— Preciso da sua mente, Hazan. Preciso de qualquer conhecimento que tenha sobre a garota. Sei que você nutre por ela uma lealdade imensa... Tenho noção de que você se encontra nesta masmorra justamente porque prometeu sua vida a ela... Mas ela enganou a nós dois, e temo que só entenderemos o porquê quando já for tarde demais.

— Você quer travar uma guerra contra Tulan.

— Quero.

— E está me pedindo para ajudá-lo a assassinar a jovem destinada a salvar o meu povo.

— Estou.

Hazan aproximou-se da porta da cela, agarrando as barras de ferro. Seus olhos brilhavam de fúria.

— Eu preferiria morrer.

Kamran devolveu a intensidade do olhar a Hazan, sua raiva quase borbulhando. Conseguiu dizer em voz baixa:

— Ela está trabalhando com o diabo.

Hazan congelou. Recuou um passo, suas mãos soltando-se das barras de ferro, a expressão em seu rosto atenuando-se.

— O quê? — sussurrou.

— Você não estava lá. Não escutou a conversa deles. Ela tem um formidável aliado no rei tulaniano, sim, mas sua maior aliança é com Iblees.

— Impossível — refutou Hazan. — Iblees é responsável pela ruína de toda a nossa civilização... Ela nunca...

— Pense em tudo o que aconteceu desde que ela entrou em nossas vidas, Hazan. É exatamente como a profecia predisse: os Profetas estão mortos; meu avô está morto; Ardunia está desprotegida...

— E seu rosto — Hazan pareceu surpreso ao falar. — A magia mudou.

— O que uma coisa tem a ver com a outra?

O antigo ministro ficou em silêncio por muito tempo. Estava olhando para o nada, com os olhos vagos.

Perdidos.

— A distorção da magia — disse, por fim. — Isso significa que seu direito à coroa não é mais absoluto. Significa que pode haver um herdeiro mais digno do trono.

Kamran sentiu seu coração disparar. Foi com grande calma que conseguiu dizer:

— Então ela pretende tomar o meu império.

— Ela não precisará fazer isso. — Hazan passou a mão pelo rosto. — Como se os nobres já não tivessem razão suficiente para considerá-lo inapto para governar... Com certeza estão reunindo um conselho de Profetas de todo o império neste exato momento. Vão exigir uma validação da magia, que você não obterá e, quando for declarado como herdeiro incerto, vão expulsá-lo do palácio... Se não agir agora...

— Então você concorda que não tenho escolha... *Devo* matá-la...

— Não — Hazan interrompeu-o. — Existem outras maneiras. Mas se quer minha ajuda, você terá de aceitar minha opinião sobre o assunto. *Eu* serei o único a decidir se ela traiu ou não seu povo, o que significa que você não vai mexer em um fio de cabelo da cabeça dela, a menos que eu lhe dê permissão para fazê-lo.

Hazan ergueu as mãos algemadas e, com um movimento rápido, arrebentou as algemas de ferro. Usou os dentes para tirar as algemas de seus punhos e atirou o metal no chão, provocando um estrondo.

Depois, arrancou o portão da prisão das dobradiças e o colocou contra a parede antes de atravessar o vão, onde encarou o príncipe olho no olho.

Foi mérito de Kamran não demonstrar surpresa.

— Todo esse tempo você poderia ter se soltado — disse, fitando o amigo. — Por que deixar os guardas pensarem que tinham conseguido subjugar você? Você não tinha como saber que eu viria.

— Eu não sabia — Hazan disse com serenidade. — Lutei contra os guardas porque eles me trataram como um animal e, quando perceberam que eu era jinn, o tratamento ficou ainda pior. Fiquei aqui porque pensei que merecia morrer, porque achei que tivesse falhado com ela. Agora sei que devo viver, mesmo que apenas por tempo suficiente para entender o que está acontecendo.

Kamran ficou quieto por um instante, assimilando tudo.

— É surpreendente — ele enfim falou — o tempo que você conseguiu esconder sua verdadeira essência de mim. Sempre suspeitei que você escondesse algo, mas nunca imaginei quanto.

— E você está horrorizado — disse ele — por descobrir a verdade?

— Não. Acho que prefiro o verdadeiro Hazan.

— Temo que você possa se arrepender de dizer isso. — Hazan quase sorriu. — Esteja avisado, Kamran. Os termos do nosso acordo não são negociáveis. Levante um dedo contra ela prematuramente e eu não hesitarei em matá-lo.

DOZE

دوازده

Alizeh observou uma abelhinha pousando no topo de um arbusto de alfazema, o galho escolhido balançando sob seu peso vibrante. Os pássaros cantavam e gorjeavam ao seu redor, a maioria invisível em seus poleiros e galhos, suas canções alegres nunca cessando por tempo suficiente para permitir um momento de silêncio. A brisa estava quente, o sol era divino sobre sua pele, seu vestido solto filtrando o calor.

Embora Sarra tivesse selecionado uma variedade de lindas peças para Alizeh, ela não sabia suas medidas, por isso a maioria ficara mal ajustada e precisaria ser alterada. Havia, no entanto, algumas em seu tamanho, assim como uma grande variedade de peças íntimas de várias dimensões, e ela ficou de fato feliz de vestir roupas de baixo limpas e novas, antes de colocar por cima um vestido fino, de um tecido leve e macio, de mangas compridas, de modo a proteger os ferimentos em seu braço esquerdo. Ela escolhera uma peça cor de marfim, com camadas etéreas de chiffon balanceadas por um pesado adorno forjado a partir de uma única corrente de ouro, que cobria seu pescoço e seus ombros com argolas em cascata até a altura do esterno. A gola de metal escondia um decote escandalosamente baixo, no ponto em que o tecido delicado entrelaçava-se sobre o corpete que a cingia na cintura, abaixo do qual se abria uma saia volumosa que esvoaçava ao vento.

O cabelo ela tinha prendido no estilo de sempre, uma massa brilhante de cachos presos ao acaso no topo da cabeça. Foi Sarra quem insistira que ela escolhesse algumas das joias selecionadas para ela, e as opções eram tão impressionantes que demorou um pouco para convencer Alizeh a fazê-lo. Ela selecionara, por fim, apenas um diadema simples no cabelo: três finas argolas de ouro cravejadas de pedras preciosas coloridas, formando uma delicada coroa.

Alizeh reluzia ao se mover, passando por portas duplas de acesso à trilha verdejante que havia descoberto na chegada. Era gostosa a sensação de estar limpa, de poder recomeçar.

Com exceção de seu vestido mágico de baile, fazia muitos anos que Alizeh não vestia outra coisa além do monótono uniforme de criada e, apesar das trágicas circunstâncias, ela ficou imensamente grata pela elegância. Sempre apreciara roupas costuradas artisticamente, mas havia um prazer ainda maior no próprio tecido; ali, pelo menos, seus vestidos seriam feitos de tecidos tão sofisticados que nunca irritariam sua pele ou lhe dariam coceira, nunca deixariam marcas vermelhas como as costuras ásperas que raspavam dolorosamente contra sua pele durante as intermináveis horas de trabalho. Em uma situação tão desprovida de misericórdia, ela se agarrou a esse pequeno presente, deixando-o alimentar seu coração faminto.

Alizeh suspirou, tomando um gole da xícara de chá quente que havia levado consigo para o jardim.

Mais cedo, Sarra havia convocado um criado para entregar uma bandeja de comida e uma variedade de bebidas, e Alizeh, que tinha bebido água com gratidão, ficou surpresa ao descobrir que aqui os criados também usavam *snoda*s, as máscaras de tule que envolviam os olhos e o nariz, ocultando suavemente as feições da pessoa, mas sem impedir a visão necessária. Ela foi incapaz de desviar o olhar do jovem que apareceu, como um fantasma, à porta; Alizeh ficou hipnotizada pela lembrança de quem ela mesma costumava ser, das tantas coisas que tinham mudado em sua vida em tão pouco tempo. Como uma criada, Alizeh sempre fora grata por seu *snoda*, pelo anonimato que ele garantia, mas nunca esqueceria a crueldade com que aquela casta era tratada, nem as injustiças que eram obrigados a suportar. Alizeh murmurou "olá" para o jovem *snoda* quando ele chegou, oferecendo-lhe também um sorriso encorajador; o garoto emitiu um som assustador em resposta, quase largando a bandeja ao colocá-la no lugar.

Depois disso, Sarra concedeu um tempo para que Alizeh descansasse.

A senhora raciocinou que, se Alizeh permanecesse em seus aposentos, Cyrus ficaria ansioso para ver como ela estava, pois ele a esperava lá embaixo com grande expectativa. Alizeh deveria esperar que ele viesse até ela, Sarra a instruíra, porque assim poderia aproveitar a privacidade, longe dos olhos e ouvidos dos criados, para lhe dizer que tinha mudado de ideia sobre o casamento.

Pensando nisso agora, Alizeh sentiu um leve mal-estar.

Com grande relutância, concordara com o plano mórbido de Sarra. Chocante, porque, como Cyrus já acusara Alizeh antes, de fato ela ameaçara matá-lo por horas. Que Alizeh tivesse hesitado nessa tarefa era estranho, pois não deveria ter sido uma escolha tão difícil de fazer, com certeza não naquelas circunstâncias.

Ainda assim, se Alizeh tivesse decidido dar cabo daquele rei repugnante por si própria, nunca duvidaria dessa decisão, pois confiava em seu julgamento. Mas ser *solicitada* a fazer isso era diferente — havia algo em quase ser *pressionada* a fazê-lo pela mãe dele...

Isso a deixava nervosa.

Algo naquela história não parecia certo e, no entanto, Alizeh de fato julgava Cyrus um rei terrível e odioso. Sua lista de crimes era longa e imunda; ela não devia hesitar agora, não porque a mãe dele pedira a ela de forma bastante agressiva para fazer o que ela já estivera planejando fazer de qualquer maneira.

Não, certamente não.

Se matasse Cyrus, ela estaria livre.

Poderia fugir; Kamran poderia ficar a salvo; o mundo seria poupado de outra guerra sangrenta e desnecessária; e ela ainda poderia escapar das garras do diabo. Sarra não mentira quando tinha feito à garota uma série de promessas — Alizeh tinha o *nosta* para provar —, então por que toda a situação a deixava tão desconfortável?

A mente de Alizeh estava confusa.

Ela precisava se recompor, preparar-se para uma manobra tática que a deixaria profundamente incomodada, porque Sarra lhe assegurara que o caminho mais fácil para o assassinato de um homem não era forjando uma arma, mas com gentileza.

— Perdoe-me, querida, mas você nunca vai vencê-lo em batalha — ela disse com simpatia. — Eu nem tentaria, se fosse você.

Alizeh protestou contra isso, preparando-se para defender suas muitas forças, mas Sarra apenas ergueu uma das mãos para cortá-la.

— Ah, tenho certeza de que você é bastante capaz. E nobre também. Meu filho, por outro lado, não jogará limpo. Ele tem estudado feitiçaria e adivinhação desde que saiu das fraldas. É bastante esperto, mais forte do que parece e carece de um parâmetro básico de virtude. Também está muito, muito zangado e desconfiado de tudo e de todos. Não confia em ninguém. Não leva um gole d'água à boca sem que um criado prove antes.

Ela examinou Alizeh.

— Sua raiva descontrolada a torna uma ameaça clara, minha querida, e, enquanto persistir nessa atitude, Cyrus permanecerá em alerta. Devemos abordar a situação de uma posição fortalecida — propôs Sarra com firmeza —, e eu acredito que sua maior força possa ser algo inesperadamente passivo. Convencê-lo de que você *genuinamente* deseja se casar com ele e, uma vez que ele deixar de suspeitar de você, envenená-lo no café da manhã.

Alizeh ergueu as sobrancelhas. Ela entendia as circunstâncias atenuantes, mas ainda era difícil de acreditar que Sarra poderia discutir o assassinato de seu filho com tanta indiferença.

— Ou, você sabe, qualquer coisa desse tipo — Sarra prosseguira, entendendo mal a expressão estampada no rosto de Alizeh. — Você não precisa usar veneno. Existem várias maneiras de fazer isso, e podemos decidir qual delas usar depois que você o convencer de que não irá feri-lo. Este é o passo mais importante, não podemos falhar.

Era coisa demais.

Alizeh fechou os olhos por um momento e massageou a tensão surgindo na base do pescoço. Sentou-se à mesa posicionada logo abaixo da sombra de um caramanchão, as sobrancelhas franzidas de frustração. Sua cabeça e seu coração pareciam mais pesados; suas preocupações, crescentes.

Ela estava presa em uma terra estrangeira, incumbida de uma estranha tarefa por uma mulher igualmente estranha. Parecia que todos os que encontravam Alizeh tinham segundas intenções, fosse para mutilar, fosse para manipular. Kamran também, querido que era por ela, havia sido desonesto desde o início; e, embora ela entendesse as razões dele, era perturbador perceber que até os relacionamentos positivos em sua vida — com Omid, a srta. Huda e até Deen, o boticário — tinham, todos, nascido de alguma forma de maldade.

Alizeh era grata pelo bem em sua vida, de fato era, mas às vezes ansiava por uma alegria pura e verdadeira; queria saber o que era sorrir livre da escuridão, dar risada sem conhecer o batuque da dor, ver os amigos sem a sombra da incerteza.

O que era a felicidade descomplicada?

Ela queria muito saber.

Em todos os anos desde que seus pais morreram, existira apenas uma alma que, do começo ao fim, estivera de verdade ao seu lado.

Hazan.

Desde o momento em que se conheceram, Hazan havia permanecido firme, e agora ele estava morto.

O súbito calor em seus olhos a surpreendeu, mesmo quando a necessidade de liberar aquela dor parecia inevitável. Ela emitiu um som terrível, colocando a mão sobre a boca para abafar o soluço, mesmo com as lágrimas caindo apressadas em seu rosto. Com dedos trêmulos, ela esfregou as bochechas, pensando em como Hazan havia desistido de sua vida na busca implacável por sua proteção, havia se arriscado por ela sem nem mesmo saber se ela era digna. Mesmo agora ela se beneficiava de sua generosidade, pois o *nosta* tinha se revelado o maior presente que já recebera. Sem sua orientação, ela estaria completamente perdida.

Ela fungou e enviou um sussurro de gratidão, desejando, enquanto lutava para conter outra onda de lágrimas, que tivesse tido a chance de agradecê-lo enquanto ele ainda estava vivo.

Hazan havia *acreditado* nela.

Depositara nela uma fé cega em tudo o que ela deveria ser, na rainha que seu sangue havia coroado, na salvação prometida ao seu povo — e em tudo que nunca alcançara.

Haveria outros, Alizeh se perguntou, que viviam com a esperança de que ela pudesse salvá-los? E, se sim, ela não devia sacrificar sua vida na busca implacável pela proteção *dessas pessoas*?

Como desejava que seus pais ainda estivessem vivos.

Se ao menos estivessem ali para ajudá-la, para lhe mostrar o caminho... Mais do que tudo, Alizeh descobriu que queria duas coisas ao mesmo tempo: entrar em hibernação profunda, da qual nunca pudesse emergir; e se levantar e se tornar tudo aquilo que seu povo sempre havia esperado. O problema com essa última opção era simples e trágico.

Ela não sabia como.

Era a ignorância generalizada sobre o caminho que deveria seguir que a forçara a se esconder no passado. Antes de seu aniversário de dezoito anos — alguns meses atrás —, o poder que lhe fora prometido não teria sequer se aberto a ela, e agora que ela enfim se tornara maior de idade, não conseguia acessar o que era dela. Cinco almas teriam de estar dispostas a morrer por ela antes mesmo de que a magia se revelasse, e antes disso ela teria de *encontrar* a gloriosa substância mágica, cuja localização era um segredo perdido. Tudo o que ela sabia era que os minerais voláteis estavam enterrados nas profundezas das montanhas de Arya, em Ardunia — e o único objeto que poderia ajudá-la a identificar a localização exata havia desaparecido.

Quando o fogo destruíra a casa de sua família, matando sua mãe, ela conseguira salvar o lenço de seus pais, que ela segurara sob a proteção de seu punho à prova de fogo. Nada mais parecia ter sobrevivido; metais e ouro tinham derretido e se espalhado, tudo o mais fora reduzido a cinzas. Mas, na manhã seguinte ao terrível evento, ela vira um volume fino brilhando sob os raios do sol nascente, chamando-a para perto, mesmo que estivesse de coração partido.

Não era um livro que ela tivesse visto antes.

Aquele único objeto suportara o incêndio por conta própria; assim como a própria Alizeh, o objeto em questão era impermeável ao fogo. Alizeh sabia, sem dúvida, que o livro era para ela. Parecia *atraí-la.*

Ela se aproximara da capa dura reluzente com cautela, imaginando que seus pais deviam ter escondido o livro de propósito. Alizeh tinha apenas treze anos quando seu mundo ardeu em chamas e, embora seus pais já lhe tivessem dito quem ela deveria se tornar — e a preparado para isso de muitas maneiras —, não a tinham sobrecarregado na infância com o peso de cada verdade. Diziam-lhe suas intenções, que pretendiam reter certas informações para que ela pudesse aproveitar sua juventude por mais algum tempo. Eles prometeram contar tudo quando ela atingisse a maioridade, aos dezoito anos.

Nunca tiveram a chance.

Em todos aqueles anos de ausência deles, o livro enigmático havia sido seu único guia. Era um objeto esfarrapado e nada espetacular, que não chamava a atenção para si, mas que possuía discretos poderes mágicos; oferecia o que parecia ser apenas a primeira pista de uma charada enigmática, a qual Alizeh memorizara havia muito tempo, mas ainda era incapaz de decifrar. Ainda assim, ela se agarrava à pequena oferenda, protegendo o volume encantado da melhor forma que uma criada sem casa seria capaz de proteger suas poucas posses.

Até aquele momento, Alizeh não se permitira pensar sobre o extravio de sua bolsa, os importantes artefatos de toda a sua vida perdidos, sem dúvida, para sempre. Que ela tivesse perdido o lenço de sua mãe já era difícil o suficiente, mas agora isso.

Era mais um golpe, mais uma devastação.

Alizeh enxugou de novo o rosto úmido, segurando a xícara de chá como uma tábua de salvação. Deixara a bebida intocada por tanto tempo que provavelmente estava fria agora, mas ela não se importava. Videiras floridas exalavam uma fragrância celestial ao seu redor, e ela fez o possível para se concentrar no cheiro delicioso, fechando os olhos enquanto estabilizava a respiração, tomando um gole do chá morno e saboreando-o.

— Você se trocou.

Alizeh levou um susto tão grande que derramou a bebida em seu vestido marfim limpo, ofegando enquanto o líquido encharcava o tecido fino, o chá frio respingando por seu busto.

Ela se levantou furiosa.

Cyrus, por outro lado, estava sentado calmamente na cadeira em frente à dela, seu icônico chapéu preto fora das vistas. Seus olhos faiscavam com um azul translúcido e hipnotizante que contrastava com o calor dourado de sua pele, enquanto as ondas de seus cabelos acobreados brilhavam sob os raios de sol, o que tornava as mechas quase metálicas. Ele era irritantemente lindo, e ela quase jogou a xícara de chá nele.

— Sua praga! — gritou. — Por que não *bateu*...

— Eu bati — ele falou, depois pronunciou as palavras seguintes lentamente, como se ela fosse uma criança. — Mas você não poderia ter ouvido, porque estava sentada aqui fora.

Alizeh apertou ainda mais a xícara vazia em sua mão.

— E não lhe ocorreu que talvez eu desejasse ficar sozinha?

— Não.

Ele inclinou a cabeça com um sorrisinho estranho nos lábios.

— Minha mãe me disse que você estava esperando por mim. Que queria falar comigo sobre um assunto de grande importância.

Alizeh teve de fechar os olhos, pressionando os lábios com firmeza para que não dissesse algo brutal sobre a família de Cyrus e arruinasse a nova abordagem gentil que ela deveria adotar. Sarra estava se mostrando uma verdadeira pedra no sapato, e Alizeh pensou que nada a impediria de odiar os dois ao mesmo tempo.

— Perdoe-me — disse Cyrus calmamente —, mas você pretende tornar um hábito usar roupas transparentes em minha presença? Diga-me agora, eu imploro, para que eu possa me cegar por precaução.

Alizeh abriu os olhos, com uma raiva silenciosa crescendo no peito, mesmo que o ataque à sua dignidade tivesse feito com que ela corasse.

— Como se atreve? — ela sussurrou.

— É que consigo ver através de seu vestido — ele disse, gesticulando vagamente para o corpo dela. — E estou começando a perceber que isso sempre acontece com você.

Ela precisou de todo o autocontrole possível para não bater na cabeça dele com a xícara de chá. Alizeh acolheu o sentimento, guardando-o como munição para a desagradável tarefa de assassiná-lo em um momento mais oportuno. Ela se recordou de tudo o que Sarra tinha dito a ela, inclusive que o louco na sua frente matara o próprio pai, um conselho inteiro de Profetas e o rei de Ardunia, e sabe-se lá quem mais; é provável que tivesse cometido inúmeros atos hediondos.

Alizeh reuniu todos esses argumentos para que sua mente não se distraísse, assegurando-se com firmeza que deveria temer Cyrus. Devia tratá-lo com todo o cuidado, sem gritar com ele como se estivesse falando com um moleque teimoso, pois ele era de fato um rei poderoso e ameaçador que não precisaria de muito incentivo para cortar sua cabeça.

Ainda assim...

Mesmo enquanto se repreendia, não conseguia *sentir* o terror que a situação exigia.

O problema era que ela se sentia à altura dele.

Talvez fosse uma convicção perigosa, mas Alizeh tinha bastante certeza de que poderia dominá-lo. Cyrus não lhe parecia verdadeiramente monstruoso, o que deveria ser alarmante por si só, mas era difícil manter-se alerta sem sentir medo na presença dele. Nada disso fazia sentido, é claro — porque, quando ela listou os crimes dele em sua cabeça, formou-se o quadro de um ser desprezível.

Era possível, ela admitiu, que os eventos excruciantes das últimas vinte e quatro horas a tivessem atordoado para sempre.

Em todo caso, sua tarefa era matar Cyrus, literalmente, com bondade — um estratagema que, por mais desagradável que fosse, poderia poupar a ela *e* a vidas inocentes de uma guerra sangrenta. Essa tática não funcionaria se ela se permitisse ser tão facilmente irritada por ele; e, se não controlasse aquelas reações infantis e raivosas a cada pequena provocação, sem dúvida viria a se arrepender.

Então, ela sorriu.

Sentou-se de volta em seu vestido molhado, deixando cair um cotovelo sobre a mesa, com o rosto apoiado em uma das mãos, e sorriu. Esforçou-se muito para isso, procurando em suas memórias mais felizes um sorriso genuíno.

— Não — ela disse com polidez, todo vestígio de raiva sumindo de sua voz. — Não pretendo fazer disso um hábito. E estou feliz que tenha vindo. Temos muito o que conversar.

Cyrus não escondeu sua surpresa.

Ela pensou que ele poderia desviar o olhar de seu sorriso desenfreado; em vez disso, ele a estudou com visível fascínio, virando-se totalmente em seu assento para encará-la. Não disse nada, mesmo quando seus olhos brilharam de alegria, observando-a por tanto tempo que ela quase desistiu do esforço, ignorando o tempo todo como seu coração reagia às atenções dele. Era impossível negar: havia algo de fisicamente potente em Cyrus, uma presença poderosa que ele carregava consigo a todo momento. Ele então olhou para ela com tanta atenção que ela sentiu que poderia ceder sob o peso desse olhar e tentou não pensar sobre por que sua respiração acelerou e seu coração disparou quando os cílios dele baixaram para que ele encarasse seus lábios por um momento demorado.

Ela se sentiu capturada.

— Alizeh — ele repreendeu suavemente. — O que você aprontou?

De repente, ela se afastou da mesa e cruzou os braços sobre o vestido molhado, protegendo-se da brisa que a deixava com frio.

— Nada — respondeu no mesmo instante, percebendo que poderia ter subestimado o rei do Sul.

Sem nunca tirar os olhos dela, Cyrus a imitou em cada movimento. Ele apoiou o cotovelo sobre a mesa, repousou o rosto sobre uma das mãos e dirigiu-lhe um sorriso tão sincero que a perturbou, desencadeando uma detestável nova onda de sensações em seu peito.

— Nadinha? — ele provocou, sorrindo ainda.

Sem confiança para falar nada, ela balançou a cabeça.

— Pelos céus, você é linda — ele disse, seu sorriso desaparecendo. — Mesmo quando mente para mim.

As declarações dele despertaram um calor nas veias de Alizeh, uma reação que ela não entendeu e temeu analisar. Ela não sabia por que ele lhe diria uma coisa dessas, nem por que as palavras a impactavam, e não queria refletir sobre isso. Sabia apenas que os olhos de Cyrus tinham se obscurecido com uma emoção que ela temia nomear; e ela não tinha ideia do que iria dizer a seguir.

Estava se dando conta de que era sempre assim.

Cyrus ficou de repente em pé e andou até ela, sua sombra alta a cobrindo por inteiro. Ela tremeu na ausência de sol.

Ele a tocou então, chocando-a com uma doçura que ela não esperava, traçando a linha de sua mandíbula tão de leve que ela abriu os lábios para respirar.

Ela parecia imobilizada.

Seu corpo a traía. *Seu corpo a traía,* mesmo quando sua mente gritava.

— Menina malvada — ele sussurrou. — Você anda de conluio com a minha mãe.

TREZE

— Você deu o meu emprego a uma *criança*?

Hazan abriu a porta da sala de guerra com uma fúria descontrolada, que estava começando a virar rotina. O antigo ministro tinha tomado banho e se trocado; não estivera preso por tempo suficiente para perder seus aposentos e pertences, então foi com alguma eficiência que conseguiu retomar uma aparência de normalidade.

Com uma grande exceção.

— Omid salvou minha vida — disse Kamran sem lhe dirigir o olhar. Estava sozinho na sala de guerra, bebendo chá enquanto folheava uma nova pilha de relatórios das diferentes localidades do império.

— Foi o que disse. Mas não imaginei que ele também tivesse roubado seu bom senso.

— Você sabia — disse Kamran, levantando um maço de papel — que nos últimos meses houve uma dúzia de relatos de avalanches inexplicáveis em três cadeias de montanhas diferentes do império?

Hazan ignorou o comentário ao entrar na sala, fechando a porta atrás de si.

— Você contratou um ignorante de doze anos para me suceder e espera que eu não me ofenda? Como se meu trabalho fosse tão simples... e eu, tão facilmente substituível?

Kamran largou os papéis.

— Você não acha estranho?

— *Estranho* é uma palavra muito gentil... Acho que você está comprovadamente maluco...

— Não a situação com a criança, seu tolo, os inexplicáveis deslizamentos de rochas. — Mais uma vez, Kamran olhou para o relatório. — Quatro só no último mês, embora nossas tropas não tenham encontrado nenhum vestígio de explosivos. Ao que tudo indica, as ocorrências nas montanhas de Istanez, Pouneh e Sutoon são desastres naturais aleatórios, o que eu aceitava sem problemas até esta manhã, quando, enquanto eu contemplava a espantosa involução da minha vida — declarou com um sorriso irônico —, mais duas ocorrências foram relatadas. Com a recente invasão de espiões de Tulan, não posso deixar de me perguntar se há mais nisso do que vínhamos considerando. Talvez eles estejam se escondendo nas montanhas e causando desordem; talvez tenha havido outros deslizamentos de rochas em regiões mais remotas sem testemunhas, o que tornaria o número real muito maior. O que você acha?

— Eu acho que você é um idiota arrogante.

— Faça pirraça quanto quiser — disse Kamran, colocando os papéis de lado para tomar outro gole de chá. — Mas eu não vou demitir o menino. Nas últimas horas, ele já se provou bastante capaz.

— Capaz? — Hazan arregalou os olhos. — Capaz de quê? Roubar bolsas? Esvaziar o tesouro nacional? Você já verificou se o ouro ainda está lá?

— Eu vou admitir — disse Kamran, limpando um pouco a garganta — que talvez eu não estivesse em meu juízo perfeito quando tomei a decisão. Ainda assim, eu diria que seus julgamentos da criança são muito redutores; na minha opinião, Omid provou ser muito menos desleal do que os membros do nosso parlamento. É provável que os nobres das Sete Casas nunca mudem; mas, com a orientação adequada, o menino ainda pode se tornar alguém.

— E eu? O que devo fazer de mim?

— Pretendo lhe conferir o título de cavaleiro.

Hazan resmungou, preparando-se para discutir... Quando percebeu, com um choque visível, que Kamran estava falando sério.

— Você deseja fazer de mim um cavaleiro? — disse, atordoado. — Mas eu nem soldado sou.

— Tenho provas suficientes de seu valor, Hazan.

O antigo ministro recuou e calou-se. Olhou por um momento para o chão quando um raro calor queimou suas maçãs do rosto e a ponta de suas orelhas.

— E eu tenho total confiança — disse Kamran, voltando para os papéis — em sua capacidade de invadir um campo de batalha.

— Você ainda não é rei. — Hazan o fitou, seu tom ainda cético. — Você teria poder para fazer isso?

— Está tentando me ofender? — rebateu Kamran, com uma sombra de sorriso tocando seus lábios. — Sempre tive esse poder. Embora, como herdeiro iminente de um trono vazio, tenha mais autoridade hoje do que tinha ontem. Percebi que estou ansioso para exercer esses direitos antes que sejam retirados de mim.

— E o que isso implica?

— Primeiro, devo dizer que você estava certo. — Kamran levantou-se da cadeira. — Na sua ausência, aprendi que os nobres já convocaram um novo conselho real de Profetas, que devem chegar ao longo do dia. O último deles estará aqui ao anoitecer. Eles se hospedarão aqui no palácio enquanto seus aposentos são preparados na Residência dos Profetas. E não partirão até que todos os funerais aconteçam nos próximos dias.

— Zahhak o informou de tudo isso?

Os olhos de Kamran se estreitaram.

— Zahhak não me alertaria nem se uma espada estivesse a centímetros da minha garganta. Ele ainda me considera uma criança ignorante e indigna do trono de meu pai.

— Uma pena, não é? Que você nunca tenha dado motivos para ele mudar de ideia.

— Cale a boca, Hazan.

Hazan apenas sorriu.

— Os senhores das Sete Casas fizeram tudo isso em relativo sigilo — prosseguiu Kamran. — Eu só descobri por Jamsheed, que precisava da minha aprovação para os reparos do palácio e que desejava expressar em voz alta sua alegria de saber que as proteções do império logo seriam restabelecidas, assim que o conselho de Profetas fosse reinstaurado. Você também ficará fascinado ao ouvir que Jamsheed, nosso querido mordomo do palácio, está mais bem-informado do que eu em mais de uma questão importante, pois, quando perguntei se ele tinha visto minha mãe, preferiu me informar, com entusiasmo, que ela estaria em casa em questão de dias.

Hazan piscou.

— Mas... Sua mãe fugiu do palácio? Quando? Depois de enterrar a adaga em seu braço?

— Que presença de espírito da parte dela. Receio que tenha uma ideia bastante distorcida do que constitui a afeição materna.

— E você não sabe para onde ela foi?

— Não tenho a menor ideia. Quando perguntei, Jamsheed afirmou que tinha ido buscar um presente em homenagem à minha iminente coroação.

Kamran então ergueu as sobrancelhas para Hazan, que imitou sua expressão.

— Um frasco de veneno, então?

— Foi exatamente o que pensei — disse o príncipe, um sorriso relutante repuxando seus lábios. — É mesmo um grande conforto para mim que você não esteja morto nesta manhã, Hazan.

— É um grande conforto para mim também, senhor — ironizou Hazan.

Kamran começou a empilhar os papéis, movendo as coisas de lado para abrir espaço na mesa e, embora seu sorriso tivesse diminuído, não desaparecera por completo. Sua vida estava se desfazendo, mas ele conseguiu provar que as últimas previsões de sua mãe estavam erradas. Se Zahhak fizesse o que queria, podia ser que Kamran nunca assombrasse os corredores daquele palácio; mas, pelo menos, para onde quer que fosse, ele não iria sozinho. Chegara à surpreendente conclusão de que preferia enfrentar a ruína com amigos a viver paparicado mas em isolamento.

— O que quer que minha mãe tenha feito — continuou —, mal posso começar a imaginar, pois o funcionamento de sua mente é impossível de prever. A única coisa que sei com certeza é que ela lamentará muito retornar, pois, ao chegar, descobrirá que o palácio não é mais seu lar. Concluí que tenho pelo menos quase um dia antes de as Casas reunirem razões suficientes para tirar o meu título, e menos de uma semana antes de Zahhak usurpar o meu trono. O que significa que nós devemos trabalhar depressa.

— *Nós?* — Hazan replicou. — Você e eu devemos salvar o império arduniano sozinhos, então? E onde está a criança que roubou meu emprego?

— A criança está ocupada.

— Com o quê?

— Trazendo-me testemunhas.

— *Para quê,* seu idiota irritante? — Hazan ergueu as mãos. — Você é tão incapaz de antecipar que eu possa querer mais do que as respostas mesquinhas e monossilábicas que me dá?

— Céus, você quase parece que está com fome.

Hazan suspirou, vasculhando a sala como se procurasse paciência.

— Sabe — ele enfim disse — que acaba de me ocorrer que não precisarei mais fingir ter apetite em intervalos regulares. Um ganho pequeno, mas bastante agradável, de toda essa perfídia, pois considero fazer refeições uma exaustiva perda de tempo.

Kamran arqueou as sobrancelhas.

— Falando em jinn, eu não entendo... — Ele alcançou debaixo da grande mesa a bolsa esquecida. — Creio que sabe a quem isso pertence.

O príncipe deixou cair o objeto em uma parte recém-limpa da mesa de madeira polida, mas ainda assim fez papéis voarem.

Hazan apenas o encarou.

— Mais cedo, na masmorra — explicou Kamran. — Eu vi que você reconheceu a bolsa.

Hesitante, Hazan disse:

— Não tenho certeza de quem é o dono. Tenho apenas uma teoria infundada.

— Prossiga.

— Acho que pertence a Alizeh.

Kamran agarrou a mesa, antecipando a dor; em vez disso, sentiu apenas um calor suave, uma vibração no peito, uma fragrância maravilhosa enchendo sua cabeça. Não percebeu que tinha fechado os olhos com força até que se obrigou a abri-los e deparou-se com a expressão de espanto no rosto de Hazan.

Lentamente, Kamran soltou a mesa.

— Como — disse, pigarreando — você sabe que pertence a ela?

Hazan estava boquiaberto.

— O que acabou de acontecer com você?

— Nada. — Ele suspirou. — Não sei. Só não diga o nome dela de novo.

— Quem? Alizeh?

— *Patife* — Kamran murmurou enquanto uma nova onda de sensações o percorria: o canto dos pássaros enchendo sua cabeça, uma sensação quente, agradável, faiscando ao longo das linhas desfiguradas de seu pescoço, sua face, seu olho transformado. — Você fez isso de propósito.

— Eu juro que não — disse Hazan, calmamente, estudando Kamran de perto agora. — Não entendo. Você não pode ouvir o nome dela sem experimentar... O quê? Dor?

A sensação foi diminuindo aos poucos, e Kamran respirou fundo enquanto balançava a cabeça.

— Nem sempre é dor. Eu sinto... Coisas diferentes a cada vez, e isso só começou hoje de manhã. Por acaso você sabe o que há de errado comigo?

— Receio que não — disse Hazan, a preocupação marcando sua testa. — Mas, se ela tiver algum tipo de controle sobre você de tão longe, a única explicação é o envolvimento de uma poderosa magia. Não sei muito mais do que isso.

Kamran ficou em silêncio, lembrando-se de como ainda se sentia quando pensava nela... A maneira como alguma parte de seu coração refutava qualquer tentativa de racionalidade, exigindo vê-la, falar com ela, apesar de tudo... E teve de concordar com Hazan.

Respirou fundo. Não adiantava pensar no tempo que passaram juntos. Se ele se lembrasse das lágrimas que ela derramara em sua presença, dos medos que compartilhara, dos sorrisos...

Não.

Alguma parte mais instintiva de sua mente queria desesperadamente encontrar razões para exonerá-la, mas ele se recusava a ser tão fraco. A única forma de se blindar era esquecer os breves momentos que tiveram; recusar-se a lembrar a maciez dos lábios dela, a maneira como ela se rendera ao seu toque, o som que fez quando ele a beijara. Ela o olhava como se ele fosse digno de alguma coisa, e o tocava como se ele fosse precioso. Suas curvas suaves, pressionadas contra o seu corpo, encaixavam-se perfeitamente nas mãos dele. Ele queria desvendá-la lentamente, despi-la por inteiro, pressionar o rosto contra a pele quente dela e viver ali, devorá-la. Nunca admitiria em voz alta que fizera tudo isso em seus sonhos, perdendo-se nela repetidamente, apenas para depois acordar em um estado febril e doloroso de frustração. Ela abrira uma ferida nele da qual ele temia nunca conseguir se recuperar. Nenhuma outra vez em sua vida sentira uma atração tão poderosa por alguém. Ele nem sabia que um beijo seria capaz de tal poder.

— Kamran?

— Sim. — A única palavra foi ofegante.

— Onde você estava?

— Lugar nenhum — ele gaguejou. Respirou com dificuldade, ainda com o corpo tenso. Quando voltou a levantar os olhos, fitou apenas a parede. — Vamos nos concentrar, por enquanto, nas questões a que *podemos* responder. Como você sabia que esta bolsa pertencia a ela?

— Eu a vi carregando-a — disse Hazan — na noite em que ela estava para ser assassinada pelo rei.

Aquilo clareou a cabeça de Kamran em um instante. Ele olhou fixamente para Hazan, suas sobrancelhas se unindo.

— Então meu avô estava certo — falou. — Ela teve ajuda. Foi *você* quem a ajudou a derrotar aqueles mercenários.

— De jeito nenhum. — Hazan riu. — Ela fez aquilo inteiramente sozinha. Eu apenas a observei das sombras, esperando para intervir caso ela precisasse de ajuda, o que não aconteceu. — Ele balançou a cabeça. — Seu avô estava tão convencido de que ela tivera acesso a um arsenal complexo, quando na verdade ela havia assassinado aqueles homens com pouco mais do que os seus instrumentos de costura.

— Estes, você quer dizer? — Kamran virou a bolsa, despejando seu conteúdo pela mesa.

Entre os itens, havia um pequeno travesseiro de seda que fazia par com uma colcha; caixas de alfinetes e agulhas; tesoura; carretéis de linha; pomadas e faixas de linho do boticário; saquinhos contendo várias miudezas de armarinho; pergaminhos dourados com convites para o baile real; uma série de roupas pesadas e desbotadas…

— Onde você conseguiu isso? — perguntou Hazan, estupefato. Ele olhou para a mesa, depois para Kamran, depois de volta para a mesa. — Como obteve as coisas dela?

— A srta. Huda me entregou a bolsa hoje de manhã.

— A filha do embaixador Lojjan? — Hazan franziu a testa. — A que estava gritando ontem à noite? Com o candelabro?

Kamran assentiu.

— Ela pensou que o conteúdo poderia ser útil em minha busca.

Ele transmitiu a Hazan a informação compartilhada pela srta. Huda naquela manhã: tudo sobre os sapatos mágicos; o vestido; como Cyrus tinha aparecido do nada em seu quarto na Casa Follad; como ele ameaçara matá-la antes de levá-las para o baile sem aviso e como a srta. Huda chegara apavorada e sem voz.

— Sua rainha deixou para trás a bolsa por acidente — Kamran disse com malícia. — Ela não teve tempo de levá-la consigo.

Hazan, que ficara em silêncio durante a explicação, estava agora mal-humorado.

— Mas eu pensei que as duas fossem amigas. Por que a srta. Huda desejaria ajudar na captura de sua amiga?

— Então você sabia — disse Kamran, irritado em um piscar de olhos. — Você sabia que ela trabalhava como costureira, além de ser uma *snoda*?

Hazan lançou-lhe um olhar imperioso:

— Naturalmente. Quando soube de sua existência, descobri tudo o que pude sobre ela.

— E não pensou em me contar?

— Como deve se lembrar, senhor, na época eu escondia uma grande quantidade de informações.

— Pelo amor de Deus, Hazan — disse ele com um suspiro. — Deixe de ser inútil para mim.

— Prometo considerar.

— A srta. Huda só quer que encontremos a garota — Kamran continuou — porque acha que o rei tulaniano pode fazer algo terrível com ela. Afirma estar preocupada.

Hazan ergueu as sobrancelhas.

— Então vejo que tenho uma aliada inesperada na srta. Huda.

Kamran queria fazer uma piada, dizer que eram aliados apenas em idiotice, mas descobriu que não conseguia formar as palavras necessárias em sua boca. Ele nunca quis odiar Alizeh e estaria mentindo se dissesse que as opiniões das pessoas ao seu redor não estavam começando a desestabilizar suas convicções sobre o assunto. Ainda assim, as evidências contra ela eram condenatórias.

E confusas.

— Não há nada muito digno de nota — murmurou. — Já vasculhei tudo três vezes, abri as costuras do travesseiro e da colcha, virei os bolsos do avesso, estudei até os itens mais minúsculos para encontrar evidências... Nada. — Ele olhou para cima, sua apreensão aumentando enquanto falava, lembrando as muitas discrepâncias do caráter dela, suas ações, a própria profecia. — Ela não possui uma única arma.

— Como eu já lhe disse — afirmou Hazan categoricamente —, ela não tem a aspiração de derrubar nenhum império. Que razão teria para estocar armas?

— A inconsistência não me passou despercebida, Hazan — respondeu ele calmamente. — Mas há algo ainda.

De dentro das profundezas da bolsa virada, Kamran recuperou um volume esguio, encadernado em tecido, do tamanho e forma de um romance, que ele deslizou sobre a mesa, em direção a Hazan.

— O que pensa disso? — perguntou o príncipe.

A capa de tecido estava gasta e puída; o que antes era um azul-vivo agora estava desbotado, quase cinza. As páginas em branco estavam duras porque já haviam sido encharcadas; em suma, o livro encontrava-se deformado pelo tempo e pela umidade.

Hazan estudou-o sem dizer palavra, com o semblante sombrio. Quando Kamran virou-o para que o amigo pudesse ler a inscrição no verso, Hazan respirou fundo.

Em letras douradas envelhecidas, lia-se:

DERRETA O GELO NO SAL
UNA OS TRONOS NO MAR
NESTE REINO DE INTRIGAS
HAVERÁ FOGO E ARGILA

CATORZE

Alizeh caiu em si um segundo tarde demais, afastando-se da mão de Cyrus em choque, pois permitira que ele a tocasse. Ela o estudou cautelosamente em silêncio, os olhos dele tão surpresos quanto os dela, o coração batendo no peito com um medo tardio. Alizeh estivera errada; ela não conseguiria dominá-lo. E errara, também, ao subestimá-lo.

Cyrus sempre parecia estar um passo à frente e, de alguma forma, ela sabia que não seria bom mentir para ele agora, pois ele parecia sobrenaturalmente informado.

Isso a fez se perguntar se ele também possuía um *nosta*.

— O que minha mãe a convenceu a fazer? — ele disse, baixinho, inclinando a cabeça enquanto a examinava. — A me matar?

Alizeh mal conseguiu disfarçar seu espanto.

O fato de ele conseguir adivinhar as intenções sombrias e sem dúvida antinaturais de Sarra era alarmante e confundia ainda mais sua cabeça. Como era problemática a história daquela família… Em que armadilha ela havia caído? Quantos jogadores participavam daquele jogo?

— Ou você pensou — ele disse com impaciência crescente na voz — que eu não soubesse do ódio mal disfarçado da minha mãe por mim?

Ah, ela estivera tão segura de si alguns momentos antes, tão certa de que não o temia.

Estava aterrorizada agora.

— *Alizeh.*

— Sim — ela admitiu, sem fôlego. — Eu concordei em matar você em troca da minha liberdade.

Algo passou pelos olhos dele diante dessa confissão, e ela podia jurar ter visto algo assemelhado a dor. Mas, então, ele respirou fundo e se endireitou, com o sorriso sarcástico de volta ao lugar ao olhar por sobre a cabeça dela, para o horizonte.

Alizeh aproveitou a oportunidade para fugir dali.

Ela saltou de sua cadeira e correu pela trilha com uma velocidade sobrenatural, tentando conceber um plano no caminho. Não sabia para que serviria fugir, mas não conseguia imaginar que ele reagiria bem à sua confissão e, embora não soubesse o que ele faria quanto a isso, ela só podia concluir que ele optaria por algo sanguinário. Se a mãe tivesse razão sobre ele — e parecia ter —, Alizeh perderia em uma luta física, e ela suspeitava mesmo disso, então não lhe sobrou escolha que não sair correndo.

— *Alizeh* — ele gritou.

Ela passou pelas portas duplas que levavam ao quarto, mas apenas depois de fechá-las é que descobriu que não tinham tranca e, nos momentos que gastara tentando aferrolhá-las, ela o viu se aproximando com rapidez, seus longos passos levando-o pela trilha de grama em ritmo impressionante. Abandonou as portas assim que ele as abriu; ele estava logo atrás dela agora, perseguindo-a pelo labirinto de cômodos. A velocidade sobre-humana provou-se inútil enquanto ela andava em círculos, percebendo tarde demais que não tinha decorado a disposição dos aposentos bem o suficiente para encontrar a saída com eficiência.

— Não vou machucar você — ele avisou, frustrado. — Quantas vezes preciso lhe dizer que *não posso* matá-la para você de fato acreditar?

Ela parou ao ouvir isso, sua mente enlouquecida devorando o lembrete dado pelo *nosta* queimando contra a sua pele. Não era de se admirar que ela não conseguisse decidir se deveria temê-lo ou não; era óbvio agora por que ela se mostrava tão indecisa quanto a isso, por que era tão difícil sentir perigo em sua presença. Seus instintos não estavam confusos; era só que ele havia recebido ordens do diabo para não a ferir.

Ela tinha um tipo de imunidade.

Alizeh girou, o movimento tão rápido que Cyrus, que a estava perseguindo, não teve tempo de processar. Eles trombaram de súbito, e os dois tropeçaram até se desequilibrarem e baterem de novo um no outro, ele a prendendo contra a parede com tanta força que ela ofegou, o ar drenado de seus pulmões.

Alizeh congelou.

Estava presa sob o peso inesperado dele, a pressão de seu corpo duro, seu pescoço a um mero centímetro da boca dela. A proximidade era tão avassaladora que entorpeceu seus sentidos, desacelerou sua mente. Ele era como uma parede densa de calor, seu aroma masculino e sombrio a dominando, ativando alguma resposta antiga que fez seu coração disparar. Ao menos ele também parecia atordoado e, nos milissegundos que suas mentes levaram para enfim alcançarem seus corpos, ele baixou os olhos, pregando-a no lugar com um olhar que liquefez seus ossos. Ela não sabia se o que sentia na presença dele era medo ou expectativa, mas qualquer um dos dois parecia motivo de preocupação. Só tinha certeza de que a raiva que ele demonstraria um momento depois era incompatível com a dificuldade em sua respiração, o tremor em seu corpo. Ela o viu engolir em seco enquanto se afastava devagar, as mãos deslizando pela parede onde antes estavam plantadas.

Ele recuou, mas não o suficiente.

— Odeio você — sussurrou.

Alizeh piscou, o coração martelando no peito.

— Eu sei.

Ele se inclinou então para a frente, sua garganta trabalhando, seu olhar fixo na boca dela.

— Odeio tudo em você. Seus olhos. Seus lábios. Seu sorriso. — As palavras dele roçaram a pele dela até ele completar, em voz baixa: — Acho a sua presença insuportável.

O *nosta* aqueceu-se contra o esterno dela.

— Tudo bem — ela repetiu, seu pulso disparado. — Tudo bem.

Ele ainda estava respirando com dificuldade, seu peito palpitando entre uma respiração e outra.

— Mas não vou machucá-la.

De novo, o *nosta* confirmou a veracidade das palavras, e Alizeh sentiu um pouco da pressão sair de seus pulmões.

— Acredita em mim? — ele perguntou.

Alizeh assentiu.

Ele estava tão perto, seus olhos tão fixos no rosto dela, que só assim Alizeh conseguiu testemunhar a surpresa que passara rapidamente pelo rosto dele. Estava claro que ele não esperava que ela concordasse, que confiasse nele. Mas ele não teria como saber que de fato tinha razão em duvidar, pois não era nele que ela confiava, mas no *nosta*.

Ainda assim, uma parcela de tensão pareceu sair de seu corpo, o alívio finalmente fazendo-o dar um passo para trás. Ele parecia abalado quando desviou o olhar e encarou a parede, o teto, o piso... Tudo, menos o rosto dela.

Quando o fitou de novo, os olhos dele brilhavam, com um sentimento genuíno.

— Eu preciso de você — ele disse com aspereza. — Não fuja de mim.

— Como pode querer que eu não fuja de você — argumentou Alizeh, ainda tentando superar a apreensão —, quando ameaça costurar as minhas pálpebras?

Ele desviou o olhar com uma expressão séria e um músculo saltando em sua mandíbula.

— Não devia ter dito isso.

— Depois, você me jogou do penhasco — ela completou, ofegante até mesmo para os próprios ouvidos.

— Você não parava de ameaçar me matar — ele revidou com raiva, encarando-a de novo. — Eu só estava tentando mudar de assunto.

— Fazendo os seus dragões me devorarem? — Ela quase gritou.

Cyrus fez pouco caso disso, arqueando uma sobrancelha.

— Você não foi devorada por dragões.

— Fui, sim — ela rebateu. — Sua brincadeirinha resultou em horríveis mordidas em todo o lado esquerdo do meu corpo. Sua mãe foi gentil e preparou um banho medicinal para mim.

Cyrus então a examinou com uma expressão inescrutável. Ela pensou que ele exigiria provas dos ferimentos, mas apenas disse:

— Dragões são criaturas gentis. Eles não mordem, a menos que sejam provocados.

— Bem — disse Alizeh, revirando os olhos. Ela estava se sentindo petulante; além disso, era difícil sustentar a troca de olhares com Cyrus. — Não acho que o animal tenha *desejado* me morder. Mas rolei até seus dentes de trás, e aí estão as horríveis consequências disso.

Ela sentiu, quando viu Cyrus ficar subitamente imóvel, e pela duração de um momento louco e carregado, que ele poderia cometer uma sandice, como pedir desculpas.

Mas, então, ele disse:

— Você parece bem o bastante.

— Estou ótima — ela afirmou, irritada.

— Que bom.

— E não lamento — ela acrescentou amargamente, virando--se para encará-lo. — Não lamento ter feito um acordo com a sua mãe para assassiná-lo.

Os lábios dele tremularam, os olhos faiscaram.

— E eu não lamento tê-la jogado do penhasco.

— Excelente — respondeu, afrontando-o à altura.

Ele apenas sorriu em resposta.

Alizeh tentou se acalmar, tranquilizar seu coração caótico. Ela não sabia o que estava acontecendo ali entre eles, mas, seja lá o que fosse, deixava-a preocupada. Cyrus e ela já não estavam mais se falando como inimigos mortais; estavam se tolerando mutuamente com uma ponta de civilidade. Era quase como se eles — de modo involuntário — tivessem dado início a uma relutante trégua.

Ela não confiava nisso.

Ainda assim, começava a acreditar que havia mais em Cyrus do que diziam as histórias que ouvira — mais, até, do que os horrores descritos por sua mãe —, pois ficava mais claro a cada minuto que ele era um personagem mais complicado do que ela esperava. Ela o observou caminhar de um lado para outro, passando a mão no cabelo, agitando os cachos de cobre, e perguntou-se por que alguém tão jovem, inteligente e capaz... Alguém que, como a própria mãe dele dissera, crescera amado por seus pais, em meio à beleza de Tulan e com o povo à sua disposição...

— Cyrus — ela chamou, de repente.

Ele parou e olhou em seus olhos.

— Por que motivo você fez um pacto com o diabo?

Cyrus piscou devagar, visivelmente desconcertado pela pergunta.

— Achei que você não se importasse — disse. — Achei que tinha ouvido minha mãe dizer que *sem dúvida estou sofrendo as consequências dos meus próprios pecados.*

— E não está?

A isso ele não deu resposta, não a princípio. Ele pareceu avaliá-la antes de decidir se ela merecia uma resposta honesta. Enfim, falou:

— Eu estava desesperado. E fui burro.

O *nosta* concordou com aquilo, e Alizeh tentou dar um passo em direção a ele.

— Por que estava desesperado?

Cyrus riu, mas com pesar, com uma tensão em seu sorriso, nas linhas de seu corpo. Ele a encarou, dominando toda a sua atenção antes de recitar em tom melodioso:

— *Se disser a ela, divertido não será. Pouco a pouco cairão, pouco a pouco morrerá.*

Alizeh sentiu uma pontada de terror bem conhecida.

— Iblees — ela soprou.

— Sim.

— O que ele quis dizer... *Pouco a pouco cairão...*

Cyrus apenas balançou a cabeça.

— Certo. — Alizeh entendeu, retorcendo as mãos. — Você não pode dizer.

Ela buscou por todo lado, então, como se as respostas pudessem estar ali. Alizeh sabia bem como era ser aprisionada pelo diabo, e seu íntimo conhecimento das circunstâncias inspirava sua compaixão. As ações de Cyrus eram coreografadas por um mestre orquestrador; ele não passava de uma marionete útil em um jogo maior. A diferença era que *Cyrus* invocara o diabo, enquanto Alizeh fora sempre sua azarada vítima. Sem dúvida, alguma fraqueza levara Cyrus a atrair essas torturas para si; ela mal podia imaginar o que ele ganhara em troca.

A dor dele, ela lembrou, não era problema dela.

Consertar aquele caos *não* cabia a ela.

— Sei que você está em uma situação terrível — ela começou com calma. — Acho que consigo entender por que precisa de mim. Mas, embora eu sinta empatia, mais até do que gostaria, não posso e não vou, de forma consciente, me tornar uma peça nos jogos do diabo. Ele é o mais abominável dos seres vivos e responsável pela ruína do meu povo... Pela dor que continuamos a enfrentar. Passei minha vida inteira tentando driblar o sinistro interesse dele por mim e não é agora que vou parar. Então, ainda que seja possível que você precise, sim, de mim — prosseguiu —, devo pontuar que eu não preciso de você. Não ganho nada ao ajudá-lo, exceto sofrimento.

— E se — ele respirou fundo e pausadamente —, e se eu fizer com que valha a pena?

— O quê? Como?

— Minha mãe ofereceu-lhe um acordo, que você aceitou — ele disse. — Vou oferecer a você um acordo melhor.

Ela ficou pasma.

— Está me pedindo para apunhalar sua mãe pelas costas? Céus, vocês são uma família estranha.

— Case-se comigo — Cyrus propôs com uma faísca quente nos olhos. — Torne-se minha rainha apenas por tempo suficiente para atender à exigência do diabo. Uma vez que estiver satisfeito, ele me libertará de uma enorme dívida, e eu estarei muito mais perto da liberdade. Quando estiver livre, darei permissão para que me mate e tome Tulan para si.

Alizeh enrijeceu, a descrença percorrendo-a inteira mesmo com o *nosta* ardendo contra o seu peito.

— Não pode estar falando sério — ela sussurrou.

— Meu reino — ele murmurou — pela sua mão.

QUINZE

— Sabe o que isso significa? — Kamran perguntou.

Hazan balançou a cabeça. Pegou o livro com uma evidente reverência nos olhos, nas mãos, na quietude de suas feições. Com cuidado, ele folheou as páginas em branco, depois estudou a capa com os dedos, procurando no tecido algo que...

— Aqui — disse, baixinho, pressionando algo ao longo da lombada. — Bem aqui.

— O que é isso?

— Um leve relevo — mostrou. — É um símbolo. Bastante antigo.

Kamran pegou o livro e inspecionou a lombada. Quando encontrou a marca em questão, franziu a testa. Tratava-se do contorno de dois triângulos lado a lado, interligados, formando um terceiro triângulo onde se sobrepunham e uma única linha ondulada como se para sublinhar tudo.

— O que isso significa?

— *Arya.*

Kamran congelou, então ergueu a cabeça devagar para encontrar os olhos de Hazan.

— Como a cordilheira? No norte?

Hazan assentiu, seus olhos estavam inescrutáveis.

— Você já esteve lá?

— Não.

— É uma experiência brutal. Um frio de rachar, como você nunca sentiu, e uma nevasca que não cessa, reduzindo a visibilidade a quase nada. Era o lar de meus ancestrais — Hazan explicou em voz baixa. — Foi onde os jinns construíram seu primeiro reino após a queda de Iblees. Há um rumor entre nós de que as montanhas de Arya guardam uma poderosa magia acessível apenas pelo verdadeiro soberano da terra... Mas a maioria pensa que é apenas uma lenda, pois ninguém na história documentada jamais encontrou prova de tal magia.

— E você? — Kamran ficou tenso ao examinar o amigo. — Acha que é só uma lenda?

Hazan hesitou e respirou fundo antes de dizer, em tom baixo:

— Não.

Kamran largou o livro sobre a mesa, observando-o cair com um baque surdo.

— Céus — murmurou. — *É isso*, então, que eles estão fazendo aqui. Todos esses espiões tulanianos. Todos esses meses. — Ele balançou a cabeça, olhou para cima. — Eu estava errado, Hazan. A guerra não resolverá nosso problema com Tulan. Na verdade, estou começando a achar que só vai piorar as coisas.

— Por quê?

Kamran fechou os olhos por um instante e murmurou um palavrão inaudível.

— Porque parece muito óbvio agora que a guerra é o que eles querem — explicou. — Todo esse tempo, eles têm nos incitado.

— Não acompanho sua lógica. Por que eles nos incitariam a começar uma guerra? Se querem guerra, podem lançar um primeiro ataque por conta própria…

— Se invadissem nossas fronteiras — continuou Kamran, frustrado —, estariam lutando contra nós em nossa própria terra. Uma formiga desafiando um leão para um duelo. Ardunia é enorme, temos bases espalhadas por todo o império, nossos soldados somam centenas de milhares. Seria uma missão suicida.

Hazan ficou visivelmente tenso, a compreensão surgindo em seus olhos.

— Mas se nos envolvermos em uma guerra terrestre em seu território…

— Exatamente — disse Kamran. — Nossos soldados seriam compelidos a deixar seus postos. As forças de Ardunia seriam fragmentadas, e nossas prioridades revistas; nossas tropas teriam de desviar, e nosso império acabaria ficando muito menos protegido. Tulan aproveitaria ao máximo nossa distração para saquear as montanhas de Arya a seu bel prazer, atingindo-nos onde menos esperássemos. É provável que tivessem grandes perdas no processo, mas, se essa magia de que você fala de fato existe, a recompensa seria enorme. Milhares de vidas perdidas em troca de um poder mágico incalculável e desconhecido? Certamente valeria a pena para alguém como Cyrus.

Hazan parecia um pouco chocado.

— Todas essas ofensas recentes... — Kamran balançou a cabeça. — Hazan, você sabe tão bem quanto eu que nenhum dos dois impérios tem permissão para usar magia destrutiva na fronteira. E, em todos os nossos anos de discórdia com Tulan, eles sempre respeitaram isso, nunca quebrando a convenção de Nix. Mas, durante a última incursão por água, nosso navio quase emborcou com o impacto de uma barreira mágica. Isso, por si só, deveria ter sido motivo de retaliação, mas, apesar dos meus protestos, nossos oficiais não viam razão para...

— Sim — disse Hazan, com sarcasmo. — Posso imaginar como eles se esforçaram para entender o seu argumento enquanto você dava uma explicação complicada e os insultava dizendo que as trocas com Tulan se tornaram tão banais para eles quanto os seus movimentos intestinais...

Kamran silenciou Hazan com um olhar sombrio, optando por ignorar aquela prova de sua estupidez recente.

— Nos últimos dois anos — ele preferiu falar —, detivemos sessenta e cinco espiões tulanianos, mais da metade dos quais interceptados apenas nos últimos oito meses. Mas espiões têm se infiltrado em nossas fronteiras há séculos. De uma hora para outra, esqueceram-se de como se manter na surdina? Por que estão tão desleixados agora? É quase como se *quisessem* ser pegos.

Hazan dirigiu um olhar astuto.

— E há ainda, é claro, a pequena questão de seu avô.

— Precisamente — disse Kamran, seus próprios olhos se estreitando. — Foi você quem apontou que nunca, em todos esses anos de paz, um rei tulaniano aceitou um convite para um baile nosso.

Hazan inspirou fundo e expirou devagar antes de dizer:

— Não é preciso dizer que matar e desgraçar o soberano de um império vizinho são motivos para retaliação imediata.

— Ainda assim. — Um músculo saltou na mandíbula de Kamran. — Nossos oficiais continuam hesitando.

— Não faz sentido.

— Hazan — declarou o príncipe —, eu farejo um desertor.

— Um desertor? — Hazan olhou para ele, surpreso. — Mas não cumpriria os desejos de Tulan? Se, como você postula, Tulan está nos incitando à guerra, o traidor infiltrado não aproveitaria ansiosamente qualquer uma dessas oportunidades para contra-atacar?

Kamran hesitou.

— Talvez nosso desertor esteja aguardando novas informações.

— Quem? Zahhak?

— Não sei… — disse Kamran, seu foco à deriva enquanto se lembrava de algo que o avô lhe dissera no dia anterior.

Ele não podia acreditar que fazia apenas um dia. Zaal confessara ter adiado a guerra com Tulan todos aqueles anos em prol de *Kamran,* unicamente para poupá-lo da perda de outro pai, uma ascensão imatura ao trono, uma infância forjada em guerra.

Mas o falecido rei também fora o primeiro a confirmar — apesar da reticência de todos os outros nobres — que a guerra com Tulan era fato consumado. Na verdade, fora uma das últimas coisas que o rei Zaal dissera ao príncipe.

A guerra está chegando. Faz muito tempo que se aproxima. Só espero não o ter deixado despreparado para enfrentá-la.

Kamran não conseguiu acalmar os nervos depois disso; uma inquietação silenciosa ganhou vida em seu corpo como um aviso, como se a última das traições de seu avô ainda estivesse por ser revelada.

— Não tenho certeza — Hazan estava dizendo, sua voz firme tirando o príncipe do devaneio. — Gostaria de acreditar que Zahhak é um desertor, porque ele sem dúvida parece ser um, mas eu o conheço há muito tempo. Ele tem sido fortemente leal a Ardunia por décadas. — Fez uma pausa, suas sobrancelhas uniram-se. — Quando você disse que começamos a interceptar a maior parte dos espiões? Vários meses atrás?

Kamran respirou fundo, recompôs-se e assentiu.

— Eu estava longe, em serviço, na primeira vez em que trouxemos um grupo de suspeitos para ser interrogado. Foi um fato sem precedentes, capturar tantos de uma só vez, e nos parabenizamos como tolos por esse feito. Isso foi há sete, oito meses…

— Cyrus assumiu o trono há oito meses...

A mandíbula do príncipe contraiu-se.

— Acha que eles cumpriam ordens de serem capturados? Ou acha que Cyrus estava apenas sondando o terreno?

— Ambos. Os deslizamentos de pedra sobre os quais você estava lendo... Talvez fossem distrações. Chamarizes para desviar a nossa atenção de seu verdadeiro objetivo. — Hazan balançou a cabeça. — Talvez Cyrus estivesse iludido o suficiente para pensar que seria reconhecido como o verdadeiro soberano da terra, que Arya abriria os braços para ele. Mas, se ele passou meses vasculhando as montanhas sem sucesso, só se pode concluir que ele então procuraria alguém capaz de cumprir a tarefa... E, se as histórias forem verdadeiras, há apenas uma pessoa viva para quem as montanhas revelarão os seus segredos.

— A rainha perdida de Arya — Kamran sussurrou.

Hazan ficou imóvel.

— Onde você ouviu isso?

— Ela mesma me disse — lembrou Kamran. — Disse que seu nome era Alizeh de Saam, filha de Siavosh e Kiana, mas que eu poderia já ter ouvido falar dela como a rainha perdida de Arya.

Hazan aproximou-se, estudando Kamran agora com novo foco.

— Por que ela diria isso a você?

— Porque eu perguntei. Queria saber o nome dela.

— Foi quando você foi à Casa Baz? Quando pretendia revistar o quarto dela... E depois alegou que o encontrou vazio?

Kamran, perturbado com a expressão de Hazan, considerou mentir, mas não viu sentido.

— Sim — confirmou.

— Anjos do céu — Hazan disse calmamente, horror surgindo em seus olhos. — Você a beijou, não foi?

Kamran sentia-se inquieto agora.

— Por que isso importa?

Hazan virou de súbito para longe, pressionou as palmas das mãos sobre os olhos.

— *Como você não entende?* — Ele quase gritou ao se virar novamente. — Ela é a esperança de toda uma civilização... Não é uma garota com quem se deva brincar, matar o tempo...

— Você se engana — disse Kamran de modo abrupto —, se acha que eu...

— Eu deveria censurá-lo agora mesmo, seu mimadinho arrogante, por tê-la tratado tão mal... Flertou com ela e a descartou...

— Eu *não* flertei com ela...

— Você fala em matá-la!

— *Eu teria me casado com ela!* — gritou Kamran.

Hazan enrijeceu ao ouvir isso, suas feições congeladas em um estranho choque.

— Está mentindo.

Kamran riu, riu como se tivesse perdido toda a razão.

— Bem que gostaria. Gostaria de não sentir nada por ela. Gostaria de poder arrancar este órgão inútil do meu peito por todos os problemas que já me causou. Eu estava tão iludido, tão repugnantemente obcecado, que até a nomeei para o meu avô como uma possível noiva. Tive a ousadia de lhe propor que minha rainha fosse a jovem *profetizada para ser sua ruína*, e ele quase cortou minha cabeça por isso. Pedi a ela que me desse esperança, Hazan. Pedi a ela para esperar por mim. Foi *ela* que não me quis, que não quis ficar comigo. Eu nunca fiz joguinhos com ela. Se ela tivesse me dado um mínimo encorajamento, eu daria minha vida por ela... Eu a teria transformado em minha rainha de bom grado, eu...

— *Espere.*

— Não... Você me acusa sem provas...

— Eu falei para *esperar!* — Hazan gritou com raiva.

— Pra quê? — Kamran gritou de volta.

— Só... Cale a boca por um momento.

Hazan pegou o livro de cima da mesa, examinando a inscrição na parte de trás mais uma vez. Quando olhou de volta para Kamran, parecia confuso.

— Talvez — disse, com uma expressão cada vez mais séria. — Talvez você deva mesmo se casar com ela.

— O quê? — Kamran piscou. Sua raiva desapareceu; seu coração apertou no peito. — O que quer dizer?

— *Una os tronos*, aqui diz. — Hazan examinou o livro de novo, passando os dedos nas letras em relevo. — Esta é uma clara mensagem ao soberano escolhido. O último reino jinn existiu há milênios, e o império abrangia apenas jinns; era um contingente puramente homogêneo por uma série de razões, sobretudo em nome da nossa segurança. — Ele deu uma batidinha no livro. — Mas esta mensagem é tão evidente quanto sem precedentes. Ela não foi feita para liderar os jinns em um império isolado... *Neste Reino de Intrigas, haverá fogo e argila...*

— Pode muito bem ser verdade — disse Kamran, ainda lutando para acalmar seu pulso acelerado, para anular a esperança florescendo dentro de si. — Mas você está pensando nos tronos errados. Esqueceu-se de que ela está noiva do rei tulaniano.

Hazan passou a mão pelo cabelo.

— Não posso aceitar isso — ele declarou, frustrado. — Você levantou acusações contra ela que não resistem à razão. Ela nunca trairia o seu povo. Nunca aceitaria ajuda de Iblees. E *nunca* concordaria em se casar com Cyrus.

— Você não a conhece de fato, Hazan — disse Kamran calmamente. — Só sabe quem quer que ela seja.

Hazan engoliu em seco.

— Bem, então — falou. — Existe apenas um jeito de responder às nossas perguntas.

— E qual é?

— Irmos para Tulan.

DEZESSEIS

— O que poderia valer a sua vida *e* o seu reino? — ela perguntou, piscando.

— Alizeh — ele repetiu em voz baixa, parecendo desesperado por um momento. — Por favor.

Ah, ela não era feita de pedra.

Não ficava insensível diante do som de sua voz e da tragédia em seus olhos. Ela entendia, racionalmente, que Cyrus não passava de um bruto sem caráter, mas também conhecia o diabo bem demais para fazer pouco caso do terror que embalava seus sussurros, a maneira como suas charadas alfinetavam a alma e lá ficavam, consumindo a mente até que não conseguisse pensar em mais nada.

Ela não podia evitar; sentia pena dele.

— Cyrus — disse, balançando a cabeça —, o que eu faria com o seu reino?

Uma pontinha de irritação surgiu na expressão dele.

— Você pode fazer o óbvio e cumprir com o seu destino. Você deve liderar o seu povo, não?

— Sim — ela respondeu com desânimo. — Em teoria.

— Bem, se tomar o meu reino, pode colocar a teoria em prática — ele prosseguiu. — Você viu nossos vaga-lumes… Deve saber que Tulan é lar de uma das maiores populações de jinns. Não somos uma potência, mas poderia ser um ponto de partida.

— Mas isso não é exatamente o que o diabo quer?

— E não é o que *você* quer? — ele replicou. — Pelo que sei, você nunca barganhou com Iblees, então o poder que conquistar será seu, para fazer dele o que bem entender. Ele só conseguirá manipular você por meio das vontades e ações de terceiros.

— Como está fazendo agora — ela constatou, secamente. — Por meio de *você*.

— Sim. Bem… — Cyrus limpou a garganta. — Temo que os desejos do diabo sejam bem mais complexos do que isso, de toda forma.

— E suspeito de que não pode me dizer nada além disso?

Ele riu; o som pareceu sombrio.

— Apenas direi que organizar nosso infeliz enlace é só uma fração do que devo cumprir, mas é o plano ao qual ele tem mais apego. Em primeiro lugar, ele quer que eu a ajude a conquistar o poder, e não me espantaria se estiver fazendo acordos com outros tolos, tolhendo-lhes a liberdade em nome de sua ascensão, assim como faz comigo. Eu sinto dó deles todos — ele afirmou com desgosto. — Entre as exigências dele, lidar com você foi a mais simples e, de longe, a mais penosa.

— *De longe a mais penosa?* — Alizeh ecoou, quase sorrindo. — Ora, vamos, você não me acha assim tão insuportável.

— Acha que estou exagerando? — ele retrucou. — Ser forçado a ficar ao seu lado está no topo da minha lista de experiências mais repulsivas que já tive.

O *nosta* esquentou, e Alizeh impressionou-se com o insulto.

— Você realmente acha isso — disse, espantada. — Mas que crimes cometi para ser reprovada de forma tão implacável?

— Está me dando permissão para ofendê-la?

Ela sentiu uma onda de raiva.

— Não imaginava que precisasse de permissão.

— Alizeh — ele pronunciou seu nome em tom sério e impaciente. — Tem noção de quantas pessoas agarrariam a oportunidade de tomar meu reino e me matar? Sua hesitação é irritante.

— Mas e se eu não quiser matá-lo? E se não conseguir?

— O que a impediria? Meu charme e carisma irresistíveis? Você estava tão ansiosa para me menosprezar todo esse tempo, mas agora, de repente, quando *peço* para que cumpra a maldita missão, você se recusa?

— Céus. Você fala quase como se quisesse morrer.

— E você me julga? — Ele deu um alarmante passo para mais perto. — Por desejar uma saída dessa angustiante consciência que chamamos de vida?

— Na verdade, não — ela respondeu com honestidade, querendo recuar.

Em mais de uma ocasião, ela também quis acabar com a sua vida — escapar das agonias que a oprimiam —, mas nunca sonhou em dizer isso em voz alta, muito menos para outra pessoa.

— Mas você está terrivelmente mórbido — completou.

— Sua presença me inspira.

Alizeh ficou mais zangada; estava cansada dessas alfinetadas em seu orgulho.

— Se quer tanto morrer — ela desafiou —, por que não permite que o diabo o faça?

— Ah, eu não sei… — ele falou, tentando sorrir. — Assisti a você matando cinco mercenários com uma variedade de instrumentos de costura. Acho que prefiro a sua criatividade.

— Espere… O quê? — Ela piscou, o sinal de alerta fazendo seu pulso disparar e retumbar em seu pescoço. — Você estava lá?

— Estava lá para proteger a queridinha do diabo — disse Cyrus com um olhar sombrio. — Claramente, subestimei você.

— Mas… Se você já tinha me visto — ela questionou, com a mente a mil —, por que me confundiu com a srta. Huda?

À menção da srta. Huda, a expressão de Cyrus azedou ainda mais.

— Você estava sempre de *snoda* — explicou. — E eu nunca a tinha visto antes à luz do dia. Fiz a vigilância naquela noite, mas de longe. Se conseguisse me aproximar sem me expor, talvez tivesse ouvido os sussurros escandalosos de seu encontro amoroso. Mas vi o suficiente de seus encontros com *Hazan* para montar o quebra-cabeça dos aspectos menos virtuosos da sua vida.

Alizeh estava chocada demais — revoltada demais — para falar.

— Diga-me uma coisa — Cyrus iniciou, em tom amargo —, quantos homens você seduziu?

— Nenhum — ela protestou, balançando a cabeça. — Por quê… Por que você continua a me julgar mal? Por que presumiria o pior de mim, baseando-se em uma única cena testemunhada sem contexto…

— Sua hipócrita — ele respondeu com raiva —, eu poderia fazer a mesma pergunta!

Ela olhou para ele, calada por um breve momento, não sabendo o que responder. Era verdade: a maior parte do que ela sabia sobre Cyrus, até mesmo os detalhes chocantes do assassinato do pai dele, havia reunido inteiramente com base no relato de terceiros e em especulações. Mas tantas pessoas pareciam concordar que ele era uma má pessoa, e sua ascensão ao trono era tão incontestavelmente horrível que ela…

Alizeh hesitou, depois fez uma cara feia.

— Espere — falou de repente. — Cyrus, você assassinou seu pai para lhe roubar a coroa.

O rosto dele se desfez de todo tipo de expressão, seus olhos ficaram vazios e frios.

— Isso não foi uma pergunta — ele disse.

— Você cometeu parricídio — ela continuou — em busca de poder e glória, para que pudesse controlar um magnífico império! Chegou a esse ponto por causa de poder! Não pode ter sido algo tão irrelevante matar o próprio pai. Então por que você atiraria essas conquistas aos meus pés, como se o seu título não lhe significasse nada?

Cyrus engoliu em seco. Levou um longo momento para dizer:

— Estou bastante desesperado.

O *nosta* esquentou, mas a irritação de Alizeh só se intensificou.

— Não. — Ela abanou a cabeça. — Não tem lógica. Há algo que não me contou.

— Tem muita coisa que não contei para você.

— Que tipo de coisa?

— Ah, eu não sei… — Ele brincou: — Não falei uma palavra até os três anos. Não gosto de berinjela. E você tem só uma sarda nessa curvinha na base do pescoço.

Alizeh levou involuntariamente uma das mãos ao pescoço, quase surpresa quando tocou na gola de metal de seu vestido, que cobria o local.

— Como sabe disso?

— Tenho olhos — ele falou, sem emoção.

— Está mentindo para mim.

— Sobre os meus olhos? Eu garanto, estão bem firmes na minha cabeça.

— Cyrus…

— Mesmo que eu *pudesse*… Acha que eu compartilharia logo com você os meus sofrimentos? — ele disse, virando-se e falando como se estivesse entediado. — Acha que trouxe você aqui, contra a sua vontade, porque precisava de um ombro amigo?

— Não.

Ele a encarou, e uma estranha emoção cruzou seu rosto.

— Não — ele ecoou, baixinho. — E é bom que se lembre disso. Você se casará comigo somente no título. Não tenho interesse em conviver com você.

O *nosta* gelou.

Alizeh sentiu choque e, ao mesmo tempo, um impulso de se encolher com o toque congelante, seu coração batendo no peito ao sustentar o olhar de Cyrus, seu medo aumentando. Ele estava mentindo ao dizer que não queria conviver com ela? Ou sobre o casamento ser só no título?

— Você não vai... — Ela engoliu. — Quero dizer, nós não vamos... Quero dizer, está entendido, não está, que, caso eu aceite esse arranjo, não haverá nenhum aspecto físico no relacionamento...

— Não — ele a cortou. — Não vou tocar em você.

O *nosta* aqueceu.

Respirando com um pouco mais de facilidade, ela disse:

— Muito bem. Mas há outra coisa que *preciso* saber. Antes de eu tomar uma decisão, você precisa me dizer, de uma vez por todas...

— Ah, lá vamos nós — ele falou com desdém. — Estava mesmo me perguntando quando você tocaria de novo nesse assunto. Quer saber se eu matei o seu rei melancólico.

— Por que insiste em falar assim? Ele não é *meu*.

— Acho difícil de acreditar.

— De verdade, ele não é — ela declarou, irritada. — Foi... O que se passou entre nós foi tão breve, e nunca... Quero dizer, ele até tentou fazer algumas promessas, mas nunca claras, e eu disse a ele que não podíamos... Que ele e eu...

— Poupe-me — Cyrus a interrompeu. — Não quero saber os detalhes emocionantes do seu relacionamento com o herdeiro idiota de Ardunia.

Isso a enfureceu.

— Que razão *você* poderia ter para falar mal *dele*, quando foi você o cretino que invadiu a casa dele e matou seu avô?

Ele ergueu as sobrancelhas.

— Não me diga que lamenta a morte do hediondo rei Zaal?

— Ah, apenas responda à pergunta, seu tolo irritante...

— Que pergunta? Se ele está morto ou se eu o odeio?

— Não me importo com o que sente por ele — ela revidou. — Só quero saber se ele está vivo.

— E você vai chorar — Cyrus falou calmamente — se eu disser que não?

Alizeh sentiu o sangue sendo drenado de seu rosto, o horror a forçando a sussurrar:

— Você o matou?

— Não.

Com o calor liberado pelo *nosta*, Alizeh quase perdeu o equilíbrio. Ela fechou os olhos e respirou trêmula e profundamente, levando uma das mãos ao peito em um gesto involuntário. Seus olhos brilharam de emoção, e ela tentou lutar contra isso, mas só naquele momento percebeu quanta tensão estava presa em seu corpo — quanta esperança guardava de que Kamran ainda estivesse vivo. Só então viu como conseguira compartimentalizar os seus sentimentos.

— Preciso dizer, considero a sua reação chocante — comentou Cyrus, fingindo um ar de surpresa. — É difícil acreditar que você de fato se importava com ele quando o traía com um ministro.

— Hazan é meu *amigo*, seu imbecil desalmado! — ela gritou e desviou o olhar abruptamente, a emoção ameaçando desestabilizá-la. — Era meu amigo... Hazan *era* meu amigo.

— Eu já aviso: se você chorar, vou ter ânsia de vômito.

Alizeh conseguiu rir mesmo com o coração partido quando o *nosta* se aqueceu e sua vaidade foi ferida. Lembrar-se de Hazan — e de seu sacrifício por ela — a fez pensar em sua nova resolução de sair das sombras, erguer-se e ser aquilo que os outros que mantinham uma fé silenciosa nela esperavam.

Afinal, nascera para isso.

Fora criada desde o berço para liderar seu povo, para libertá-lo da meia-vida que era obrigado a levar, para lutar contra as injustiças impostas a ele por tanto tempo.

Ela se perguntou, então, em um momento de inspiração, o que os seus pais diriam... E, quando ouviu um sussurro de resposta em seu coração, sentiu-se mais próxima de uma decisão.

Virou-se para cima, examinou Cyrus com um novo olhar.

— Você morrerá de livre vontade? Cederá o trono?

— Apenas depois — ele respondeu com firmeza — que o diabo me liberar do acordo.

— E quanto tempo levará?

— Eu não sei.

Alizeh respirou fundo para se acalmar e o estudou por mais um momento.

— Cyrus, há algo que ainda não entendo.

— O quê? — perguntou ele, desdenhoso.

— Se não tem medo da morte, por que importaria o que o diabo espera de você? Por que sofrer sob seu poder, executando suas ordens, para acabar morto, de toda forma?

A expressão fria de Cyrus ficou gélida. Houve um longo momento antes de ele dizer, por fim:

— Preciso morrer de acordo com os meus próprios termos.

— Por quê?

Ele sorriu, e havia raiva no sorriso.

— Se não consegue imaginar por que não posso arriscar uma morte precoce — disse —, então você, como todos os outros, está se baseando na premissa errada.

— Que bobagem — Alizeh irritou-se. — Está sendo deliberadamente enigmático?

— Estou.

— Ah... — A irritação diminuiu. — Por causa de Iblees?

— Há muito pouco que eu possa falar sobre isso — ele disse com um rápido abano de cabeça. — Então direi o seguinte: se eu sou cuidadoso com a minha vida agora, é porque preciso viver tempo suficiente para cumprir uma tarefa crucial. Para além disso, não importa se o meu coração baterá ou não. — Ele hesitou. — Você não faz ideia do que está em jogo. A minha vida é o de menos.

O *nosta* esquentou diante dessa confissão, e Alizeh sentiu uma pontada de medo.

— Entendo — disse suavemente. — Então quer dizer que não está agindo em interesse próprio, mas em benefício de outros...

— *Não especule* — ele a cortou, e em sua voz havia um toque de pânico. — Não teorize em voz alta.

— Tudo bem. — Ela engoliu em seco. — Tudo bem.

Céus. Aquela teia confusa estava ficando cada vez mais embaraçada. Alizeh não conseguia imaginar o que poderia estar motivando as ações de Cyrus. Não sabia o suficiente sobre sua vida, suas fraquezas ou seus desejos para arriscar um palpite.

— Sua situação não é mesmo das mais fáceis — ela falou em voz baixa. — Não me dirá o que ganhou em troca de sua barganha com o diabo?

Ele riu em resposta, mas o som foi oco.

— Parece que não — ela concluiu, fazendo uma careta.

Cyrus suspirou:

— E eu concluo que você não aceitará os termos da minha oferta.

Ela ergueu a cabeça, encarando-o.

— Não — declarou. — Mas eu prometo o seguinte: vou considerá-la com sinceridade.

Cyrus ficou imóvel por um momento.

Alívio o invadiu devagar, depois com toda a força, tanta que pareceu ter sido empurrado para trás. Ele fechou os olhos e expirou, apoiando seu peso contra a parede.

— Obrigado — murmurou. — Obrigado.

— Eu não prometi nada ainda — ela avisou, aproximando-se dele com cuidado. Ele estava tão paralisado que não se moveu. Ela o cutucou no peito com a ponta do dedo. — Não deveria estar assim tão contente.

Cyrus abriu os olhos e, pela primeira vez desde que o conhecera, ele parecia quase feliz. O sorriso parecia reverter o tempo em seu rosto, deixando-o mais jovem. Seus olhos estavam mais azuis e mais brilhantes. Ele sorriu, e foi um sorriso genuíno.

Ela teve de lutar para não retribuir.

— Venha comigo — ele disse, endireitando-se e estendendo a mão para ela.

Alizeh espiou a mão estendida com cautela, mordendo o lábio ao hesitar.

— Por quê? Vai me jogar de novo do penhasco?

— Talvez mais tarde — ele respondeu com leveza.

— Então, o quê?

— Imagino que gostaria de conhecer Tulan.

DEZESSETE

— Espere! Aonde você vai?

Hazan estava correndo atrás do príncipe, que havia saído de repente da sala de guerra, percorrendo os corredores com o estranho livro em mãos em uma velocidade indicativa de apenas uma de duas coisas: ansiedade ou fúria.

Kamran não tinha certeza do que sentia com mais intensidade.

Que eles fossem para Tulan *agora* — que ele poderia fugir da tediosa rotina política, escapar das discussões infrutíferas e cheias de rodeios dos nobres que sem dúvida passariam dias, se não semanas, debatendo os méritos e deméritos de uma guerra...

Aquilo era surpreendente para ele.

Ele nunca havia considerado que poderia haver benefícios no atual pesadelo em que se encontrava sua vida.

Kamran havia se acostumado tanto com as algemas da realeza e com a infindável lenga-lenga em torno dos assuntos internacionais que não havia percebido a liberdade que poderia ter após toda aquela recente devastação pessoal. Se ele perdesse o título, se continuasse exilado por Zahhak, se os nobres se recusassem a incluí-lo em suas discussões... Bem, nesse caso, ele poderia se tornar mestre de si.

Iria para Tulan como um homem, não como um príncipe.

Vingaria o assassinato de seu avô por motivos pessoais, não a mando de alguém. Enfim, após dezoito anos de serviço infalível à Coroa, faria o que bem quisesse.

Ah, ele tinha planos para Cyrus.

Não apenas mataria o jovem — antes, iria destruí-lo. Faria o rei do Sul orar pela própria morte, e só então seria misericordioso, cumprindo os desejos de Cyrus ao atravessar uma lâmina em seu coração.

— Kamran, seu *idiota*... Espere...

Como era de seu costume, o príncipe não esperou. Apenas quando Hazan o alcançou, ele respondeu à pergunta do amigo, mas em voz bem baixa, para que não fossem ouvidos:

— Há um número incontável de coisas que devemos fazer antes que possamos partir — disse —, e, se não começarmos agora, nunca chegaremos a tempo.

— A tempo? — Hazan olhou para o príncipe. — A tempo de quê?

— Não sei. Só sinto que vamos nos atrasar.

— Kamran, vou fazer uma pergunta e quero que saiba que é uma pergunta sincera…

— O quê?

— Você enlouqueceu?

O príncipe deu uma risada oca.

— Eu enlouqueci no momento em que a conheci, Hazan, e você estava lá para testemunhar a minha queda, então não finja surpresa agora.

— Eu juro, às vezes você me assusta.

— Às vezes, Hazan, eu me assusto. — Kamran continuou movendo-se em um ritmo constante, mesmo quando olhava para o livro em suas mãos. — Vamos zarpar hoje à noite, à meia-noite, na escuridão.

— Zarpar? — Os olhos de Hazan se arregalaram, e ele quase tropeçou enquanto mantinha o ritmo. — Você pretende entrar em Tulan pelo rio Mashti? Podemos não sobreviver a tal jornada à luz do dia, muito menos…

— Nossos dragões estão sob guarda pesada na província de Fesht, e você sabe tão bem quanto eu que leva um mês para chegar lá a cavalo. Não consigo convocar as feras sem chamar atenção indesejada, e não há maneira mais rápida de chegar até Tulan. Nossa frota, no entanto, tem a vantagem de ser reforçada por magia; viagens fluviais muitas vezes levam meses, não apenas por causa da quantidade de trabalho necessária em cada estágio, mas também pela imensa carga que transportamos. Sem o peso adicional de toneladas métricas de água, vamos nos mover muito mais rápido… E, quando alguém perceber a nossa ausência, já estaremos longe. Já fiz viagens suficientes por rios e mares para conhecer bem o caminho; e eu mesmo posso pilotar qualquer barco. Desde que evitemos grandes atrasos ou tempestades, chegaremos em menos de uma semana.

Hazan ficou em silêncio diante das afirmações, mesmo com os olhos preocupados.

— Muito bem — disse, por fim. — O que você vai dizer ao menino?

— Omid? — Kamran franziu a testa. — Coisa nenhuma. Quanto menos pessoas souberem do nosso paradeiro, melhor.

— E por que devemos manter nossa jornada em segredo?

— Porque preferiria que eles não soubessem onde me encontrar.

— Eles quem? — questionou Hazan, franzindo as sobrancelhas. — Não percebi que você estava sendo caçado.

— Não, mas logo estarei. — Kamran dobrou a esquina e correu pela grande escadaria de mármore, a batida ritmada de suas botas ecoando no enorme salão. — Pretendo esvaziar os cofres do tesouro antes de partirmos, e prefiro não deixar uma trilha fácil de seguir, senão os nobres votarão pela minha execução com uma velocidade impressionante.

— Espere... — Hazan subiu as escadas ao lado dele. — Que necessidade você tem de mexer no tesouro?

— Ouro. Armas. Cavalos. — Kamran parou abruptamente em um patamar e virou de súbito para Hazan. — Esta tarefa deixo para você: abra os nossos estoques enquanto ainda temos acesso e pegue muito mais do que acha que vamos precisar. Se eu for expulso do palácio, precisarei de um lugar para ficar depois do nosso retorno. Encontre para nós um lugar seguro... Compre uma propriedade de um agricultor desavisado, se necessário... Então, organize uma equipe com os melhores soldados, inclusive de cavalaria, e compense-os generosamente por um período de seis meses. Precisaremos montar a nossa força armada.

— Diga-me que está brincando.

— Você é mais do que capaz.

Hazan olhou para ele, perplexo.

— Você quer que eu invada os cofres da coroa, viaje para o norte do país, encontre um fazendeiro, compre sua casinha, vasculhe o império para encontrar os melhores mercenários e forme uma milícia secreta... Em um dia?

— Você possui velocidade sobrenatural, força e invisibilidade, Hazan. Eu lhe concedo total permissão para usar seus poderes para o bem.

— E se eu for parado por um magistrado?

Kamran enfiou a mão no bolso, pegou uma moeda e jogou-a no ar, observando como Hazan a pegou com facilidade em uma das mãos.

— Mostre isso a eles — disse o príncipe. — Tem meu selo sobre ela.

— Que eles julgarão ser falsificado.

— Tenho certeza de que você vai dar um jeito — disse Kamran, resoluto.

Hazan lançou-lhe um olhar sombrio, mas ainda assim dirigiu a Kamran um aceno respeitoso.

— Você tem muita sorte, então, que eu já tenha uma equipe confiável com a qual posso contar. Eles darão uma ótima milícia.

Kamran, que estava prestes a retomar o passo, virou-se completamente para encarar o amigo. Foi incapaz de disfarçar a surpresa em sua voz ao dizer:

— Você tem uma *equipe*?

— Nunca trabalhei sozinho — disse Hazan, com serenidade. — Eu não sou o único que estava procurando por ela, sabe.

O príncipe desviou o olhar, acuado. Por mais de um ano ele estivera lendo sobre pequenas revoltas nas comunidades jinn em Ardunia. Pensou que estavam apenas infelizes — desejosos de mudança —, não sabia que poderiam estar em busca de consolo na ideia de um império perdido, que estivessem até mesmo à espera de um líder desconhecido que os agruparia.

— Não — ele disse, por fim. — Imagino que não.

— Kamran.

O príncipe lhe dirigiu um olhar indagador.

— O que você vai fazer? — Hazan perguntou, observando-o de perto. — Quando a vir?

À mera sugestão, o coração de Kamran reagiu. Até aquele momento, ele conseguira evitar essa imagem; algum instinto protetor em seu cérebro o impedira de se concentrar demais no aspecto da jornada que mais poderia feri-lo. Mas, imaginar que pudesse vê-la novamente, falar com ela…

Era quase demais.

Ele sentiu o aperto de uma ansiedade terrível envolvendo a garganta, e, em seguida, uma dor inexplicável, um calor abrasador ao longo de seu esterno que não conseguiu expressar na forma de palavras. Ela o traíra, dera-lhe um soco no estômago, e ele não sabia o que faria quando a visse novamente, pois não sabia o que descobriria em Tulan. Ou descobriria que tinha sido um idiota por ter duvidado dela, ou receberia um golpe final e destruidor que, ele temia, poderia arrasá-lo de vez. Ele poderia cair de joelhos diante dela; ou ser forçado a matá-la.

A possibilidade despertou um mal-estar.

Sua voz foi de uma rouquidão irreconhecível quando disse, enfim respondendo à pergunta de Hazan:

— Não sei.

— Se quer saber, não acredito que ela tenha traído nenhum de nós.

— Basta — disse Kamran, virando-se. — Temos muito a fazer. Você me encontrará no porto à meia-noite.

Hazan olhou para ele por um instante.

Então, com um aceno de cabeça, seu antigo ministro desaparecera e, quando foi se virar, Kamran descobriu que não conseguia se mover. Ele olhou a meia distância, segurando o livro na mão de modo cada vez mais firme. O lenço dela ele enfiara no bolso muito antes, dizendo a si mesmo que um dia lhe entregaria pessoalmente, sem saber se isso aconteceria logo ou não.

Kamran nunca soubera como o luto poderia ser confuso; nunca lhe ocorrera que a morte de um ente querido pudesse se provar tão difícil de lamentar, ou que um coração pudesse continuar batendo por muito tempo depois de ter sido partido. Ele não fora ensinado a navegar por essas trilhas enevoadas e intermediárias da incerteza; não, Kamran sempre vivera com o luxo dos absolutos. Mesmo na infância sabia da posição delineada para ele neste mundo, conhecia as regras que encurralavam sua vida. Passara de um marco para outro com uma confiança tão completa que nunca lhe ocorrera, não até Alizeh chegar à sua vida, duvidar do curso traçado diante dele.

Agora estava à boca de um caminho indistinto, nunca antes viajado; sua missão, seu título, o amanhã... Tudo desconhecido.

— Hejjan? Hejjan... — Senhor? Senhor...

Muito lentamente, Kamran virou-se para o som desesperado, avistando a criança de pernas longas lutando para subir a escadaria, dois degraus por vez. Kamran estava voltando para os seus aposentos a fim de administrar um pouco da correspondência; ele pretendia enviar uma carta para sua tia Jamilah, cujo silêncio conspícuo após a morte de Zaal lhe parecia muito estranho, e perguntar se ela gostaria de receber uma visita dele no dia seguinte. Ele não pretendia ir, é claro, só esperava deixar um rastro documentado para complicar os detalhes de seu desaparecimento.

Parecia que isso teria de esperar.

Quando enfim alcançou o mesmo patamar, Omid curvou-se de imediato, apoiando as mãos nos joelhos, tentando recuperar o fôlego.

— Procurei pelo senhor — disse com dificuldade — em todos os lugares…

— Sim, e por que demorou tanto? — Kamran perguntou sem perder a calma. — Eles já estão aqui?

Omid tentou se levantar e quase conseguiu, apertando os olhos enquanto respirava, diminuindo o esforço de ficar na vertical com uma das mãos apoiada no quadril.

— Eles não virão, senhor — anunciou, ofegando em feshtoon. — Não acreditaram em mim quando disse que tinham sido convocados pela coroa.

Kamran fechou os olhos e suspirou.

Naquela manhã — quando estava triste, delirante e, admitidamente, sem total posse de suas faculdades — Kamran pensara que ele não tinha mais ninguém em quem confiar. Após um ato heroico, o menino parecia uma escolha óbvia para um papel destinado a priorizar a segurança e a proteção do príncipe. Agora, Kamran estava começando a se perguntar se Hazan estava certo.

Talvez aquela tivesse sido uma péssima ideia.

— Deveríamos ter comprado um novo guarda-roupa para você — Kamran disse, abrindo os olhos para estudar as roupas grandes e desalinhadas do menino. — É claro que eles não acreditam em você; você não parece ser de uma casa real. — Ele olhou desconfiado para a criança. — Por que você não foi de carruagem, como instruí? O selo real teria sido prova suficiente.

Omid balançou a cabeça:

— Eu tentei, senhor, sinceramente tentei. Mas não me deixaram pegar a carruagem.

Agora Kamran franziu a testa.

— Quem não deixaria você pegar o transporte?

— O cocheiro. Ele me disse que me chicotearia se eu tocasse em uma das carruagens, então eu fui correndo a pé, sabe, e é por isso que demorei tanto…

— Pelos céus.

O menino corou intensamente.

— Sinto *muito* mesmo. E estas… — Ele olhou para si, puxando a bainha da túnica longa demais. — Bem, essas são todas as roupas que eu tenho, senhor, e não sei o que fazer com elas, mas eu odiaria jogá-las fora porque foram presentes dos… — Seus olhos encheram-se de lágrimas — … Profetas, sabe, e eles sempre foram tão gentis comigo…

Kamran ergueu a mão para impedir o menino de choramingar.

Ele mesmo não derramara uma única lágrima desde a noite anterior, e enquanto havia um aspecto de sua consciência que suspeitava, em algum nível, que isso era estranho, havia uma parte muito maior, mais barulhenta e menos saudável que se orgulhava de sua capacidade de manter as emoções contidas.

— Isso é minha culpa — disse Kamran à criança. — Eu deveria ter providenciado suas roupas antes de enviar você para uma missão. E não me ocorreu que eu poderia ter de fazer apresentações aos criados. Você não é culpado por nada disso. — Ele suspirou. — Na verdade, vejo agora que cometi um erro maior em lhe dar tanta responsabilidade. Você claramente não é adequado para esse cargo…

— Não, senhor… — O garoto estendeu a mão como se para impedir que Kamran falasse, percebendo tarde demais que quase havia tocado o príncipe. Ele recuou, horrorizado. — Sinto muito, quero dizer, perdoe-me…

— Omid…

— Por favor — implorou o menino, limpando desesperadamente o rosto úmido e aprumando-se. — Eu posso ocupar o cargo, senhor, prometo que posso. Quero este trabalho mais do que tudo... Minha mãe e meu pai ficariam tão orgulhosos se pudessem ver como dei a volta por cima... Prometo que vou lhe mostrar a minha capacidade. Sobre os túmulos de meus pais, senhor, eu juro.

Kamran estreitou os olhos para o menino, que estava de pé agora como um soldado, seus olhos avermelhados não mais vazando. Em qualquer outra situação, Kamran teria dispensado a criança sem hesitar. Mas não havia por que ter grandes expectativas naquela conjuntura; na manhã do dia seguinte, Kamran teria ido embora. Além disso, ele estava antecipando problemas com os nobres, tomando como certo que a magia distorcida serpenteando ao longo de seu corpo garantiria sua expulsão. Só não sabia ao certo *quando* seria convidado a sair, pois até então conseguira escapar do que parecia ser um encontro inevitável com o próprio Zahhak...

Como se tivesse conjurado o homem com sua mente, Kamran avistou de canto de olho o passo furtivo do ministro da defesa, que apareceu no corredor como que se materializando do nada. Ele estava se movendo com alguma pressa na direção da ala do rei — o que Zahhak pretendia fazer nos aposentos do seu avô era, porém, um mistério; um que Kamran estava ansioso para desvendar. Se os olhos esbugalhados do ministro servissem como alguma indicação, as respostas estavam fadadas a ser sombrias.

— Senhor?

Kamran voltou seu olhar para o menino, a mente trabalhando em turno duplo, avaliando a situação de todos os ângulos possíveis no espaço de um milissegundo. Conforme a figura traiçoeira de Zahhak diminuía a distância, Kamran teve certeza de que saberia mais sobre seu destino no palácio muito, muito em breve.

Nesse caso, havia pouco sentido, ele raciocinou, em partir o coração do menino. Ele podia deixar a criança sonhar por mais um dia.

— Muito bem — disse Kamran rigidamente, baixando a voz. — Mas, se eles não estiverem aqui ao anoitecer, vou transferir você para outro lugar do palácio. Tenho certeza de que devemos precisar de um novo cavalariço. — Ele fez uma pausa, avaliando a criança. — Você é bom com cavalos?

Omid balançou a cabeça com tanta força que Kamran temeu que pudesse causar um dano permanente lá dentro.

— Eu não gosto de cavalos, senhor, e eles não gostam de mim. Cumprirei a missão, e não precisará me mandar para outro lugar. Eles estarão aqui ao cair da noite, eu juro.

E, enquanto Omid se afastava, correndo escada abaixo em uma velocidade perigosa, Kamran também mudou de curso, seguindo a trilha de Zahhak em direção aos aposentos de seu avô.

DEZOITO

— Perdão? — Alizeh piscou para Cyrus. — Você quer me mostrar Tulan?

— Não está curiosa?

— Muito — ela disse. — Mas pensei que não me permitiria sair do palácio.

Cyrus riu disso, depois franziu a testa:

— Por que eu não a deixaria sair do palácio?

Ela se mostrou igualmente confusa.

— Porque, veja, eu poderia fugir — ela afirmou, devagar. — E você precisa que eu fique aqui para cumprir seu acordo, ou o diabo o matará.

— Ah. — Ele sorriu de modo ácido. — Certo. *Bem.* Nesse caso, acho que preciso ir. Imagino que irei vê-la no jantar, caso queira me fazer companhia.

Ele assentiu, virou e, com uma marcha determinada, dirigiu-se à porta.

Alizeh observou a cena com nítida decepção.

— Espere — chamou, cabisbaixa. — Está mesmo indo embora? Não vamos passear por Tulan?

Cyrus hesitou, mas não se virou para ela. Alizeh viu suas costas tensas, seus cabelos de cobre brilhantes em contraste com o casaco preto simples. Ela se impressionou novamente com a sua presença, mesmo sem ver seu rosto.

Ele disse com a voz suave:

— Foi muito tolo você mencionar uma possível fuga.

— Eu sei. — Alizeh mordeu o lábio. — Eu me arrependo agora.

Ele virou de volta devagar.

— Está dizendo que *não* vai fugir, então?

Alizeh quase agiu de má-fé.

Estava dividida, mas também distraída; o sol mudara de posição na última hora, e raios de luminescência dourada inundavam o cômodo pelas portas de vidro e janelas abertas, ungindo tudo em seu caminho.

Até Cyrus foi pego naquela tempestade de luz, as linhas duras de seu corpo delineadas, um brilho difuso dançando em seu rosto, colorindo seus olhos. Ele apertou os olhos contra a claridade, suas pupilas tornando-se apenas pontos, soprando o azul de sua íris; ela o observou observá-la por um momento, sua confusão aparente.

Alizeh não se importou.

Deixou seu olhar vagar enquanto refletia sobre seu conflito de emoções. Sentia-se menos inclinada a fugir do castelo agora do que na sua chegada, não só porque tinha recebido duas ofertas atraentes naquele intervalo, mas porque... Bem, porque a verdade era que ela não tinha para onde ir. Ali, pelo menos, era cortejada por mãe e filho; e Alizeh, que fora forçada a dormir muitas noites brutais na sarjeta, com o rosto pressionado contra a imundície das ruas da cidade, não subestimava o luxo de uma cama quente. Não podia negar que aquele era um lugar adorável para descansar um pouco... E para ponderar sobre a miríade de desastres que se desenrolavam diante dela. De fato, ainda podia ouvir os pássaros cantando lá fora; o barulho das cachoeiras ao longe; os esforços do vento empurrando galhos, folhas chocalhando. Era, em suma, lindo.

E ela desejava muito conhecer Tulan.

Apesar de ignorante no que dizia respeito à manipulação da magia, Alizeh sabia o suficiente para entender que só podia haver algum tipo de encantamento no ar daquela terra, pois a estação do ano estava inteiramente errada. Era verdade que Tulan ficava mais ao sul do que Ardunia — que, por sua vez, estava enfrentando um inverno implacável —, mas os dois impérios compartilhavam uma fronteira; alguma variação de temperatura seria de se esperar; no entanto, *ali* parecia praticamente verão.

Alizeh estaria mentindo se dissesse que não preferia assim.

Ela ergueu os olhos, por fim encontrando o olhar impaciente de Cyrus. Hesitante, disse:

— Talvez eu não fuja hoje.

Sua agitação deu lugar a uma perplexidade visível.

— Ah, é assim? Está se divertindo, então? Está gostando da minha hospitalidade?

Alizeh pigarreou de modo despreocupado.

— Você pode escolher zombar — disse, apertando e abrindo as mãos. — Mas *estou* decidindo se, afinal, vou ou não me casar com você, e acho que deveria ter permissão para ver a terra que você pretende deixar para mim antes que eu faça minha escolha.

Cyrus endureceu ao ouvir isso.

Ele olhou para ela, sem piscar, a luz morrendo em seus olhos enquanto se virava devagar, caindo no silêncio. Na verdade, ficou calado por tanto tempo que Alizeh se sentiu forçada, no crescente desconforto do momento, a falar.

— Cyrus? — perguntou, inquieta. — Está tudo bem?

Ele olhou.

— E quando esteve?

Ela fez uma careta.

— Sabe — ele disse, tentando forçar uma risada —, eu tenho consciência de que você pode não acreditar, mas nunca imaginei que um dia seria obrigado a encontrar uma esposa dessa forma. — Balançou a cabeça, desviou. — Estou tentando lhe passar Tulan, uma joia entre os impérios, uma terra que é o meu lar. Eu lhe imploro para se casar comigo... Para *me matar* e tomar a minha nação, a minha coroa, o meu legado... E você nem diz que sim. — Ele fechou os olhos e resmungou. — Eu achava que tinha chegado ao fundo do poço, mas isto... É uma desgraça total que nunca antes experimentei.

O *nosta* esquentou ao som desse discurso triste, e o coração bondoso de Alizeh sentiu uma pontada de pena, o que ela odiava. Odiava não poder odiá-lo sem cerimônia, odiava não conseguir controlar suas emoções, odiava ser incapaz de desligar a compaixão quando era um sentimento inapropriado.

Com um suspiro, Alizeh aproximou-se dele.

A cabeça de Cyrus ergueu-se por antecipação, como se ele estivesse sendo caçado. Ele a observou com preocupação crescente até ela parar perto dele, do outro lado do cômodo. Ela então se surpreendeu ao fazer algo que foi estúpido, ou corajoso... Alizeh não saberia dizer.

Tocou o braço dele.

Ou, pelo menos, tentou. Cyrus agarrou a sua mão antes que ela pudesse fazer contato, os reflexos dele tão rápidos que ela mal se deu conta do gesto até ver que ele empunhava sua mão à altura dos olhos dela. A mão dele se sobrepunha à dela em tamanho e calor, e ele a estudou, seus olhos selvagens e questionadores. Alizeh sentiu-se paralisada; imóvel como pedra, maravilhada por sentir leves calos na pele dele conforme seus dedos deslizaram, com certa dificuldade, até a parte abaixo dos nós dos seus dedos, o que inspirou uma queimação lenta de sensações tão inesperadas que ela quase se engasgou.

Um alerta percorreu o seu corpo.

Ele puxou a mão devagar para baixo, roçando sua palma, até que lhe agarrou o punho como uma pulseira, seus dedos pressionados ternamente contra sua pulsação acelerada. Ela se perguntou se ele estava contando as batidas, investigando sua reação.

— Alizeh — ele pronunciou com a voz baixa e pesada. Olhava-a como se ela estivesse prestes a plantar uma faca em seu coração. — O que você ia fazer?

— Eu não… — Ela balançou a cabeça, encontrando a voz. — Juro que não ia machucá-lo.

Cyrus largou sua mão como se ela o queimasse e afastou-se de Alizeh. Estava respirando de forma um pouco acelerada, seus olhos muito cautelosos.

— Então o que ia fazer?

Ela hesitou, decidindo se deveria admitir a verdade e se sentir uma boba ao fazer isso. Mais uma vez, balançou a cabeça.

— Nada, eu juro…

— Alizeh. — Ele estava bravo agora. — Por que tentou mc tocar? Qual é o seu jogo?

— Eu só estava… — Ela suspirou. — Ah, isso é *ridículo*… — Ela falou, em uma explosão de frustração. — Só estava tentando ser compreensiva.

Ele piscou para ela, e toda tensão pareceu sair de seu corpo.

— Estava tentando ser compreensiva? — ele ecoou em palpável confusão. — Você quer dizer… Que estava tentando me consolar?

— Sim.

Ele apontou para si.

— *Me* consolar.

— Quer saber? — Uma vermelhidão irritadiça tingiu as bochechas dela. — Esqueça.

Cyrus a encarou por um longo segundo antes de, enfim, cair na gargalhada.

— Eu conto uma única história triste, e você baixa a guarda desse jeito? Baixa a guarda para *mim*? Sua bela bobinha, assim você acabará morta.

— Ah, cale a boca. — Ela cruzou os braços.

Ele balançou a cabeça devagar, aproximando-se dela outra vez, analisando-a com cuidado, demorando-se nas linhas de seu rosto. Por um momento, quase pareceu que ia tocá-la, mas não tocou.

— Agora, me conte — sussurrou. — O que você ia dizer? Como pretendia me confortar?

— Não pretendia... Não ia dizer nada...

— Ia me dizer para eu não me preocupar? — ele falou, ainda sorrindo. — Ia me lembrar que, apesar de a minha vida não valer essencialmente nada, eu devia erguer a cabeça e olhar o lado bom das coisas?

— Não — ela contrapôs, reparando na falta de fôlego em sua voz e odiando isso. — Eu não tinha nenhuma intenção de dizer essas bobagens. Não vejo nenhum lado bom nisto.

Ele respirou fundo, seu peito estufando com o esforço. Levou um longo minuto para dizer:

— Sabe, eu também não via.

O coração de Alizeh estava palpitando com força. Ela não sabia como os dois acabavam caindo nesses momentos tensos e, por isso, também não sabia como sair deles. Havia algo fascinante em Cyrus; algo potente e complexo, e cutucá-lo para que dissesse a verdade era como cutucar um músculo machucado; os resultados eram dolorosos e agradáveis. Ela tinha pena dele mesmo que o detestasse; compreendia-o mesmo que o desprezasse. Ele era como uma série de caixas misteriosas que ela não tinha certeza se queria abrir, e cujas profundezas ocultas a tentavam mesmo que também a assustassem.

Ela não sabia o que queria dele, nem se queria alguma coisa...

E, então, ele a tocou.

Baixou os olhos e a tocou, quebrando o transe entre eles de modo tão abrupto que desestabilizou a respiração de Alizeh. Ela o observou sorrir diante do som que ela fez, rindo baixinho para si mesmo enquanto roçava os dedos pela frente de seu vestido, logo abaixo dos seios até o topo do umbigo.

Ela se afastou, mas era tarde demais.

— O que está fazendo? — protestou, tentando sentir raiva, mas falhando. Sua cabeça estava como que nublada pela proximidade dele, e ela fez uma anotação silenciosa para si mesma para manter distância entre seus corpos.

— Eu estava ajeitando seu vestido — disse ele, dando um passo para trás. — Não achei que gostaria de mantê-lo manchado.

Alizeh inspecionou a si mesma como se estivesse saindo de um sonho, apalpando a esmo o corpete do vestido. Os respingos de chá que tinham sujado as camadas finas de tecido não estavam mais lá. O vestido havia sido totalmente restaurado.

— Como você fez isso? — sussurrou, olhando para ele com olhos arregalados. — Como você lança feitiços com tanta facilidade?

— Você não deveria exercer grande poder? — ele perguntou com as sobrancelhas franzidas. — Como é que pode ser tão ignorante quanto ao funcionamento da magia?

Ela corou de leve com a pergunta, sentindo-se insegura.

— Minha magia, se um dia eu a dominar, deve vir a mim sem uma educação formal. É para ser intuitiva.

— Fascinante — ele disse, com uma expressão mais curiosa. — E você não sabe mais nada? Não sabe o que é?

— Não — ela respondeu, sentindo-se de repente desconfortável. Não conseguia dizer se aquela era uma pergunta honesta e casual ou se estava tentando lhe arrancar alguma informação. De toda forma, ela foi cautelosa. — Pelo que me consta, ninguém sabe.

— Por que não?

— Porque, em toda história registrada, nunca ninguém a acessou — falou de forma direta, depois mudou de assunto: — Sobre feitiços corriqueiros, eu só tenho um conhecimento rudimentar. Ardunia é um império grande demais para basear sua subsistência em magia. Para nós, trata-se de um recurso escasso, então só usamos raramente. Também pertence à Coroa e é regulada inteiramente por ela. Não temos permissão para a utilizarmos como quisermos.

— Sim — ele confirmou com calma. — Ouvi dizer que ardunianos ensinam magia apenas para os que se tornarão sacerdotes.

Ela assentiu.

— Mas não é assim em Tulan, é? Sua mãe me contou que você estuda adivinhação e feitiçaria desde que era bem pequeno, e não é preciso ser muito perspicaz para perceber que, de sacerdote, você não tem nada.

Ele congelou, um pouco surpreso com o insulto, depois riu com o corpo inteiro, chacoalhando os ombros, seus olhos formando vincos.

— Céus — ele disse. — Não dá para ser mais sincera?

— Cuidado, Cyrus — ela zombou. — Se continuar rindo assim, posso acabar acreditando que você tem um coração.

— Ah, não se preocupe — ele retrucou, seu sorriso desaparecendo. — Eu com certeza não tenho.

O *nosta* ficou frio.

Ao sentir isso, o sorriso de Alizeh também se apagou, e sua resistência interna começou a ruir. De repente, ela já não sabia o que dizer.

— Vamos, então — ele chamou, literalmente dando as costas para aquele momento e indo até a porta. — Se é mesmo tão desinformada, vou lhe mostrar como funciona.

— Como o que funciona? — Ela olhou para ele sem se mexer. — E aonde pretende me levar? Vamos para Tulan agora?

Alizeh viu apenas sua nuca quando ele respondeu:

— Sim.

— Mesmo? — Ela se apressou até o seu lado. — Não está mais preocupado que eu possa fugir?

— Não.

— Espere… Por que não? — Alizeh parou no lugar. — Devia estar um pouquinho preocupado, pelo menos.

— Sinto que isso não será possível — ele disse, enfim virando-se para ela. — Pois acabo de deduzir que você é encantadoramente patética.

Alizeh enrijeceu, com choque e fúria despertando em seu corpo.

— Como ousa — disse, aprumando-se, cerrando os punhos. — Eu *não* sou patética...

— Eu tenho uma teoria — ele a interrompeu enquanto andava de costas até a porta. — Se eu estivesse muito ferido, você me ajudaria. Verdadeiro ou falso?

— Falso.

O sorriso dele se abriu.

— Mentirosa.

— Eu não ajudaria — ela repetiu com crueldade. — Largaria você lá e fugiria para me salvar.

Ele estava lutando para não abrir ainda mais o sorriso, seus olhos brilhando com um prazer pouco reprimido.

— Você me salvaria.

— Com toda certeza, eu o deixaria morrer.

Ele abanou a cabeça.

— Você não conseguiria me largar para trás.

— Conseguiria, sim — ela insistiu.

— Você com certeza *deveria* — ele disse, baixo —, porque seria muito estúpido me salvar, e eu não achava que você era burra.

Ela não acreditava que tinha sentido pena dele. Agora, queria esmurrá-lo.

— Eu não sou burra — protestou, furiosa.

— Nunca disse que você era burra. — Cyrus agora estava na porta, com a mão sobre a maçaneta. — Só disse que todos os sinais *apontam* para isso.

— Ah, você é mesmo horrível! — exclamou ela, encarando-o e seguindo-o até a porta. — Você é mau e horrível, e eu me arrependo de ter me sentido mal por você.

Ele ergueu as sobrancelhas.

— Seu primeiro erro foi ter se sentido mal por mim.

— Um erro que não repetirei.

Ele a encarou em silêncio, divertindo-se, quando de repente ela o empurrou para o lado, abriu a maçaneta da porta e deu um único passo para fora — e gritou.

Alizeh recuou no mesmo instante, cambaleando até Cyrus pegá-la, estabilizando seu corpo bambo contra o peito dele. Ela caíra pelos céus vezes demais nas últimas vinte e quatro horas para enfrentar ainda outra queda.

Seus pobres nervos estavam em frangalhos.

— Por que não há nada lá fora? — ela praticamente gritou. — Por que este castelo é tão estranho?

— Alizeh...

— Isto é mesmo uma prisão? — O pânico dela escalou. — Você me trancou em uma torre? Nunca poderei sair?

— *Alizeh*...

— Não. — Ela o empurrou até conseguir se desvencilhar, até ele se afastar um pouco dela. — Eu *não* gosto de você, eu *não* confio em você e eu *não* salvaria você, seu desalmado desprezível, inútil, inescrupuloso...

Ele a segurou pelos ombros, tentou olhá-la nos olhos.

— Alizeh, sua garota irritante, ouça-me...

— Eu não vou ouvir você! E como se atreve a me chamar de burra *e* irritante...

— *As escadas são de vidro.*

Alizeh de repente ficou imóvel. Ela foi se reanimando pouco a pouco, dominando o que sobrava de sua dignidade ao ajustar o vestido e se afastar dele. Depois, olhou pela porta aberta, desta vez com atenção.

— Bem — disse, respirando. — Parece que é mesmo de vidro. — Cruzou os braços, sem conseguir encará-lo. — Mas essa é uma ideia boba, sabe, fazer escadas de vidro. É bem perigoso.

Cyrus ficou em silêncio por tanto tempo que, por fim, ela ganhou coragem de olhar para ele e o encontrou a observando com a mais estranha das expressões. Ele parecia estar confuso e sofrendo; ela não sabia definir nem o que significava.

Sentindo-se envergonhada, baixou os olhos de novo, perguntando-se se ele mudara de ideia sobre mostrar-lhe a magia e Tulan.

— Alizeh — ele chamou, por fim.

Ela não olhou, preferindo fitar os próprios pés, que estavam calçando um bonito par de botas.

— Eu sei que acabei de chamá-la de vários nomes feios, mas ainda gostaria de apresentar Tulan para você. Por que se recusa a olhar para mim?

— Por que eu deveria olhar? — ela indagou tranquila. — Eu já vi seu rosto.

— Alizeh...

— Sabe, você repete muito o meu nome.

— Eu digo o seu nome — ele retrucou — um número perfeitamente normal de vezes.

— Acha mesmo? — Ela espiou o rosto dele, que parecia bravo.

— Acho.

— Bem, então deve ser verdade — ela disse. — Faz tanto tempo que ninguém fala comigo com honestidade que devo ter perdido o parâmetro.

Ele hesitou.

— O que quer dizer?

Ela balançou a cabeça, contraindo o rosto ao sentir a dor do luto que sempre surgia em momentos inoportunos. Havia anos e anos que seus pais tinham morrido, e desde então só lhe davam ordens, não a tratavam como uma pessoa. A sra. Amina nunca nem ao menos *perguntara* o seu nome.

— Nada — disse alegremente, ainda que reprimindo uma onda de sentimento.

— O que você... Ah, pelos céus e mares, você vai chorar de novo? Vou levar você para passear na bendita cidade, Alizeh, vou lhe mostrar a porcaria da magia... Não precisa chorar por tudo!

— Não estou chorando — ela rebateu, irritada. — Estou *pensando*. Às vezes fico sentimental quando penso...

— Quando você está *pensando*? O tempo todo, então? — Ele passou as mãos pelos cabelos e falou um palavrão abafado. — O diabo está mesmo querendo me matar.

Ela enxugou os olhos.

— Pensei que já soubesse disso.

— Agora já chega de você — ele disse, pegando a mão dela sem aviso prévio e puxando-a porta afora.

DEZENOVE

Alizeh olhou, intrigada, para o bocado de pão que segurava, virando-o nas mãos. Cyrus o havia partido de forma desproporcional, e a parte que ela estava segurando tinha uma forma incomum, parecendo uma lua crescente.

Ainda estava quente, também.

Estavam passando por uma padaria quando Alizeh sentiu um cheiro conhecido. Depois de comentar em voz alta que só passara por padarias, sem nunca na vida ter entrado em uma, Cyrus manifestou surpresa. Ele perguntou por que nunca entrara, pois "certamente Ardunia não era um império tão patético a ponto de não ter tais estabelecimentos", ao que ela respondeu que Ardunia era "bem servida de padarias, muito obrigada", mas que ela nunca tinha visitado uma, pois sempre trabalhara, no mínimo, em turnos de doze horas. Se bem que, mesmo se tivesse tido tempo, argumentou, "invariavelmente não teria o dinheiro necessário para comprar qualquer coisa em um lugar do tipo", então não via motivo para se torturar nem sequer com a possibilidade de tal luxo...

Cyrus então a tomara pelo braço, dirigindo-lhe um olhar estranho, e a guiado até a loja em questão, na qual se perderam por alguns momentos maravilhosos e da qual saíram pouco depois com o pão.

Pão que Cyrus comprara para ela.

Ela não pensara que comprariam alguma coisa, não apenas porque Alizeh não tinha dinheiro nenhum, mas também porque, em toda a sua vida, ninguém além de seus pais lhe dera algum presente. A experiência de passear com Cyrus pela cidade, do momento em que se despediram da arrogante Sarra — que os vira de mãos dadas e dirigira a Alizeh um leve incentivo na forma de um aceno da cabeça — até o presente instante, tinha sido tão diferente e estranha que Alizeh mal sabia como se comportar. Se pensasse muito a respeito, achava que sua cabeça cairia.

Por ora, estava concentrada no pão.

Com um pouco de orientação de seu improvável — mas surpreendentemente paciente — companheiro, Alizeh escolhera um disco pequeno de pão. Era mais ou menos fino, sovado à mão e com uma cobertura generosa de gergelim. Era dourado e crocante por fora, mas — ela estava cutucando o pão com o dedo — leve e fofo por dentro. Aquela lhe pareceu uma combinação impossível.

— Eles fizeram isso com magia? — ela perguntou a Cyrus, ainda cutucando o miolo.

Havia muitos furinhos por dentro, e ela não conseguia imaginar como alguém tinha feito o recheio sem estragar uma cobertura tão perfeita.

Cyrus, que comia sua parte do pão, olhou para ela enquanto mastigava, encarando-a agora como se ela fosse maluca.

— Por favor, diga-me que está brincando.

— Bem, se for para ser mal-educado — respondeu ela — vou guardar as perguntas para mim.

— Alizeh.

Ela fingiu não ouvir.

Pegou com cuidado na crosta, tentando quebrar a casca para expor totalmente o miolo macio e esponjoso. Mastigou um pedaço da crosta primeiro, seus sentidos vorazes saboreando o sabor suave e a textura crocante, e então mordeu o meio fofinho, que era — ela levantou a sobrancelha — surpreendentemente mastigável.

Alizeh decidiu que gostava muito de pão.

Eles estavam vagando por uma avenida brilhante e encantadora pavimentada com marfim reluzente, cercada de ambos os lados por lojas coloridas de todos os tipos. Alizeh já tinha espiado muito em volta, mas só então dirigiu o olhar para *cima* enquanto passeavam, hipnotizada pela grandiosidade estratosférica do teto acima deles, que não era um teto, mas um número insondável de trepadeiras de glicínias espalhadas por toda a largura da rua, cruzando do topo de um edifício para outro. As flores roxas, explicou Cyrus, tinham sido enfeitiçadas para florescerem para sempre. Pairavam em cachos altos como uvas maduras e suculentas, seu perfume adocicado infundindo o ar ao redor, enquanto pétalas soltas e caídas decoravam tudo como um confete de outro mundo.

Às vezes, uma forte rajada de vento soprava e sacudia as videiras, resultando em uma chuva suave de pétalas de glicínias, cuja visão e cheiro eram tão celestiais, tão incrivelmente belos, que Alizeh pensou que poderia se deitar no meio da rua e morrer de prazer.

— Alizeh — Cyrus repetiu.

— Hum? — Ela ainda estava olhando as flores e separando os pedacinhos de pão de modo metódico.

— O que está fazendo? — ele perguntou, visivelmente frustrado. — A crosta não é uma casca. Não precisa tirá-la para comer o que tem dentro.

— Eu não estava descascando — ela resmungou, enfim se voltando para ele. — Estava estudando. E *me perguntando*, também... Pode me explicar como os padeiros fizeram todos esses buraquinhos no miolo sem romper a casca? Parece muito inteligente.

Cyrus parou de súbito.

— Não acredito nisso. — Ele suspirou. — Você nunca comeu pão?

Ela fez uma careta.

— Claro que sim.

— Nunca comeu, não é? Nunca comeu pão na vida.

— Não é verdade — insistiu ela, apontando o dedo. — Uma vez, em uma das casas em que trabalhei, estava limpando os pratos do café da manhã e ainda tinha muita comida intocada... Uma enorme bandeja repleta de torradas, dá para imaginar? E eu estava curiosa, então dei uma mordida.

Cyrus apenas a encarou.

— Quando foi isso?

— Alguns anos atrás.

Ele olhou para o céu como se para juntar forças, depois virou para ela suspirando:

— Uma vez, *anos atrás*, você mordeu uma torrada? E foi isso?

— Bom, não consegui repetir o feito — ela disse, franzindo o lábio. — Uma das criadas testemunhou meu ato vergonhoso e foi direto contar para a governanta, que me demitiu na mesma hora. Tentei explicar que não estava *roubando*, como ela descreveu de forma injusta, pois éramos instruídas a jogar fora o resto do pão, o que me parecia um terrível desperdício...

— Pelos céus, Alizeh. — Cyrus estava perplexo. — Você deve ser a garota mais estranha que já conheci na vida.

— Está me insultando?

— Sem dúvida.

Ela lhe dirigiu um olhar mortal, e Cyrus riu.

Só então houve uma série de gritos; uma equipe de homens estava abrindo um tapete maciço de uma varanda alta, a intrincada peça se desenrolando ao sol como uma folha desabrochando. Suspenso apenas pelos esforços, pairava ao vento como uma magnífica bandeira, seus fios de seda brilhando, quando um deles gritou agressivamente da balaustrada os bons preços e os descontos.

Apesar da irritação, Alizeh sorriu.

Havia aspectos da cidade real de Tulan — *Mesti*, Cyrus tinha chamado — que a lembravam muito de Setar, mas havia diferenças bastante gritantes também.

Primeiro, falavam um par de idiomas em igual medida. Tulan estava posicionado logo além da província de Fesht, o território mais ao sul de Ardunia, e, por isso, havia bastante intercâmbio ao longo das fronteiras; o povo tulaniano falava feshtoon *e* ardanz, embora Alizeh pensara ter ouvido algumas pessoas falando um terceiro dialeto não oficial, que soava como uma mistura descuidada de ambos.

Em segundo lugar, a diferença mais óbvia: embora ambas as cidades reais fossem proezas impressionantes de cor e arquitetura, apenas uma havia sido construída com uma abundância de magia. Como Tulan tinha apenas uma fração do tamanho de Ardunia, sua cidade real também era muito menor, o que lhe conferia uma atmosfera mais aconchegante; cada centímetro parecia mais limpo, mais cuidado e delicadamente encantado. Alizeh estava assimilando tudo isso com um entusiasmo ingênuo, absorvendo a vida e a agitação não muito diferente de uma criança que sentia o vento pela primeira vez.

— Que outras coisas essenciais devo saber sobre você? — Cyrus disse. — Você nunca tomou um copo de leite, por exemplo? Nunca comeu um pedaço de bolo? Precisa que eu a ensine a usar garfo e faca?

Alizeh sentiu seu rosto esquentar com essa última pergunta, pois quase com certeza precisaria de tais aulas. Ela se atrapalhava com os talheres, porque nunca tivera nenhum uso para eles. Como criada, tentara, em muitas ocasiões, familiarizar-se com seus muitos usos, mas sempre que se demorava demais vendo as pessoas comerem, era punida ou demitida.

— Você — ela disse por fim, virando-se para esconder seu embaraço — está sendo intencionalmente maldoso. Sabe muito bem que não sou como você, que não preciso comer para sobreviver...

— Ah, não se atreva a culpar o seu povo pela sua estranheza — ele a interrompeu, e eles começaram a andar de novo. — Existem muitos milhares de jinns em Tulan que não *precisam* comer e, no entanto, frequentam com gosto as mercearias e padarias locais.

À menção do povo jinn, Alizeh hesitou por um momento.

Ela ficaria realmente surpresa se Cyrus não tivesse notado que ela estava recebendo muitos olhares estranhos — ele era perspicaz demais para deixar algo assim passar —, mas ele não disse uma palavra sobre isso, o que a levou a temer que pudesse estar imaginando coisas.

Ainda assim, ela lutou para negar o que parecia cada vez mais óbvio. Os jinns dali pareciam sobrenaturalmente sintonizados com ela. Levantavam a cabeça quando ela passava, olhares de confusão cruzando o rosto. Franziam a testa para ela como se julgassem conhecê-la, como se seu rosto pertencesse a um conhecido cujo nome se esforçavam para lembrar. Mais de uma vez, alguém se demorou a analisá-la quando ela passou, virando-se para cochichar com urgência para seu acompanhante, dizendo algo que ela não conseguia ouvir.

Eram os vaga-lumes que os denunciavam.

Se não fosse pelos insetos alegres voando ao lado de seus donos, Alizeh podia não ter sido capaz de discernir entre os residentes Argilas e jinns, que enxameavam a cidade com uma normalidade nunca vista mesmo em Ardunia. Em sua terra, os jinns podiam viver legalmente livres, mas mantinham sempre uma cautela que definia todos os aspectos de sua existência. Andavam de cabeça baixa, falavam pouco e não se misturavam muito com os Argilas, além de se manterem, sempre que possível, fechados nos próprios círculos de convivência.

Por razões desconhecidas, os jinns pareciam mais felizes ali.

No entanto, Alizeh sentiu crescer uma apreensão familiar em seu peito — algo que sentira muitas vezes em sua vida: a sensação de estar sendo seguida. Cyrus e ela só tinham voltado a andar um minuto antes, e ela já estava percebendo um número cada vez maior de olhos em sua direção. Espiou ao redor com nervosismo, expondo-se ainda mais, mas não tinha como evitar. Havia alguém ali.

— Cyrus — ela disse com calma.

— Não, não quero discutir sobre isso — ele falou, gesticulando com o restante de seu pão. — Faz parte do meu papel conhecer os hábitos de consumo do meu povo, e eu juro para você que os jinns comem o tempo todo...

— *Cyrus* — ela soprou, cutucando-o no braço.

— O quê? — Ele se virou para ela e, em um instante, sua frustração se transmutou em preocupação.

Aquela por si só era uma reação a ser investigada, mas talvez em outro momento.

— O que foi? — disse, parando de repente. — O que há de errado?

Ela baixou a cabeça e sussurrou:

— É tarde demais para me tornar invisível?

A preocupação de Cyrus transformou-se em alarme. Ele olhou no mesmo instante para os dois lados da rua e para o alto. Ela percebeu que ele estava procurando bandidos.

— Não acho que alguém esteja tentando me matar — afirmou ela com leveza, tentando parecer calma. — Mas acho que estamos sendo seguidos.

Ele xingou baixinho.

Mais cedo, Cyrus havia usado magia para criar uma ilusão ao redor de si; como resultado, as pessoas registravam apenas um rosto esquecível, um rosto que instantaneamente apagavam da mente. Ele explicara que essa era a única forma de poder andar por Tulan, pois uma vez ele causara um tumulto mesmo estando coberto com uma máscara, um manto e um capuz.

— É o meu maldito cabelo — murmurou com amargura. — Essa cor é uma maldição.

Insistiu em criar uma ilusão para o rosto dela também, mas Alizeh recusou veementemente. Não confiava em Cyrus o bastante para permitir que ele usasse magia nela, e por razões óbvias: na última vez que confiara nele para fazer encantos protetores, fora arrastada pelos ares, atirada no lombo de um dragão e levada direto ao covil do diabo.

Sem magia, ela repetiu.

Embora todos os nobres de Ardunia tivessem vislumbrado o rosto dela — e suas roupas de baixo, pelo visto —, ela fugira logo depois e entrara em um império completamente distinto. Parecia improvável que alguém em Tulan soubesse quem ela era. Cyrus cedeu a contragosto, embora apenas porque ela havia concordado em usar um chapéu bastante grande, que puxou para baixo para cobrir os olhos.

Um chapéu inútil, pelo visto.

— Se alguém já está nos observando — disse Cyrus, ainda furtivamente esquadrinhando a rua —, verão a ilusão se concretizar, o que significa que ainda poderão rastreá-la. Primeiro, precisamos ir a algum lugar mais deserto. Você viu para onde essa pessoa foi?

Alizeh balançou a cabeça e, então, tão discreta quanto fisicamente possível, olhou por cima do ombro.

Havia uma jovem lá.

Usava um vestido vermelho brilhante, parada imóvel no meio da avenida, encarando Alizeh com olhos arregalados, sem piscar.

— Ela está ali — Alizeh sussurrou. — Logo atrás de nós.

Cyrus repetiu o gesto dela, olhando com cautela por cima do ombro, mas então ele se virou por completo, não disfarçando sua busca. Ele franziu a testa:

— Que mulher? — indagou, não se importando em baixar a voz. — Não tem ninguém ali.

— Você não a vê?

— Não vejo ninguém — disse. — Talvez só parecesse que ela estava nos seguindo.

Sentindo uma sensação de alívio, Alizeh suspirou.

— Sim — disse, girando para inspecionar a rua. — Talvez ela...

Alizeh havia levantado a aba do chapéu ao se virar, esperando ver melhor, quando a jovem caiu, sem aviso, de joelhos. Ela apontou o dedo trêmulo para Alizeh e *gritou*. Berrou tão violentamente que Alizeh sentiu-se atacada pelo som, por seu peso, por sua selvageria.

Não conseguia se mover mesmo tremendo, enquanto seu rosto empalidecia.

Sentia-se presa ao chão.

— Alizeh? — disse Cyrus com urgência. — O que há de errado? O que está acontecendo?

— Você não está ouvindo isso? — ela conseguiu sussurrar, seu coração batendo furiosamente no peito. — Não consegue ouvir?

— Ouvir o quê?

A mulher na rua ainda estava gritando e soluçando histericamente.

— Alizeh?

— *Cyrus*.

Ela estava respirando com dificuldade e estendeu a mão para o braço dele sem olhar, agarrando a manga da camisa.

— Por que não me disse que os jinns em Tulan tinham permissão para usar seus dons?

— Porque você... — Ele olhou para baixo, confuso, sentindo seu aperto desesperado — ... nunca perguntou... E tínhamos uma série de outras coisas para fazer...

Cyrus respirou fundo. Seus olhos se arregalaram quando, Alizeh imaginou, a moça gritando apareceu de repente. A jovem provavelmente havia perdido o controle de sua invisibilidade no furor em que se encontrava, e seus gritos ecoavam pela avenida agora, conforme pessoas de todos os tipos vinham correndo de todas as direções. Eles tentavam ajudar a garota, mas ela não se comovia. Não queria seu auxílio, ora apontando para Alizeh, ora passando as mãos no rosto.

Alizeh podia sentir o pânico de Cyrus.

— Vamos — disse ele. — Agora mesmo...

— Não... Não posso... Não posso simplesmente deixá-la...

Uma multidão estava se reunindo agora, os olhos seguindo a direção do dedo estendido da jovem, e, conforme os gritos e sussurros atingiam um crescendo impressionante, os gritos da mulher conseguiam, de alguma maneira, se sobrepor, uma expressão torturada tomando seu rosto — uma mistura de alegria com tristeza — e lágrimas riscando suas bochechas. Ela por fim conseguiu falar de modo inteligível.

— É verdade! — gritou. — Eles disseram que você estava aqui… Eu não acreditei, mas é verdade…

— Quem? — alguém perguntou. — Quem é ela?

— O criado do palácio — um homem gritou —, ele disse…

— Não… Não pode ser…

— Alizeh — chamou Cyrus com urgência —, eu sei que me pediu para não usar magia em você, mas, por favor, deixe-me tirá-la daqui…

— No jornal de Ardunia de ontem à noite…

— Não, já havia boatos há dias…

— Eu não posso ir embora — disse Alizeh em desespero, o pulso disparado. — Posso? Essas pessoas… Elas… Elas são de minha responsabilidade…

Cyrus puxou-a bruscamente para trás enquanto a multidão avançava, e seu chapéu caiu no chão com um baque surdo. Não havia tempo para recuperá-lo. A massa não perdeu tempo ao se aproximar, tentando ver melhor.

— Os olhos!

— E o cabelo! Ela está usando uma coroa!

— Como eles disseram…

— A prima da minha esposa, de Setar, mandou uma carta e jurou que era ela, disse que tinha de ser…

— Soube que ela esteve se escondendo esse tempo todo…

— Eu me lembro desses boatos… Quase vinte anos atrás…

— Anjos do céu, eu também ouvi, mas não acreditei…

— Nossas orações foram atendidas! — gritou uma mulher idosa, chorando sobre as mãos. — Finalmente aconteceu, e ainda estou viva para ver… Nunca ousei ter esperança, mesmo com o meu irmão na cadeia em Forina por dezessete anos…

— Assim como minha mãe, na província de Stol, cortaram seus pés…

— *Justiça!* — alguém gritou. — Haverá justiça nesta terra apodrecida!

Alizeh então perdeu o equilíbrio, quase caindo, até Cyrus pegá-la e aninhá-la com firmeza em seus braços, ocultando sua face contra o seu peito.

— Por favor — ele sussurrou por entre os cabelos dela. — Por favor, deixe-me tirá-la daqui... Você não está pronta para isso, nem eles estão prontos para você...

— Precisa começar pelas prisões, Majestade! — outra mulher gritou. — Nossos irmãos e irmãs são tratados pior que animais no império Soroot...

— E em Zeldan...

— Ainda enterram as crianças em Sheffat...

Alizeh absorveu cada pancada, cada declaração revirando seu estômago, cada frase a cortando mais e mais fundo, lembranças de seu propósito, de seu dever, arrancando o ar de seus pulmões.

— Ela não fala? Eu não entendo...

— O *snoda* do castelo, ele disse que ela falou com ele... Que *sorriu* para ele...

— Pensei que ele tinha dito que ela estava aqui para se casar com o rei...

Alizeh engasgou-se, seu coração palpitando.

— Com o nosso rei? Rei Cyrus?

— Há meses ele está preparando aposentos para a sua noiva... Ele nem manteve segredo...

— Mas tem certeza de que é ela?

— Alguns criados disseram que ela chegou de manhãzinha! Que se mudou para o palácio...

— Com quem ela está, então? Não consigo ver o rosto...

— Será que é o rei?

— O rei? No meio da rua, à luz do dia? — Alguém riu. — Acho que não...

— Ouviram que ele matou Zaal? Na casa dele?

— Sim, e ouvi que aquele monstro depravado mereceu...

— Longa vida ao rei Cyrus! — alguém exclamou. — Longa vida à nossa rainha!

O coração de Alizeh estava batendo rápido demais. Ela se sentia zonza além da conta. Estava atordoada pela emoção, em pânico e com uma desconcertante suspeita de que só podia estar sonhando.

— Alizeh, por favor, endireite-se... *Alizeh*...

— Por que eles gostam de você? — ela perguntou com um sussurro, seus lábios movendo-se contra a garganta dele, mesmo com a mente em polvorosa. — Pensei que odiassem você...

— Por favor, Alteza — gritou um homem. — Diga algo... Imploro que fale algo...

— Perdoe-me — Cyrus sussurrou, apertando-a mais contra o seu corpo. — Sei que você não quer que eu faça isso, mas, se eu esperar um pouco mais...

— Cyrus — ela ofegou, fechando os olhos para o mundo girando ao seu redor. — Acho que vou desmaiar.

— Minha rainha! — gritou a primeira mulher, cuja voz Alizeh suspeitava que lembraria para o resto da vida. — Minha rainha, a senhora por fim... — ela se engasgou, ainda soluçando histericamente — veio a nós, depois de todo esse tempo...

De repente, eles desapareceram.

VINTE

Deslocaram-se no espaço de forma tão suave que Alizeh nem tinha percebido que haviam deixado a caótica avenida até que se materializaram, um momento depois, no meio de um extenso campo de flores. Ela também não tinha percebido que estava chorando silenciosamente, não até sentir o suéter de Cyrus molhado sob seu rosto.

Com extremo cuidado, ele a soltou, afastando-se de modo carinhoso antes de ajudá-la a descer para o chão, sobre o qual ela pisou com um suspiro agradecido por apenas um momento antes de cair devagar. Ela se curvou de lado, esmagando uma cama de tulipas sob o corpo e experimentando o tempo todo uma reação física que não entendia. Seus membros pareciam pesados como se fossem de chumbo. Ela estava com mais frio do que nunca, mais exausta do que jamais se sentira, e sua cabeça parecia incapaz de ficar na vertical. Seus dedos dormentes mal conseguiam abrir a gola pesada em volta do pescoço, que agora parecia estar sufocando-a. Com um esforço final e exaustivo, ela arrancou-a da garganta e atirou o metal brilhante no chão.

Ela respirou fundo, trêmula.

Alizeh ainda podia sentir aquelas pessoas, podia ainda ouvir as vozes, seus pulmões se comprimindo sob o peso das esperanças, as costelas estalando sob o peso de seus sonhos.

Ela nunca desejara tanto ter seus pais por perto do que naquele exato momento, desesperada por um conselho, por alguém para lhe dizer que ela era forte o suficiente, que era digna. Que deveria se erguer, agora, mais do que nunca.

Que ela não falharia se o fizesse.

— Alizeh — ele sussurrou. — Você está me assustando.

Ela ouviu sua voz familiar e abriu os olhos com o som, procurando por seu rosto. Em vez disso, só viu flores. Sentiu o cheiro da grama, o aroma bem-vindo de terra revirada, o frescor do orvalho. Seu rosto molhado pressionava as pétalas aveludadas de muitas tulipas; um trio de abelhas zumbia perto de seu nariz. Ela sentiu que poderia ficar ali para sempre, repousando a cabeça cansada sobre aquele canteiro de flores e fingir, por um momento, que ainda era uma criança.

— Por favor — disse Cyrus. — Pelo menos me diga que você está bem.

— Temo que isso seja impossível — ela respondeu, fungando um pouco. Fechou os olhos outra vez, deixou as flores secarem suas lágrimas.

— O que quer dizer? — perguntou ele, alarmado. — Por que é impossível?

— Bem — ela explicou —, porque deduzi que você é encantadoramente patético.

Ele suspirou.

— Mesmo? Você está escolhendo este momento para me insultar?

— E eu tenho uma teoria — ela continuou. — Se eu estivesse ferida, você me ajudaria. Verdadeiro ou falso?

Ele ficou em silêncio.

Ficou em silêncio por tanto tempo que Alizeh pôde assistir a uma gota de orvalho escorrendo de uma bela folha verde.

— Verdadeiro ou falso, Cyrus?

Ela ouviu sua expiração desigual, a crueza de sua voz quando ele disse, irritado:

— Falso.

O *nosta* esfriou.

— Mentiroso — ela sussurrou.

— Eu não gosto deste jogo.

— Onde estamos, a propósito? — ela perguntou, seus olhos pousando em uma tulipa bem roxa, a cor tão viva que parecia artificial.

Em resposta, Cyrus não disse o que era óbvio, que eles estavam em um campo de flores; em vez disso, respondeu à pergunta implícita:

— Em um lugar seguro.

— Seguro? — ela disse, conseguindo dar um pequeno sorriso. — Mesmo com você aqui?

Passou-se um momento antes que ele murmurasse:

— Sim.

O *nosta* esquentou.

Alizeh ainda não o tinha visto. *Não* conseguia vê-lo. As tulipas eram altas, sua cabeça estava pesada, e ela não sentia vontade de se mexer. Perguntou-se se Cyrus estava sentado bem ao lado dela e tentou imaginá-lo em suas austeras roupas pretas sobre um mar de flores, suas longas pernas recolhidas até o peito como um menino. Seu cabelo, ela pensou, ficaria lindo contrastando com o verde.

— E há magia aqui também? — ela perguntou.

— Sim.

Alizeh estendeu a mão cansada em direção a uma flor murcha, acariciando seu caule quebrado e as pétalas sonolentas, e a flor se contorceu sob seu toque, esforçando-se para ficar de pé. Ela percebeu, então, que as flores voltariam a brotar uma vez que ela saísse dali.

— Alguém teria de andar quilômetros para encontrá-la aqui — ele disse, respondendo à outra pergunta que ela não tinha feito. — Não há caminho direto para este campo.

— Então, a que propósito serve?

— Como assim?

— O campo de flores — disse ela. — Não acho que seja selvagem... Parece planejado... Mas você diz que não há como acessá-lo. E, se foi encantado para florescer sempre, tenho que supor que as tulipas não foram feitas para serem vendidas no mercado. Então, por que existe? Quem o colocou aqui?

— O campo existe simplesmente por existir. Existem milhares de diferentes tipos de flores aqui — explicou. — É para ser uma espécie de pintura viva; uma experiência de beleza destinada a revigorar os sentidos cansados.

Alizeh quase levantou a cabeça de tão surpresa.

— É por isso que me trouxe aqui?

— É — disse calmamente.

— Você quer dizer que estava tentando me consolar?

— Que inferno, Alizeh, pare com isso.

— Tudo bem, tudo bem — ela falou com um suspiro.

— Ótimo.

— *Me* consolar? — ela continuou. — Estava tentando *me* consolar?

— Quer saber, pode voltar andando para o castelo…

— Desculpe, desculpe, prometo que agora eu parei. — Ela mordeu a bochecha por dentro e, muito baixo, disse: — Espero que saiba quanto estou grata por ter me trazido para cá. É lindo.

— Sim… Bem — ele respondeu, respirando forte. — Você me parece exatamente o tipo de pessoa sentimental que ia gostar de chorar em meio às flores.

Ela parou um pouco para refletir sobre isso, tentando decifrar a mensagem.

— Sabe — ela falou, por fim —, acho que essa deve ter sido a coisa mais bondosa que você me disse até agora.

— Não era um elogio.

— Acho que era, sim — ela protestou, sorrindo.

Ele riu baixinho e ela também, e os dois caíram em um silêncio cúmplice, evitando estrategicamente o tópico mais óbvio de discussão. Alizeh não sabia o que Cyrus estava fazendo onde quer que estivesse sentado, mas, se sabia quanto ela estava remoendo a perspectiva de tomar seu império, não falou nada.

Alizeh, por sua vez, estava cutucando os caules de flores cansadas, observando-as reagir enquanto refletia. Sentia-se grata por aquele momento de quietude, pois sua mente estava uma bagunça.

Se havia duvidado antes de seu lugar no mundo, agora sabia sem dúvida que existiam pessoas esperando por ela — pessoas que a seguiriam — e às quais ela devia lealdade por nascimento e por destino, um dever de liderar e unificar.

Por anos, porém, aquilo parecera impossível.

Fora fácil convencer-se de que não podia fazer nada para resolver grandes problemas sem uma coroa que a tornasse rainha, sem império para governar e sem recursos para ajudar o seu povo. Mas agora… Como podia fugir de suas responsabilidades, quando a simples resposta estava ao seu lado, oferecendo-lhe seu castelo, seu título, sua terra, seu povo?

Ela seria uma tola se recusasse.

Por outro lado, ainda, a resposta óbvia a muitos de seus problemas estava ligada aos desejos de Iblees, que orquestrara todo esse circo desde o princípio. Era provável que a tivesse colocado naquele exato momento e local por meio de encantos sombrios, encontrando maneiras de comovê-la para que ela obedecesse às suas vontades sem resistência. Seus pais haviam-na alertado uma vez sobre seu coração: se permanecesse compassivo, seria, ao mesmo tempo, sua maior força *e* sua maior fraqueza.

Ela nunca tinha entendido o que exatamente eles queriam dizer, porque era difícil imaginar como a empatia, tão necessária no arsenal de emoções, poderia se tornar uma arma destrutiva. Mas agora sabia — agora lhe estava claro que o diabo, o mestre em explorar as maiores fraquezas de uma pessoa, acertara o alvo direitinho e usaria a sua compaixão contra ela até derrubá-la.

O que aconteceria, ela se perguntou, se aceitasse a proposta de Cyrus... E cumprisse com o seu destino?

Como o diabo interviria?

Suspirou alto, fazendo seu vizinho se mexer.

— Cyrus? — chamou baixinho.

— Sim?

— Posso fazer uma pergunta?

Ela quase o sentiu endurecer.

— Prefiro que não faça.

— Sim, imagino, mas posso fazer de qualquer forma?

Ele suspirou.

— Por que se veste sempre de preto? Não combina com você.

— Passo.

— Não vai responder? — disse Alizeh, desanimada. — Mas é uma pergunta tão gentil.

— Ah, então tem perguntas menos gentis a fazer, não é? — Ele não soava feliz.

— Muitas, na verdade.

— Novamente, eu passo.

— Cyrus — ela disse com paciência —, você não pode simplesmente propor casamento a uma moça e se recusar a responder uma só pergunta sobre si.

— Pergunte, então.

— Que bom. Você tem irmãos?

Ele limpou a garganta e disse, em voz baixa:

— Passo.

— Então você *tem* irmãos? Jura? E onde…

— Próxima pergunta.

Ela hesitou, sentindo-se contrariada, e resolveu perguntar algo mais ardiloso:

— Muito bem, então. Talvez você possa me explicar por que as pessoas de Tulan não parecem odiá-lo.

— Odiar-me? — Ele riu. — Por que elas me odiariam?

— Você está surpreso — ela mais afirmou do que perguntou. — Que interessante. Mas você tomou o trono de forma tão sanguinária e violenta… Foi tão brutal que o mundo inteiro comentou. Houve também muita especulação sobre o seu estado mental e sua habilidade de governar…

— Não fui o primeiro da história a reivindicar uma coroa de maneira desagradável — ele disse com frieza — e não serei o último. No fim das contas, os cidadãos se importam mais com água limpa, salários justos, boas colheitas e um tesouro bem administrado. Eu cuido do meu povo. Não lhe dou motivo para me odiar.

— Mas o povo em Ardunia parece odiá-lo — ela pontuou, com a voz calma. — Muito.

Ele riu de novo, desta vez com uma ponta de raiva.

— Eles me odeiam porque me temem.

— Eles devem temê-lo?

— Sim.

O *nosta* esquentou, e o coração de Alizeh acelerou um pouco.

— Muito bem — disse, preparando-se —, agora vou fazer a pergunta mais difícil de todas.

— Qual? — Ele foi rude.

Alizeh prendeu a respiração e esperou até ouvi-lo suspirar.

Com mais gentileza, ele perguntou de novo:

— O que foi?

— Seu pai... Ele era um homem ruim? Foi por isso que o matou?

Cyrus caiu em silêncio por tanto tempo que os sons do mundo ao seu redor ganharam vida. O vento implacável, o gorjeio dos pássaros; as flores dançando sob as nuvens, que iam e vinham, abrindo caminho para o sol poente brilhar por entre as flores e os galhos, cobrindo tudo com uma forte luz dourada. Ela ouviu grilos e abelhas e respirou pela boca, saboreando a brisa fresca antes que tocasse a sua pele.

Acima de tudo, ela conseguia ouvi-lo respirar.

— Cyrus — ela falou, por fim —, não vai me responder?

— Não quero falar sobre o meu pai.

— Mas...

— Não vou conversar sobre isso.

— Mas como vou confiar em você, se não consigo entender por que fez algo tão hediondo?

— Você não precisa confiar em mim.

— Mas é claro que preciso — ela protestou. — Está me fazendo enormes promessas, e preciso acreditar que pretende cumpri-las... Que cumprirá com a sua parte no acordo.

— Travarei com você um pacto de sangue.

Alizeh ficou paralisada.

— Não — refutou, exalando a palavra. — De jeito nenhum.

— Por que não?

— Porque... Cyrus...

— Se você me matar, como concordamos que fará, isso não terá impacto nenhum.

— Mas você ficará *subjugado* a mim... Talvez para sempre...

— Só se não me matar.

— E até lá?

Ele respirou fundo.

— Bem. Sim. Até lá, será um pouco desconfortável. Principalmente para mim.

Ela balançou a cabeça entre as flores.

— Não farei isso. Não é humano. Você não terá livre-arbítrio.

Ele riu com amargor.

— E suponho que você ache que me matar é a saída mais humana?

— Isso foi ideia *sua!*

— Esta também é uma ideia minha. Não sei por que está sendo tão obstinada…

— Por que não me fala sobre suas razões? — ela rebateu, frustrada. — Sua mãe me disse que você fez o que fez porque considerava o seu pai inapto para governar. É verdade?

— Minha mãe fala demais — ele declarou com severidade.

— Cyrus…

Ele se levantou de repente, e Alizeh levou um susto quando o viu, como se nunca o tivesse visto antes. Ela se virou de modo a deitar de costas no chão, seus cachos se soltando conforme ela se mexia, causando desordem entre as tulipas. Ela pegou uma pétala solta grudada em seu rosto e olhou para ele por entre o caleidoscópio colorido de caules e folhas e, por um momento, não viu nada além do azul do céu e dos olhos dele. E o cabelo de cobre, reluzindo sob os últimos raios de sol; as linhas elegantes de seu rosto realçadas pela luz dourada. Alizeh não gostava de reconhecer a beleza dele, já difícil de negar em condições comuns, mas, ali, em meio a um oceano de flores, alto e sombrio em suas roupas pretas, Cyrus era magnífico.

Ele não estava olhando para nada em particular, com o corpo virado para o outro lado, mas a tensão em seus membros e a rigidez de sua postura traíam a expressão plácida em seu rosto.

Baixinho, ela chamou o seu nome.

Ele virou a cabeça, viu Alizeh e visivelmente estremeceu. De todas as coisas que ela esperava encontrar em seu olhar, medo não era uma delas.

Ela assistiu ao movimento de sua garganta enquanto ele olhava para ela, observando cada centímetro de seu corpo lânguido. Seus olhos se demoravam em alguns lugares, obscurecidos por algo que ela passou a reconhecer como voracidade. Ele a olhava com uma expressão próxima da fraqueza, como se não conseguisse decidir que parte saborear por mais tempo. Suas atenções, tão intensas, a desestabilizaram, e ela já não podia respirar.

— Você arrancou o colar — ele afirmou com alguma dificuldade.

— Sim.

— Por quê?

— Estava me sufocando.

— Certo — ele disse e passou a mão pelo rosto.

De repente, virou-se.

— Cyrus — ela disse após um momento. — Está com medo de mim?

Ele quase riu, mas sua expressão era dolorida.

— Que pergunta absurda.

— Mas não vai responder?

— Não — disse secamente. — Não estou com medo de você.

O *nosta* esfriou.

— Está — ela insistiu. — Acha que vou machucá-lo.

— Não, não acho.

O *nosta* esfriou de novo.

— Cyrus...

— Pare. — A respiração dele estava mais ofegante do que o normal. — Não quero mais conversar.

— Mas...

Ele emitiu um som, algo como um chiado, seus olhos fechados com força e o corpo tenso. Ele se curvou sobre o abdome, cerrando os dentes ao ficar de joelhos e cair para a frente sobre as mãos, engasgado, depois contendo um grito. Alizeh, que assistiu a isso com horror crescente, percebeu que Cyrus estava tentando não gritar.

Ela reagiu.

Esqueceu-se do corpo cansado e sentou-se na mesma hora, de medo, com a cabeça um pouco zonza conforme cambaleava até ele.

— O que está acontecendo? — perguntou, apavorada. — Está com alguma dor? Deixe-me...

Ela o tocou e ele a afastou, deixando escapar uma única palavra:

— Não.

— Mas...

A cabeça de Cyrus de repente contraiu-se para trás com um gesto súbito e violento, seus olhos arregalando-se e sua pele empalidecendo, tornando-se acinzentada, adoentada. O corpo dele tremia, o peito palpitava conforme ele respirava mais e mais rápido e, enquanto isso, seu rosto estava congelado em uma expressão única de horror. Ela soube naquele momento que ele estava vendo algo.

Que estava *ouvindo* algo.

— Não — ele gritou. — *Não...*

Ele tombou para a frente, então, com um som agonizante, seus ombros chacoalhando conforme tentava respirar.

— Não posso — disse, em desespero. — Não posso, eu sinto muito... *Por favor...*

Alizeh testemunhou a tortura em seus olhos. Ouviu o som baixo e agudo vindo dele conforme uma única lágrima, depois outra, descia pelo seu rosto.

Ela pensou que seu coração fosse parar.

Entendia, racionalmente, que Cyrus era o culpado por ter trazido o diabo para a sua vida, mas não sabia como virar as costas para o sofrimento dos outros. Assistiu àquilo horrorizada, enquanto ele implorava cegamente por piedade, enquanto se contorcia como se tivesse sido golpeado. Logo um fio de sangue começou a correr do alto de sua cabeça, depois de seu nariz.

Cyrus soluçou.

Implorou enquanto sofria, o sangue sendo engolido conforme ele falava:

— Não o outro... — Ele se engasgou. — Por favor, imploro para que não leve o outro...

Cyrus teria morrido antes de se expor dessa forma. Alizeh sabia disso, sabia que ele teria se jogado de bom grado de um penhasco antes de demonstrar tal emoção diante dela e, no entanto, ali estava ele, exposto a seus pés inteiramente contra a sua vontade. Ela conhecia o cérebro por trás daquele sofrimento e suspeitava que o diabo estava humilhando Cyrus de propósito... Destruindo-o diante dela como uma forma de punição, roubando dele seu orgulho, sua privacidade. Ela tentou desviar os olhos, mas como poderia? Quando seu coração patético estava partido ao meio ao ver tudo aquilo?

Ela se sentia em pânico, impotente diante de sua angústia, desejando estupidamente que pudesse arrancá-lo daquele transe, mesmo sabendo que qualquer esforço seria inútil. Pois, quando Iblees invadia uma mente, escapar era impossível.

Não, Alizeh sabia bem.

Não era ingênua; entendia que aquele episódio fora orquestrado em seu benefício. Iblees estava torturando Cyrus para manipular a sua compaixão. Ela viu seus passos em falso com bastante clareza e, com crescente desespero, percebeu que, de alguma forma, havia se traído.

Começara a gostar de Cyrus.

Começara a vê-lo com profundidade, com compaixão. Ela não queria, de fato, matá-lo. Ele já não era mais um monstro unidimensional para ela, mas um homem intrigante que esperava entender.

Ela dera a Iblees essa munição.

De fato, Alizeh suspeitava que poderia acabar com aquele tormento agora mesmo se dissesse apenas uma palavra: sim.

Sim, vou me casar com ele.

Ah, ela estava tentada. Pensara sobre isso o dia todo, e se sentia mais inclinada a dar uma resposta positiva a cada hora. Mas, se ela se permitisse tomar uma decisão tão importante naquele momento, só estaria provando a Iblees que suas emoções poderiam de fato ser controladas por táticas sombrias — e aí ele nunca mais pararia. Alizeh não poderia estabelecer um precedente tão perigoso, com certeza não ali, quando ficara mais claro do que nunca que provação enfrentaria se aceitasse a oferta de Cyrus. Sua única esperança de unificar seu povo custaria um preço exorbitante; casar-se com Cyrus a levaria diretamente aos braços do diabo, e ela teria de manter uma determinação de aço para pisar em águas tão traiçoeiras. Se não se mantivesse firme agora, aonde aquela manipulação iria parar? Quantos outros sofreriam? Quantas outras vidas Iblees arruinaria diante dela na busca de dominá-la?

Ela soltou um suspiro trêmulo.

Podia ter evitado tudo aquilo. Se tivesse erguido a guarda, se não tivesse se importado tanto. Se Cyrus não tivesse se revelado tão, mas tão humano.

Alizeh caiu devagar sobre os joelhos.

Pegou a mão debilitada de Cyrus entre as suas e, como uma boba, chorou por ele.

VINTE E UM

Em qualquer outra noite, uma versão mais nova de Kamran podia ter reclamado em voz alta da inconveniência de se trocar para o jantar, pois sempre lhe parecera uma tradição sem sentido. Como um jovem príncipe, ele conseguia evitar tais rituais com frequência, pois Zaal tinha sido indulgente com o neto, que uma vez insistira em voz alta que não podia imaginar a utilidade de mudar de roupa apenas para fazer uma refeição. Ele se considerava prático demais para tal absurdo.

Na verdade, apenas alguns dias atrás, ele poderia ter feito algum comentário sarcástico ao seu criado sobre a perda de tempo, o desperdício de tecido, o desperdício de joias. Ele se considerava acima de tamanha *frivolidade*, como costumava descrever. Qual era a razão, ele se perguntava, de trajes tão elaborados? Para que serviam?

Por dezoito anos, Kamran fora um tolo.

Um único dia sem seu avô, e estava começando a entender que as horas que o rei passava em seu closet estavam longe de ser frívolas.

Na verdade, eram um pequeno alento.

Enquanto Kamran estava sendo vestido, não podia ser incomodado. Não era obrigado a falar; não podia ser questionado. Não havia ministros para arengá-lo, nenhum militar com manobras para apresentar, nem rival algum para destruir. O silêncio forçado era inesperadamente calmante, e o ritual que exigia dele apenas permanecer quieto permitia que a sua mente se preparasse para as provações à frente. As roupas também eram bem-vindas, cada camada como uma bandagem sobre seu corpo vulnerável. Ele acolhia o peso: quanto mais pesadas as peças, mais estável ele se sentia; a melhor blindagem para as horas que ia suportar, os golpes físicos e mentais que sem dúvida suportaria

Kamran ainda teve a presença de espírito de perceber que aquele intervalo tranquilo na companhia de seu discreto criado podia ser o último por muito tempo.

Ele ia saboreá-lo.

De qualquer forma, a mente do príncipe exigia silêncio para funcionar, pois suas apreensões estavam triplicando a cada momento: fora incapaz de deduzir as intenções de Zahhak nos aposentos de seu avô, e esse mistério não resolvido o deixara inquieto. O problema era que Kamran nunca tinha se familiarizado o suficiente com os pertences pessoais do falecido rei para saber se alguma coisa estava fora de lugar. Pelo que sabia, todos os objetos encontravam-se como deveriam, os aposentos tão meticulosamente organizados como sempre. E, ainda que uma parte dele soubesse que deveria ter conduzido uma busca com mais afinco, não tivera forças para permanecer no espaço por mais tempo do que o absolutamente necessário.

Tinha sido cedo demais para enfrentar as lembranças do avô.

O cheiro dele pairava no ar como se o próprio homem ainda estivesse ali; sua forma fora invocada apenas pela sensação. Tão poderosa era essa força que Kamran meio que esperara a entrada de Zaal no cômodo a qualquer momento, repreendendo-o pela intrusão. Kamran sofrera ao ser cercado por memórias tão vívidas; seu peito doía enquanto visitava o museu da vida de seu avô. A experiência o afetara muito mais do que ele gostaria de admitir, pois revelava uma fraqueza de caráter — uma fraqueza que seu avô teria reprovado.

O príncipe fechou os olhos e expirou. As palavras dolorosas de Zaal formaram-se de modo espontâneo em sua mente…

— Basta — soltou o avô com raiva, sua voz subindo uma oitava. — Você me acusa de coisas que não entende, menino. As decisões que tive que tomar durante meu reinado… As coisas que tive que fazer para proteger o trono… Seriam suficientes para alimentar seus pesadelos por uma eternidade.

— Nossa, que alegrias estão por vir.

— Você se atreve a brincar? — indagou o rei sombriamente. — Muito me admira. Nunca o levei a acreditar que governar um império seria fácil ou, mesmo por um momento, agradável. De fato, se não nos matar primeiro, a coroa fará o possível para reivindicar-nos por inteiro, nosso corpo e nossa alma. Este reino nunca poderia ser governado por fracos de coração. Cabe a você, sozinho, encontrar a força necessária para sobreviver.

— *E é isso que pensa de mim, Vossa Majestade? Que sou fraco de coração?*

— *Sim.*

Os olhos de Kamran se abriram.

Ele sentiu suas mãos tremerem e depressa abriu e fechou os punhos, lutando para restaurar sua confiança. Kamran gostava de pensar em si como uma força poderosa e invulnerável, mas uma única olhada na última semana de sua vida fora suficiente para provar a verdade: ele era muito facilmente governado por seu coração, muito facilmente manipulado por suas emoções.

Ele era, de fato, fraco.

A percepção o deixou enjoado, uma onda de repulsa remoendo seu estômago. Kamran era melhor no comando de si mesmo quando estava distraído, quando Hazan exigia dele agudeza de espírito e inteligência, quando estava ocupado e fazendo planos. Mas, com as partidas de Hazan e Omid, e depois que ele despachara uma carta para a sua tia, ele passara a maior parte da tarde fugindo dos criados que pretendiam lhe entregar convites escritos a mão por Zahhak, todos solicitando sua imediata presença em um dos grandes salões.

Em vez disso, Kamran fez-se desaparecer.

Estava se esgueirando de um canto escuro para outro quando um mar de Profetas se infiltrou lentamente em sua casa; suas túnicas longas e metálicas roçavam no chão enquanto caminhavam, os treinados movimentos de seus pés tão antinaturais que pareciam deslizar.

Ele os *sentiu* quando chegaram, cada nova presença atingindo-o como uma batida contra um diapasão, um zumbido baixo de eletricidade formigando ao longo das veias douradas distorcidas de seu corpo.

Isso o assustava e, como uma criança, ele fugiu.

Kamran sabia que um encontro com os nobres e Profetas seria explosivo, pois lhe deviam respostas que ele ainda não estava pronto para receber. Havia mais trabalho a fazer antes de desfilar diante de sacerdotes e sacerdotisas como um cavalo doente, quando sua dignidade seria avaliada e ele seria considerado deficiente. Ele não queria ouvi-los declarar que era inapto para governar; não queria ser condenado a uma província distante, onde poderia viver em uma propriedade velha e arruinada da coroa, acompanhado por um cozinheiro mal-humorado, uma criada miserável e um criado infeliz, nenhum dos quais deixaria Setar de bom grado para lhe fazer companhia.

Ainda não estava pronto para mudar toda a sua vida.

Kamran então se debruçara sobre o enigmático Livro de Arya, que mantivera em mãos até o momento, relutante em deixar para trás a peça essencial de um quebra-cabeça enigmático. Repetidas vezes ele tentara fazer com que o livro revelasse seus segredos, estudando sua capa em busca de mais símbolos ocultos e pressionando uma caneta em suas páginas sem sucesso, o papel se provando impermeável à tinta. Quando se cansara daquilo, roubara comida da cozinha, enchera odres de água, estocara engradados vazios com suprimentos de que precisariam para a jornada de uma semana... Tudo então foi devidamente escondido perto dos estábulos.

O príncipe só se dignou a se vestir para o jantar no interesse de manter um verniz de normalidade, pois, embora não tivesse nenhuma intenção de se sentar para uma refeição formal, imaginava que poderia, pelo menos, fingir fazer uma aparição antes de se esquivar. A noite havia caído sobre Setar como uma mancha de alcatrão, e ele pretendia usar a escuridão a seu favor — pois ainda tinha que transportar os caixotes escondidos até o porto.

— Obrigado, Sina — disse calmamente.

O valete recuou e fez uma reverência, endireitando-se diante dele e dizendo:

— Como um lembrete, senhor: seu manto o espera em seu quarto.

Kamran virou-se com cuidado para encarar o homem. Não havia motivo para Sina suspeitar que o príncipe precisaria de seu manto, pois ele não tinha compartilhado suas intenções de deixar o castelo àquela hora.

— Não vou precisar do manto — ele falou sem alarde — apenas para o jantar.

— Claro, senhor. — Sina baixou os olhos. — É só que, mais cedo, os Profetas me viram passando pelo corredor e me pediram para lembrá-lo de que seu manto estava pendurado no quarto.

Kamran enrijeceu.

— Por que diriam uma coisa dessas para você?

— Perdoe-me, Alteza — disse Sina, balançando a cabeça. — Não sei.

O coração de Kamran batia forte no peito naquele momento. Mais uma vez, parecia sentir o zumbido elétrico dos Profetas, como se brilhassem ao longo das linhas brilhantes que desfiguravam seu braço esquerdo. Ele não sabia o que essa nova sensação queria dizer, mas suspeitava de que, fosse o que fosse, não era algo bom.

— Você pode ir — disse.

Sina recuou com outra reverência e sem fazer barulho. Depois disso, Kamran entrou em seu quarto, pegou o manto com capuz e invadiu os corredores da própria casa.

Estava perturbado.

Muitas revelações assustadoras e perguntas sem resposta finalmente se desataram em sua mente o bastante, de modo que, às vezes, ele se achava apenas uma confusão de nervos. Sentia-se impotente diante de tanta incerteza, e a inação o deixava inquieto. Ele sentia que deveria fazer algo ou implodiria, e esse era seu único pensamento enquanto descia a grande escadaria, jogando o manto sobre os ombros ao avançar, a lã preta superfina ondulando atrás dele como um par de asas. Atou o pesado fecho de ouro em seu pescoço antes de certificar-se de que o Livro de Arya estava guardado em segurança no bolso do manto. Depois, avaliou suas opções de fuga. Estava determinado a escapar do palácio sem ser detectado e estava pegando a máscara de cota de malha no bolso quando ouviu o som distante e ecoante da voz de Omid.

Omid, que falhara com ele.

A noite havia caído havia uma hora, e a criança só agora retornara?

Kamran suspirou por dentro.

Estava indo para os estábulos de qualquer maneira; imaginou que poderia rastrear Omid e levá-lo consigo, atribuir-lhe uma nova função, fazer as apresentações necessárias. Assim ele não apenas teria um excelente pretexto para deixar o terreno vestindo seu manto, como

Omid também se tornaria responsabilidade de outra pessoa e deixaria de ser uma preocupação para ele em sua ausência.

Decidido, o príncipe seguiu a ressonância muda da voz do menino, notando, enquanto se aproximava da fonte, que, mesmo daquela distância, Omid parecia estar profundamente agitado.

Kamran franziu a testa.

O menino não estava, de fato, falando; estava *discutindo*, trocando queixas com o que soava como um lacaio zangado — e não era de se admirar. Omid estava gritando em feshtoon, claramente alheio ao fato de que a maioria dos lacaios em Setar não seria educada o suficiente para falar a língua da província sulina. Kamran acelerou o passo, caminhando impacientemente em direção ao salão de entrada, com a intenção de resolver o assunto de uma vez, quando ouviu algo ainda mais perturbador.

A srta. Huda.

Sua voz era inconfundível, e Kamran experimentou uma pontada de preocupação ao ouvi-la. Ele não podia nem imaginar por que a srta. Huda havia retornado ao palácio àquela hora, nem o que ela estava fazendo na companhia de Omid, mas a jovem estava agora gritando com o lacaio zangado, sua voz ficando cada vez mais estridente, quando ela por fim gritou:

— Eu certamente *não* vou me afastar! E não se atreva a me tocar...

— Senhorita, por favor, não tem permissão para ficar aqui... Esta é uma hora privada para a casa real, o príncipe não recebe convidados não solicitados à noite...

— Mas ela está *comigo* — Omid disse em Ardanz com sotaque antes de desistir e continuar em sua língua nativa. — Está aqui sob ordens oficiais! Do príncipe! Você deve nos deixar passar!

— Você está entendendo isso? — disse um lacaio. — Eu não consigo entender uma palavra do que ele está dizendo...

— O que ele está dizendo — a srta. Huda interveio com raiva — é que estamos aqui por ordem do próprio príncipe, e ouça bem o que digo: meu pai, o embaixador Lojjan, vai ouvir a respeito...

Kamran pensou que sua cabeça fosse explodir.

A audácia daquela jovem absurda em invocar seu sobrenome em interesse próprio... Ah, ele estava já com pena de si mesmo por ser forçado a suportar a companhia dela pela segunda vez no mesmo dia.

Ao virar uma esquina de forma muito brusca, desejando poder largar aqueles idiotas à própria sorte, de repente, a cena inteira descortinou-se diante dos seus olhos.

Kamran cambaleou um pouco, pasmo diante do que via.

VINTE E DOIS

بیست و دو

Omid e a srta. Huda estavam no centro da cena, ambos altos e orgulhoso demais em trajes igualmente horríveis e mal ajustados, gritando em diferentes idiomas para um trio de lacaios teimosos. Atrás estava Deen, o boticário sério, e a sra. Amina, a governanta brutal da Casa Baz; a dupla improvável permanecia em silêncio lado a lado, cada qual cobrindo a boca em sinal de horror.

Pelos anjos do céu.

Kamran dera ao menino uma *única* tarefa.

Ordenara que Omid trouxesse o boticário e a governanta para uma rodada de interrogatório. Depois da ida inesperada da srta. Huda ao palácio naquela manhã, tivera a ideia de entrevistar todos os outros que tivessem conhecido ou conversado longamente com Alizeh — e, embora Kamran houvesse falado apenas uma vez com o boticário enquanto incógnito, pretendia fazer perguntas mais diretas ao homem desta vez.

Agora, ele só sentia arrependimento.

— Sinto muito, senhorita — disse um lacaio que não parecia sentir nada. — Não posso deixá-la passar. Não faço ideia de quem seja esse menino. — Ele acenou com a cabeça para Omid. — E também não me importo com quem seja o seu pai, muito menos que seja mandada para a prisão hoje à noite. Afaste-se.

A srta. Huda recuou, levando a mão ao peito de forma um pouco dramática:

— Como *ousa*...

— Este é o seu último aviso — alertou outro lacaio.

— Ah, apenas espere — disse ela, aprumando-se ainda mais. — Apenas esperem até eu falar com o príncipe sobre isso. Meu sócio e eu estamos aqui por ordem real...

— Seu *sócio?* — Kamran falou bruscamente, emergindo das sombras.

— Vossa Alteza! — gritou um coro de vozes ofegantes.

Todos se curvaram diante dele em um movimento quase coreografado; todos, menos Omid, o menino saindo do grupo para se aproximar de Kamran com olhos selvagens, balançando a cabeça com firmeza enquanto falava um feshtoon muito rápido:

— Eu juro que estaria aqui antes do anoitecer, senhor, juro de todo o coração que eu estaria... Trouxe aqueles que me pediu, mas havia um tumulto do lado de fora dos portões do palácio...

— Um *tumulto*?

— Sim, senhor, o povo está muito zangado, senhor, e os guardas estavam ameaçando levantar a ponte levadiça para impedir que alguém passasse até que a srta. Huda disse a eles quem era e por fim *passamos* pelos portões, mas depois eles não nos deixaram entrar pela porta da frente porque disseram que o senhor não receberia visitantes, mas por fim conseguimos entrar, e então eles...

— *Basta* — disse Kamran.

Omid mordeu o lábio e recuou, parecendo subitamente prestes a chorar. O príncipe ignorou isso, sua mente em um estado caótico. Ele suspeitava de que as pessoas pudessem se revoltar, então não era uma surpresa, exatamente, ouvir sobre aquilo — mas era devastador mesmo assim.

Solenemente, ele acenou com a cabeça para os lacaios.

— Podem ir.

— Mas... Senhor...

— Ah! — gritou a srta. Huda, apontando o dedo para o trio de homens. — Eu disse que vocês iriam se arrepender...

— Se eu ouvir você dizer outra palavra — Kamran avisou com calma, piscando os olhos —, vou bani-la para sempre do palácio.

A srta. Huda recuou, duas manchas rosa aparecendo no alto de suas maçãs do rosto.

Kamran respirou fundo, lutando para controlar sua raiva, sua frustração, suas muitas decepções. Ele se virou para os lacaios, reconhecendo-os um por um.

— Obrigado por seus esforços. Eu assumo a partir daqui.

— S-sim...

— Sim, senhor.

— Como quiser, senhor.

E, então, eles se foram.

Enfim, Kamran não teve escolha a não ser enfrentar sua estranha plateia, o grupo olhando para ele agora com terror. O príncipe sabia que não havia ninguém além de si para culpar por aquela vergonhosa reviravolta nos acontecimentos, e não tinha certeza se sua raiva era dirigida mais a si ou a Omid. Ou talvez à irritante srta. Huda.

Em voz baixa, falou:

— Alguém me explique imediatamente o que está acontecendo aqui antes que eu mande todos vocês para as masmorras.

Omid e a srta. Huda, tão barulhentos minutos antes, pareciam incapazes de dizer uma palavra. Suas bocas se abriram e fecharam enquanto trocavam olhares assustados e incertos, e Kamran pensou que poderia de fato enlouquecer quando, enfim, Deen deu um passo à frente e quebrou o silêncio.

— Se me permite, Alteza — ele pigarreou —, gostaria de dizer que eu também adoraria saber o que está acontecendo aqui, pois não tenho a menor ideia.

Kamran ergueu as sobrancelhas.

— Como isso é possível?

— Tudo o que sei, senhor, é que a ruína do meu dia começou quando esta jovem — Deen acenou com a cabeça para a srta. Huda —, que entrou na minha loja, ah, cerca de quatro horas atrás e, sem aviso, ou mesmo uma apresentação, pôs-se a me interrogar, na frente dos meus clientes, sobre alguém de que tratei dias atrás, exigindo o tempo todo que eu divulgasse informações confidenciais a uma completa estranha como ela... O que, preciso ressaltar, não é apenas antiético, mas também ilegal... E eu ainda estava tentando escapar quando essa criança absurdamente alta — ele apontou para Omid — invadiu minha loja pela segunda vez no dia de hoje e desta vez exigiu que eu o seguisse até o palácio, caso contrário eu seria enforcado ao amanhecer por desafiar uma ordem da Coroa...

Kamran emitiu um som dolorido.

— E, então, esses dois vândalos — Deen gesticulou vagamente para a srta. Huda e Omid — formaram uma aliança espontânea e sem dúvida *nefasta*, após a qual me forçaram a entrar em uma carruagem alugada e imunda, onde esperei pelo menos quarenta e cinco minutos antes de ser repentinamente forçado a permanecer na companhia muito desagradável da mulher de pé ao meu lado agora. Não sei o seu nome — ele se virou para a sra. Amina e murmurou um pedido de desculpas, que ela ignorou com uma carranca —, mas ela passou o tempo inteiro reclamando sobre como sua senhora ficaria zangada ao descobrir que tinha saído, pois sua patroa estava em um estado de espírito terrível, e ela não poderia se ausentar, sobretudo sem antes avisar…

— Tudo bem — disse Kamran, categórico. — Acho que já ouvi o suficiente.

Deen assentiu e recuou.

O príncipe estava prestes a mandar as testemunhas para casa, demitir Omid ali mesmo e banir a srta. Huda do palácio, quando a sra. Amina de repente limpou a garganta.

— Eu também gostaria de dizer umas palavras, senhor, se me permite.

Kamran estudou a mulher — seus olhos redondos, seu pequeno nariz, suas bochechas rosadas — e não pôde deixar de sentir uma nota de repulsa, mesmo naquela situação. Ele nunca esqueceria as contusões que tinha visto no rosto de Alizeh, a ameaça de brutalidade que aquela governanta fizera diante de seus olhos. A sra. Amina era uma mulher cruel.

— Pode falar — disse, observando-a de perto.

— Obrigada, Alteza — ela começou, hesitante. — Primeiro, preciso dizer que agora percebo que pode não ser o melhor momento para dar a minha opinião, mas sinto que talvez nunca tivesse outra oportunidade de estar diante do senhor e limpar meu nome, e assim direi agora em minha defesa que, quando veio visitar sua boa tia pela última vez na Casa Baz, temo que tenha criado uma má impressão de mim, pois já li o suficiente nos jornais para saber que eu estava certa o tempo todo em disciplinar aquela garota e, na verdade, acho que ela poderia ter se beneficiado de uma boa surra, senhor, pois talvez assim ela não tivesse continuado a causar tantos problemas…

— Espere, que garota? — perguntou a srta. Huda, claramente se esquecendo do acordo tácito para ficar em silêncio. — Quer dizer Alizeh?

Kamran encolheu-se.

— Sim — disse a sra. Amina em tom triunfante. — Eu li o nome da menina nos jornais esta manhã e soube de imediato, pois me pareceu conhecido, e então me lembrei de como ouvira aquela garota horrível dizer seu nome para esse garoto — ela apontou para Omid — quando ele veio para a Casa Baz entregar-lhe um convite para o baile. Vejo agora que fui generosa demais ao permitir isso, e pela maneira como a minha querida senhora chegou em casa ontem à noite, toda apavorada com a terrível tragédia, eu disse a ela, disse a ela... Enquanto lhe trazia uma xícara de chá de hortelã para acalmar os nervos... Eu disse, bem, que tal isso, minha senhora, eu consegui juntar todas as peças: a garota dos jornais trabalhou aqui na Casa Baz todo esse tempo... E minha patroa ficou tão chateada com a coisa toda que nem consigo descrever seu horror, pois ela começou a pensar que o senhor sabia o tempo todo sobre a mentira, por que outra razão a teria defendido tão ardentemente naquele dia e mais uma vez no baile, mas garanti a ela que a garota provavelmente o tinha enfeitiçado, Alteza, e que o senhor não deveria ser culpado pela maldade dela...

— *Sra. Amina,* já chega...

— Perdoe-me — disse Deen, franzindo a testa enquanto olhava ao redor. — Mas fomos trazidos para sermos interrogados sobre a mesma garota? A *snoda* jinn que veio até mim em busca de pomada? Se for, não posso corroborar essas histórias, pois não a conheço pelo nome, não tenho ideia de que tenha ido a um baile ou causado problema algum...

— Ela não era uma *snoda* qualquer! — a sra. Amina gritou. — Não vê? Há muito tempo eu suspeitava que havia algo de errado com ela... Agia como se fosse superior, usando palavras difíceis como se fosse uma dama... E eu só culpo a mim, senhor, por não a ter exposto antes. Senti as sombras nela no primeiro dia em que a vi e, quando observei seus olhos mudarem de cor bem na minha frente, eu deveria ter sabido que ela tinha o diabo dentro de si...

— Se alguém aqui tem o diabo dentro de si — Omid disse com raiva —, esse alguém é a senhora!

— Garota vil — a sra. Amina continuou dizendo, ignorando a explosão do menino. — Nunca gostei dela. Nunca seguia as instruções, sabe? Sempre desleixada com seu trabalho, fazendo vista grossa...

— *Desleixada* com o trabalho? — Deen a interrompeu, com os olhos arregalados, em choque. — A garota que entrou na minha loja com as mãos tão destruídas pelo trabalho duro que mal conseguia fechar o punho? — Ele balançou a cabeça, deu um passo brusco para longe da mulher. — Você é a governanta que bateu nela, não é? Não me diga que é responsável por aquele corte infeccionado no pescoço dela também?

— Ah, não, senhor — Omid disse calmamente em Ardanz. — Aquilo fui eu.

Deen pareceu repentinamente revoltado.

— *Quem* são vocês? Por favor, digam-me, que crimes cometi para merecer o grande infortúnio da sua companhia? Eu apenas tratei as feridas da garota! — Ele olhou suplicante para o príncipe: — Vossa Alteza, não permitirá que eu volte para casa? Não fiz nada de errado… Não mereço ter meu nome rebaixado por associação com esses pagãos…

— Espere um momento — Kamran pediu, avaliando Deen de perto. — Você pode confirmar que os ferimentos da garota eram reais, então? Não eram resultado de algum encanto?

— Encanto? — Deen hesitou. — Vossa Alteza, não posso imaginar que motivo ela teria para desperdiçar magia se torturando; mas, se por algum propósito fútil, ela tiver feito um encanto para arrebentar as próprias mãos, imagino que teria a capacidade de se curar. Que necessidade ela teria de passar as minhas pomadas se pudesse fazer tal coisa sozinha? Não, senhor, não acredito que os ferimentos dela tenham sido resultado de algum tipo de encantamento. — O boticário então franziu a testa, parecendo se lembrar de alguma coisa. — Ela, entretanto, descobriu em minha presença que seu corpo era capaz de se curar em um ritmo mais rápido do que o normal, e removeu as bandagens depois de apenas alguns dias, não uma semana inteira, como sugeri…

— Curar a si mesma? — Kamran repetiu, ficando imóvel. — De fato?

— Sim, senhor. — Deen piscou para ele, surpreso com a reação de interesse do príncipe. — Sua pele se regenerou em um ritmo pouco natural, o que não é considerado comum nem mesmo entre os jinns…

— Um sinal do diabo! — exclamou a sra. Amina. — Aí está a prova!

— Ora, *cale a boca* — disse a srta. Huda, irritada.

— Ignore os sinais por sua própria conta e risco, senhorita — a sra. Amina contra-atacou bruscamente. — Os jinns podem se tornar invisíveis, não *embaçados*... E ninguém foi capaz de dar uma boa olhada na garota na noite passada, é quase certo que por causa da influência do diabo...

— Existem outras possibilidades além dessa — rebateu a srta. Huda, com raiva. — As roupas que ela estava vestindo... Bem, foram entregues com um bilhete que eu não consegui ler, mas roupas são enfeitiçadas o tempo todo, especialmente em batalhas, para oferecer anonimato ou proteção ao usuário, e sua silhueta embaçada pode ter sido obra de um encantamento mágico...

— Encantamentos *sombrios!* Magia das sombras! — gritou a sra. Amina. — Todo mundo sabe que a magia das sombras não pode ser praticada sem a interferência do diabo!

— Isso é uma bobagem — disse Deen, revirando os olhos. — Se a garota tinha acesso à magia das sombras, realmente acha que ela aceitaria uma ninharia em troca de esfregar o chão imundo da sua patroa? Acha que, se ela tivesse acesso à magia das sombras, dividiria de bom grado um telhado com uma governanta sádica, que claramente teve prazer em bater nela? *Acho que não.*

A sra. Amina engasgou-se de indignação, deu um passo para trás e prontamente atacou o boticário, que reagiu com facilidade.

Kamran queria acabar com aquela loucura, queria tirar aqueles palhaços de sua casa, mas descobriu então — para sua consternação — que não conseguia se mover. Sua pulsação parecia estar martelando na cabeça, seu coração batendo com violência contra o peito.

Pouco a pouco, provava-se que ele estava errado sobre Alizeh.

Tendo sido submetido pessoalmente às manipulações da magia de Cyrus, Kamran podia imaginar que o rei do Sul possuía as habilidades necessárias para dar a ela roupas com proteções. De fato, faria sentido se o vestido tivesse sido encantado para proteger sua identidade daqueles que lhe desejavam mal, pois o que mais explicaria por que poucas pessoas no baile conseguiam identificá-la? Que outra coisa explicaria a declaração enigmática de Cyrus, sua acusação sutil de que Kamran conseguia *vê-la*?

O vestido de Alizeh fora incinerado duas vezes, quando ela entrou e quando saiu do anel de fogo. Talvez, ao ser queimado, o traje tivesse perdido um pouco de sua eficácia, tornando-a embaçada para a multidão em vez de deixá-la invisível por completo. Isso explicaria também por que a visão de Kamran falhara com tanta inconsistência, porque ela parecia entrar e sair de foco diante dos seus olhos; quando as traições de Alizeh foram reveladas, ele hesitou entre o ódio e o desejo, querendo ao mesmo tempo matá-la e salvá-la.

A magia talvez tivesse reagido às suas emoções conflitantes.

Se Alizeh pensou que sua identidade estava protegida, isso explicaria, também, por que ela não sentira a necessidade de usar o *snoda*. No entanto, não explicaria por que fisicamente agredira o jovem com quem ela — supostamente — concordara em se casar.

Kamran cerrou os dentes; sentiu então o ataque de uma forte dor de cabeça, um aperto em sua nuca.

Não sabia o que mais sentia diante daquelas descobertas: raiva, alívio ou confusão. Talvez uma mistura dos três. Pois, apesar de aquelas respostas, em certo nível, exonerarem Alizeh, também provavam que ela tinha mentido para ele; fingira não conhecer Cyrus enquanto estava o tempo todo aliada ao rei tulaniano. Ela aceitara a sua ajuda, sua magia. Usara o vestido dele; *eles tinham um plano*. Kamran não poderia vencer o abismo de incerteza escancarado sob seus pés, pois restavam muitas dúvidas sobre Alizeh, inclusive sobre seu noivado com Cyrus, sua aliança com o diabo e sua fuga do palácio no lombo de um dragão tulaniano.

Sentiu-se como se estivesse no mar, afogando-se em dúvidas, e sua frustração foi só se intensificando. A raiva era dirigida a si mesmo, a seu avô, às circunstâncias que agora definiam a vida dele.

O fato de o rei Zaal ter morrido já era motivo suficiente para Kamran se enfurecer, mas foi o resultado da morte, ele percebia, que mais o abalava, pois, com o seu assassinato, medo e dor confundiram os instintos antes invioláveis do príncipe, levando-o a questionar tudo que parecia tão certo apenas algumas horas antes. Mais uma vez, suas emoções o dominaram.

De todas as provações que tinha pela frente, Kamran estava começando a temer que seu maior obstáculo fosse vencer a si mesmo.

— Majestade — veio a voz afiada de Deen, arrancando o príncipe de seus pensamentos —, eu imploro: por favor, me dispense deste circo. Eu deveria estar em casa para o jantar, e meus entes queridos começarão a temer por minha segurança…

— Entes queridos? — A sra. Amina emitiu um som de desprezo. — Você tem entes queridos, é? Enquanto o resto de nós deve se casar com o nosso trabalho, aquecer nossas camas com dor e dar à luz apenas amargura…

— *Basta* — Kamran praticamente rugiu.

Ele fora testado de centenas de maneiras diferentes ao longo de sua vida — por batalhas, morte e devastação —, mas havia algo pior em ser forçado a parar para ouvir um bando de idiotas falando besteiras na cara dele. Ele queria se autoimolar.

— Não quero ouvir mais uma palavra sequer — disse, em um sussurro mortal. — De *nenhum* de vocês.

As palavras morreram em sua garganta.

Uma estranha onda de sensações percorreu queimando sua pele torturada, enquanto seu coração trovejava no peito, o som de sua própria respiração se intensificando em seus ouvidos. Ele se virou devagar, esperando ver um Profeta e, em vez disso, descobriu Zahhak, o homem evasivo se esgueirando em direção a ele agora com um sorriso enjoativo.

O ministro da defesa parou diante dele, com as mãos em gesto de oração.

— Pensei ter ouvido uma comoção — disse, observando os amplos detalhes do drama que se desenrolava com nenhum interesse aparente. Ele voltou os olhos vazios para Kamran: — Estive esperando por você o dia todo, senhor. Talvez, agora, possamos enfim conversar.

Outro tremor percorreu as veias douradas do príncipe quando três Profetas flutuaram de repente em sua direção.

VINTE E TRÊS

Cyrus não acordava.

Iblees o torturara até muito depois de a escuridão tomar conta do céu. Alizeh, que sabia marcar o tempo usando apenas as mãos e os movimentos do sol, fora capaz de estimar o tempo que tinham perdido, as horas em que Cyrus fora brutalizado pelo diabo. O campo de flores, que tinha sido tão colorido e etéreo à luz do dia, tornou-se um vasto lago de piche à noite. Alizeh não sabia onde estavam; não sabia como voltar para o castelo; e, toda vez que ela fechava os olhos por um momento, ouvia os gritos de Cyrus.

Pelo que pareceu uma eternidade, ela o observou sofrer. Contusões apareciam e desapareciam por todo o seu rosto e, ela imaginava, também em seu corpo, onde manchas azuladas às vezes surgiam além do colarinho e dos punhos; mas as lesões nunca duravam mais de um minuto. Suas costelas nunca pareciam quebrar, embora ele as tivesse agarrado muitas vezes em agonia. Sua pele não revelava lacerações, embora ele tivesse sangrado por horas.

Quando Cyrus por fim parou de convulsionar, a lua estava alta e brilhante no céu, e Alizeh se agarrou a esse milagre da luz como uma tábua de salvação, com medo de sucumbir aos seus próprios medos antes mesmo de ele acordar.

Perturbada, Alizeh colocou a cabeça pesada de Cyrus sobre o colo, avaliando de perto as evidências de seu sofrimento. Seu rosto estava quase irreconhecível, em um estado terrível, mas suas roupas e seu casaco, pelo menos, haviam absorvido a maior parte do derramamento de sangue. A lua de vez em quando mostrava as manchas úmidas brilhando no tecido, provocando-lhe uma nova onda de mágoa. Ela esfregou o sangue que restava no rosto dele com a saia do vestido claro e usou a umidade de suas próprias lágrimas silenciosas e incessantes para esfregar suavemente a viscosidade persistente de seus olhos, sua pele.

Então, quando nada disso pareceu despertá-lo, ela acariciou seu cabelo em movimentos delicados e ternos. Mesmo naquele contexto, ela se maravilhou com a seda espessa de seus cabelos de cobre, a maneira como brilhavam ao luar.

Ela implorou para ele acordar.

Ele não se mexeu.

Fazia pelo menos meia hora desde que os vincos entre suas sobrancelhas tinham se suavizado e seu corpo se estabilizado, um intervalo no qual Alizeh conviveu com a terrível probabilidade de Cyrus estar morto. Ficara chocada ao descobrir como isso a afetava. Deveria ter se alegrado com sua dor; deveria ter fugido enquanto ele estava inconsciente; em vez disso, ela se surpreendeu por permanecer firmemente ao lado dele, temendo por ele, implorando para que abrisse os olhos.

Eram sentimentos que ela não queria examinar.

Com um esforço desajeitado, descobriu um pulso fraco em seu pescoço, dando-lhe motivos para ter esperança; mas, sozinha na ampla escuridão, sua imaginação era cruel. Suas memórias repetiam as últimas horas sem parar, em um ciclo repugnante, e, quanto mais ela revirava a selvageria do diabo em sua mente, mais sentia uma trepidação crescente, um medo do que ainda estava por vir.

Alizeh enxugou as muitas lágrimas.

Observou os olhos fechados de Cyrus em busca de qualquer sinal de vida, mas seus cílios cor de ferrugem descansavam pesados, imperturbáveis. Foi só então, sentindo-se em extremo desespero, que ela se atreveu a encostar os dedos trêmulos no rosto dele, sentindo em sua mão a maciez de sua pele. Como ele ainda não respondia, seus gestos se tornaram mais seguros, mais intencionais. Ela o acariciou com muito cuidado, passou as costas da mão pela linha afiada da mandíbula, pela elegante inclinação de seu nariz. Era estranho vê-lo tão indefeso, sua expressão tão desprotegida. As feições afiadas de seu rosto tenso e estoico estavam suavizadas pelos ângulos de seu rosto parecendo leitosos à luz das estrelas.

Ela nunca mais negaria que ele era lindo.

Ela sussurrou para ele mais e mais, implorando-lhe para voltar ao corpo, ao momento presente, e foi novamente acariciando a curva de seu rosto quando, de repente, ele pegou a sua mão, sem força… E ela ficou, de repente, mortalmente imóvel.

Alívio a inundou mesmo com o pulso acelerado, pois os dedos dele aos poucos se fecharam ao redor dos dela. Ele passou as costas de sua mão suavemente contra os lábios, e então, tão de leve que ela podia ter apenas imaginado, ele a beijou.

O coração de Alizeh bateu caoticamente em seu peito.

— Cyrus — disse, odiando o tremor em sua voz. — Você está acordado?

Ele se moveu apenas um pouco, deixando suas mãos entrelaçadas caírem sobre a bochecha. Ele não a soltou. Não abriu os olhos. Abriu a boca com alguma dificuldade, molhando os lábios antes de respirar fundo. Em uma expiração, ele disse:

— Não.

Alizeh não sabia o que fazer.

Ela se sentiu um pouco envergonhada por ter sido descoberta o acariciando, e estava mais do que um pouco desequilibrada pela ternura de seu beijo. Ficou muito, muito quieta no escuro, também ciente de suas mãos entrelaçadas descansando contra o rosto dele, e esperou que Cyrus se livrasse do que restava de seu estupor. Esperava que seu coração pulsante não fosse audível no silêncio, embora temesse que fosse.

— Toque-me — ele sussurrou.

Seu coração bateu apenas mais forte.

— O quê?

Ele soltou a mão dela, mas apenas para pressionar sua palma aberta firmemente contra o rosto. Por um momento, seus cílios tremularam e, então, ele suspirou.

Alizeh percebeu, chocada, que ele estava sonhando.

Ela sabia que tinha de acordá-lo, que estava ficando muito tarde; que seu medo do escuro estava piorando; que uma hora ela congelaria até a morte mesmo naquela falsa noite de verão; e que, o que era mais importante, a ausência deles seria notada — mas ela se debatia com a decisão, pois ele suportara aquela brutalidade por tanto tempo que ela não achava que poderia forçar-se a perturbar o que parecia ser um sono verdadeiramente restaurador.

Então, ela não se moveu.

Cyrus parecia estar em um estado intermediário de vigília, consciente o suficiente para falar, mas adormecido demais para saber que estava entre dois mundos. Esperaria um pouco mais, ela disse para si, para ver se ele retomaria a consciência por conta própria. Alizeh não sabia por que ele havia caído em um estupor tão estranho após seu encontro com Iblees; mas, se Cyrus ainda estava sob a influência da magia das sombras, ela temia que forçá-lo a acordar acabaria mal.

Enquanto esperava, Alizeh cedeu e fez o que ele pediu, acariciando seu rosto com movimentos gentis e firmes, às vezes passando a mão por seu cabelo, tirando os fios de cima de seus olhos. Ele logo emitiu um som suave e satisfeito, tão gentil e puro que fez o peito dela doer; e, então, como uma criança, ele virou a cabeça no colo dela, deslizando a mão por entre sua coxa nua como se fosse um travesseiro.

Alizeh quase gritou.

Mais cedo, levantara a bainha do vestido, pois usara a saia para enxugar o sangue de Cyrus, e então amarrara a barra muito suja para não transferir a mancha vermelha. E embora soubesse, sim, que erguera o vestido acima dos joelhos, expondo vários centímetros de pele nua acima da renda de suas meias, ela não dera atenção a essa pequena impropriedade, porque a possível exposição de suas coxas na escuridão quase perfeita era a menor de suas preocupações meia hora antes, quando pensou que Cyrus estava morto.

Agora, mal conseguia respirar.

A mão dele estava quente e pesada, os dedos espalmados na parte interna de sua perna e, pior, próximos de roçar a costura de suas roupas íntimas. O peso de seu toque em um lugar tão íntimo a deixou um pouco fraca; se a mão dele se movesse um pouco mais para cima, temia que pudesse de fato gritar.

A cabeça dele, pelo menos, estava segurando o vestido dela com firmeza no lugar, e ela se consolou com isso, mas não sabia mais como agir. Se tirasse a mão dele de sua perna, é certo que o acordaria com um susto. Em qualquer outra circunstância, ela não hesitaria em fazer isso, mas ainda não tinha convicção se deveria incomodá-lo ainda mais em uma noite tão difícil e, pior, não sabia o que aconteceria se o fizesse.

Ele exalou pesadamente em seu sono, sua respiração quente roçando sua pele já sensível, e Alizeh quase gemeu. Estava respirando muito rápido, dividida entre pensar se deveria apenas acordá-lo e acabar com aquilo ou se sua reação é que era exagerada demais.

Cyrus estava *dormindo*, afinal.

Ele não pretendia tocá-la assim. Na verdade, ela o conhecia bem o suficiente a essa altura para especular que, se ele tivesse alguma ideia de onde sua mão estava, em um lugar tão escandaloso debaixo da saia de Alizeh, ele ficaria horrorizado. Só precisava de um pouco de descanso, ela se convenceu. Desde que sua mão ficasse exatamente onde estava, as coisas acabariam bem.

Então, quando, momentos depois, ele mexeu um centímetro e sua mão subiu ainda mais pela coxa dela, Alizeh quase mordeu a língua para não fazer barulho. Os dedos tinham ido além de roçar a borda sedosa de sua roupa íntima, e Alizeh pensou que iria explodir.

— Cyrus — disse, em pânico. — Por favor, acorde.

Ele não disse nada.

— Cyrus…

— Sim.

O coração dela estava descontrolado.

— Você está… Você está acordado agora? Por favor, diga-me que está acordado.

Quando, depois de uma longa pausa, ele não respondeu, ela sabia que tinha de fazer algo; sabia que não podia ficar ali no escuro com o calor de seu toque a queimando; temia que sua cabeça pegaria fogo. Com cuidado, puxou a saia um pouco mais para cima e removeu a mão dele de sua coxa, mas mal suspirou de alívio quando seus medos se concretizaram. O movimento abrupto o assustou, ele se sentou no mesmo instante, engasgado, olhando ao redor, instável. Por fim, olhou para ela. Mesmo apenas sob o luar, ela viu a desorientação dele.

— Cyrus — ela disse, aliviada. — Você está acordado…

— Alizeh? — ele sussurrou, a exaustão enfraquecendo sua voz. — O que está fazendo aqui?

— O que quer dizer? — Ela ficou tensa. — Estamos no campo de flores, lembra?

— Não — ele disse parecendo muito confuso, a cabeça pesada pendendo. — Como você… — Ele piscou devagar. — Como entrou no meu quarto? Não deveria estar aqui.

O alívio de Alizeh tornou-se espanto.

— Não estamos no seu quarto — ela disse, lutando contra o pânico. — É só que o sol se pôs, e agora está muito escuro. E frio, aliás, então, se não se importar…

— Estou tão cansado, Alizeh — ele disse, gaguejando. Parecia delirante. — Vamos voltar para cama, Alizeh.

— Cyrus…

Ele riu um pouco, como se estivesse bêbado.

— Eu repito mesmo muito.

— O quê? — ela questionou, ficando imóvel.

— O seu nome — ele falou, fechando os olhos. E quase caiu, apoiando-se no último segundo. — Eu não soube seu nome por tanto tempo, meu anjo. Gosto de seu sabor em minha boca.

A confusão de Alizeh foi sobreposta pelo choque físico que a demonstração casual de afeto havia gerado nela, a ternura aninhada em seu peito, instigando o caos.

— Cyrus — ela disse, quase às lágrimas —, o que está acontecendo com você? Está doente?

— Ah, sim — ele assentiu. — É t-terrível…

— É magia? — Os medos dela se intensificaram. — Está sob algum encantamento agora?

— Hum, sim, sempre acontece… — ele murmurou. — Faz parte do ciclo.

— O que sempre acontece? — ela perguntou com urgência. — Que ciclo? Do que está falando?

Ele não respondeu; em vez disso, deu um tapa no próprio rosto e fez uma careta.

— Você lavou o meu rosto, querida?

Uma nova expressão de carinho; outro golpe em seu peito.

— Sim — ela sussurrou.

— Como? — A mão dele caiu, e ele apertou os olhos em meio à escuridão. — Você chamou uma criada?

— Não. — A cabeça dela estava estranha. Hiperaquecida.

Desta vez, ele caiu por inteiro.

Alizeh o apanhou com um leve *opa*, e a cabeça dele pousou gentilmente contra o seu peito, onde, sem a barreira da gola de metal, o decote de seu corpete era quase indecente. Cyrus virou a cabeça, pressionando o rosto à pele exposta de seus seios e emitiu um som gutural pela garganta.

— Você é tão macia — ele declarou, demorando-se nas palavras. — Tão doce.

Alizeh fez o máximo que pôde para reprimir a sensação despertada em seu corpo.

Algo estava muito, muito errado.

— Você parece tão real — ele suspirou.

— Cyrus — ela disse. — Você está me assustando.

Ele balançou a cabeça e respirou fundo, ainda trêmulo, sem perceber inalando a fragrância do corpo dela.

— Não tenha medo de mim, meu anjo. Não vou machucá-la. Nunca irei machucá-la.

O peito de Alizeh se contraiu, seu coração batendo freneticamente. Ele era como um peso morto; tão pesado que ela não sabia como tirar a cabeça dele de cima de seu busto sem derrubá-lo no chão.

— Ouça, sei que está muito cansado — ela falou, nervosa. — Mas preciso de sua ajuda, dorminhoco. Pode fazer uma coisa por mim?

— Qualquer coisa. — Ele passou o nariz entre os seios dela, beijando a pele lisa uma, duas vezes, até ela emitir um som desesperado e ele xingar, baixinho, ofegando. — Alizeh… — Ele parecia drogado. — Posso sentir o seu sabor?

Ela estava tremendo sem controle e, caso Cyrus não estivesse tão fora de si, morreria de vergonha de falar qualquer coisa. Sua respiração vinha a galope, e ela tinha de se recompor, senão certamente perderia aquela batalha.

— Ouça-me — disse sem fôlego. — Preciso que você nos leve de volta ao castelo. Pode fazer isso por mim, Cyrus? Pode usar um pouco de magia para nos levar de volta…

— Hum — ele fez baixinho. — Sim, de volta para a cama, é mais quentinho lá…

— Não — ela se apressou —, *não* de volta para a cama, *não* para a cama, apenas para o castelo…

Alizeh conteve um gritinho.

Sentiu-se de repente leve, e a cena se embaçou, os sons misturados, um frio no estômago… Até ela cair sobre algo macio e denso. O barulho dos grilos foi substituído pelo silêncio, a escuridão gelada pela luz quente que iluminava as formas e os contornos dos aposentos luxuosos que, ela imaginou, só podiam ser de Cyrus.

E, se aquele era o quarto dele, ela estava deitada em sua cama.

VINTE E QUATRO

بیست و چهار

Às vezes, Kamran se esquecia de que sua aparência havia mudado. Esquecia que seu rosto estava desfigurado, que seus olhos eram de cores diferentes. Nunca fora vaidoso a ponto de se demorar diante de um espelho, ou mesmo espiar seu reflexo em uma janela, pois, de todas as coisas que mais admirava em si, seu físico estava longe do topo da lista. Por outro lado, ele nunca *tivera* de se importar com isso, pois sua boa aparência era dada como certa. Havia testemunhado por muito tempo o efeito que tinha sobre os outros; a maneira como os olhos dilatados traíam os pensamentos em sua presença; a maneira como as jovens tremiam quando ele se aproximava o suficiente. Kamran, como muitas pessoas, não era insensível a certa energia; ele podia sentir o desejo na voz dos outros.

Também podia sentir a aversão.

A animosidade de Zahhak parecia aquecer o ar ao redor deles. Mesmo quando o ministro sorriu, seus olhos negros piscando como as asas de um besouro abrindo-se para revelar interiores repelentes um momento antes de se fecharem de novo. Zahhak não disfarçava seu interesse no rosto transformado de Kamran, rastreando, com fascinação mórbida, as linhas brilhantes e fraturadas que desapareciam em seu colarinho.

— Você está bem, senhor? — disse, fingindo preocupação. — Parece estar com muita dor.

Kamran teve o cuidado de se manter impassível, mesmo quando a declaração o surpreendeu.

Ele não estava, de fato, com *dor*.

Isso foi como um choque, pois, além dos ocasionais desconfortos que agora sentia ao som do nome de Alizeh e o zumbido estranho que sentia na presença dos Profetas, o tormento agudo e eletrizante que tinha sofrido recentemente — a dor que, durante dias, atribuíra ao desconforto de suas roupas — havia sumido após a transformação física. Na verdade, era a própria falta de desconforto que o impedia de se lembrar de sua nova e terrível aparência.

Ele não se *sentia* alterado.

Com um sobressalto, lembrou-se do que Alizeh lhe dissera na noite do baile — como ela suspeitara, enquanto o corpo dele passava por onda após onda de tormento, que ele pudesse ter uma aversão ao ouro. Ela sugerira que ele deixasse de usar roupas tecidas com o fio brilhante. Fora uma observação interessante, pois a faixa dourada que uma vez estivera perfeitamente cruzada em seu torso quase despedaçara seu corpo de uma maneira quase reativa. Mas, enquanto ajustava as mangas, protelando enquanto repassava as palavras de Zahhak em sua mente, ele se lembrou de que mesmo suas roupas de luto eram costuradas com o metal precioso.

Nesse aspecto, nada havia mudado.

Seu traje, desenhado e modelado meses antes, exibia ourivesaria decorativa; os bordados reluzentes em alto-relevo podiam ser encontrados ao longo da bainha, punhos e ombros de quase tudo o que ele possuía.

Lutou então para lembrar o primeiro incidente daquele desconforto físico específico, e a memória voltou com a força de um choque: sua mãe lhe dando um tapa na mão para que largasse a gola, dizendo-lhe para parar de coçar o pescoço como um cachorro; ele reclamando que não conseguiam encontrar uma só costureira capaz em todo o império. Mas isso não era totalmente justo, pois Kamran não conseguia se lembrar de ter tido tal problema com suas vestes antes daquela manhã...

Da manhã em que vira Alizeh pela primeira vez.

Tudo isso ele processou em questão de segundos e, ao levantar os olhos para encontrar o olhar redondo de Zahhak, uma estranha hipótese começou a se formar em sua mente.

— Estou muito bem — disse o príncipe, por fim respondendo à pergunta do ministro. — Mas agradeço a sua preocupação.

Zahhak hesitou, a surpresa fazendo com que arregalasse os olhos antes que juntasse as mãos, ajustando sua expressão. Só então ocorreu a Kamran que ele provavelmente nunca tinha agradecido a Zahhak por nada.

— Vim até o senhor para tratar de um assunto de grande importância — Zahhak disse rapidamente. — Agora que todo aquele terrível evento acabou, os nobres e eu resolvemos, entre outras coisas, restaurar as proteções mágicas do império com toda a pressa possível. Nós nos reunimos esta manhã para emitir uma série de convocações urgentes para Profetas de toda Ardunia, mas descobrimos que nossas ações foram redundantes, pois os estimados sacerdotes e sacerdotisas começaram a chegar ao palácio antes mesmo de nossos mensageiros montarem em seus cavalos. Eles têm chegado em intervalos o dia todo, já tendo previsto a escuridão que se abate sobre Setar.

— Ministro — disse Kamran com brusquidão, virando-se para os quatro espectadores de olhos arregalados. — Como pode ver claramente, temos o distinto descontentamento de uma audiência inesperada esta noite. Talvez essa conversa deva esperar.

— Eu lhe dei várias oportunidades, senhor, para ter esta conversa em particular, mas todos os meus pedidos foram ignorados. Não tenho mais escolha a não ser falar aqui mesmo, onde estamos.

Por um instante, Kamran ficou zonzo de raiva.

— *Saiam* — disse ele, virando-se para o indesejado grupo de pessoas. — Todos vocês. *Agora.*

— Perdoe-me, Majestade — disse Deen, erguendo o dedo —, porque eu adoraria nada mais do que partir, mas devo pedir por uma carruagem, pois a nossa já se foi há muito tempo, e não é possível chamar um cabriolé do palácio…

— *Fora!* — Kamran gritou, apontando para a porta. — Saiam e voltem caminhando para casa, pouco me importa…

— *Caminhar?* — a srta. Huda engasgou-se. — Mas é quase um quilômetro só até a ponte, senhor, e está terrivelmente escuro e frio lá fora…

— E havia uma multidão! — exclamou a sra. Amina. — Podemos ser atacados por bandidos!

Kamran passou a mão pelo rosto e se xingou, xingou sua vida e xingou aquela trupe de imbecis que ele nunca conheceria se não fosse por Alizeh, que o transfixara, dominando-o tão completamente que ele não percebeu que ela contava entre seus aliados uma criança de rua assassina, um boticário pedante, uma senhorita ilegítima, o insano rei de Tulan e, possivelmente, o próprio diabo.

Ah, ele sentiu que estava vivendo um pesadelo surrealista.

Zahhak limpou a garganta.

— Senhor, eu sei que é benevolente o bastante para entender a urgência da situação. Talvez não se oponha a me acompanhar agora para aposentos mais privados, pois os Profetas pediram para se reunirem com o senhor agora. Não podemos adiar mais.

Kamran sentiu sua pressão arterial disparar.

Não era para ele lidar com isso agora; *era* para ele carregar as caixas de suprimentos até o porto; deveria ter embalado uma sacola com suprimentos para a sua jornada. Deveria ter terminado de se preparar para uma rápida fuga — não ser impedido por um grupo de imbecis, encurralado por Zahhak ou reduzido a cinzas pelos Profetas.

— Não tenho dúvidas de que o senhor pode compreender quantas coisas tive de resolver — Kamran disse com firmeza —, como o senhor mesmo disse, após o evento terrível. E como estou bastante preocupado no momento, gostaria de me reunir com os Profetas amanhã — ele ofereceu um aceno conciso para o trio de sacerdotes parados silenciosamente ao lado —, quando minha mente estará mais descansada.

A expressão no rosto de Zahhak fechou-se.

— Receio que não posso adiá-lo por mais tempo, senhor. Temos um quórum agora, e eles estão prontos para realizar o que consideram ser uma cerimônia de extrema importância, que não pode, sob nenhuma circunstância, esperar mais um momento que seja para acontecer.

Kamran olhou, então, em fúria.

Sabia que aquela traição estava chegando e ainda lutou para se conter.

— Uma cerimônia de extrema importância — repetiu. — Uma cerimônia de extrema importância para qual propósito, por favor?

Mais uma vez, os olhos de Zahhak examinaram as veias brilhantes no rosto de Kamran.

— Certamente o senhor desejará fazer o que for melhor para o império — disse, mostrando os dentes em um sorriso. — Os Profetas só querem ter certeza. Eles imprimiram magia em seu corpo no seu nascimento, com um poder que foi projetado para nunca ser desfeito. Não há precedente de tal marcação sofrer uma mutação desta forma, ou de um corpo rejeitar a magia. O senhor compreende o interesse deles.

Kamran de repente percebeu uma presença atrás dele, um impulso alertando-o para o perigo.

Virou parcialmente a cabeça, vendo, com o canto do olho, a aproximação dos três Profetas — embora não soubesse como tinham conseguido se mover tão rápido.

Ele voltou o olhar para o chão, lutou para permanecer calmo.

— Pretendem me levar à força?

— Nesses tempos sombrios — Zahhak disse com suavidade —, é de grande importância jurarmos lealdade apenas ao verdadeiro soberano de Ardunia. Caso contrário, não podemos ter certeza de que sairemos vitoriosos. Com certeza, o senhor compreende.

Kamran ouviu alguém ofegar ao ouvir aquilo e foi lembrado, com uma raiva renovada que o atravessou, de seus espectadores indesejados.

Muito bem.

Se Zahhak queria humilhá-lo de propósito em frente a uma plateia, Kamran retribuiria o favor na íntegra.

— Eu compreendo, sim — o príncipe disse sombriamente —, que o senhor estava ansioso para me prejudicar desde o momento em que meu pai foi assassinado. Esperava que meu avô caísse logo depois, não é verdade? Ele tinha mais de cem anos... Sua morte parecia inevitável. Mas meu avô viveu demais, não foi? Tempo suficiente para que eu atingisse a maioridade e ascendesse ao trono. — Kamran viu o homem enrijecer e deu um passo adiante. — Deve ter sido frustrante para o senhor vê-lo viver — prosseguiu —, porque, se meu pai e meu avô tivessem morrido um logo após o outro, eu teria sido coroado rei ainda criança, o que comporia o cenário perfeito para a tragédia de um homem ganancioso como o senhor. Ofereço-lhe as minhas condolências — disse o príncipe com frieza. — Deve ter sido penoso perder a oportunidade de governar como regente.

As narinas de Zahhak dilataram, sua raiva vindo à tona apenas por um instante antes de recuperar o controle. Ainda assim, ele falou com uma pressa incomum quando disse:

— Trabalho por este império desde antes mesmo de sua mãe nascer, senhor, e examinar a disparidade entre meus sessenta anos e os seus dezoito seria como comparar uma montanha a um grão de areia.

Ele também deu um passo para mais perto.

— Que lhe faltam a inteligência e a experiência necessárias para governar Ardunia é um eufemismo generoso. Não há sentido em permitir que uma criança herde o maior império do mundo simplesmente por ordem de nascimento, e não tenho escrúpulos em dizer que me ressinto da recompensa que recebeu pelo mero esforço de *nascer*, façanha essa realizada por milhões de outros que vivem e respiram hoje. Seu avô, por outro lado, foi um grande homem e um grande rei, e eu tinha orgulho de servir sob seu comando. Mas ele destruiu todo o seu legado, em um momento de fraqueza, apelando para a criatura viva mais detestada. Por quase um século ele governou nossa terra, e agora será lembrado apenas com ódio e nojo. Sim. — Os olhos de Zahhak brilharam ameaçadores. — Seu avô viveu demais. E eu só espero que ele não tenha instilado os mesmos valores terríveis em seu neto.

Kamran sentiu seu peito arfar de fúria.

— Nosso rei morreu há menos de um dia — disse, erguendo a voz uma oitava —, e o senhor se atreve a falar dele com tanto veneno?

Zahhak estreitou os olhos.

— Que o senhor ainda o tenha em tamanha consideração é realmente condenatório, senhor.

— É um conforto para mim — respondeu Kamran, tranquilo — saber que sempre tive razão ao odiá-lo.

— Como é um consolo para mim também saber que em breve você retornará à sua forma mais verdadeira — retrucou o ministro. — Desprovido de uma coroa, você é pouco mais que uma criança mimada, inexperiente e mal-informada, e totalmente indigna do trono.

De modo inesperado, Kamran sorriu.

— O senhor corre um grande risco ao expressar o que pensa em voz alta, ministro. A cada palavra que profere, aproxima-se mais do próprio funeral. Não lhe ocorreu — pontuou ele com calma — temer a possibilidade de a coroa permanecer sobre minha cabeça?

Zahhak engoliu em seco, sua mandíbula apertada.

— Peguem-no — ordenou.

Kamran mal abriu a boca para responder antes que seus lábios fossem selados, suas pernas amarradas e seus braços presos aos lados.

Sua mente gritou em protesto enquanto ele lutava inutilmente contra as amarras mágicas, seus olhos se voltando para a frente e para trás em um pânico terrível. O pavor floresceu em todo o seu corpo, despertando dentro dele simultaneamente medo e fúria. Pela segunda vez em menos de um dia, ele estava imobilizado... Embora, desta vez, pelas mãos dos Profetas, sacerdotes e sacerdotisas que sempre o amaram e protegeram, e em quem Kamran havia confiado por toda a sua vida. Esse último golpe de ainda outra traição o abalou profundamente.

O príncipe ficou repentinamente leve.

Sentiu como se pairasse no ar, experimentando um estranho distanciamento emocional e físico enquanto seu corpo era transportado pelo espaço. Pensou ter ouvido um zumbido familiar e insistente, mas então veio o clamor de vozes — um trovão de gritos e berros — e o barulho foi desaparecendo conforme ele era levado, flutuando imóvel, para fora dali.

VINTE E CINCO

Kamran lutava em vão.

Não era de sua natureza ceder a um ataque, mas, mesmo que quisesse, imobilizado como estava, não conseguiria se soltar. Sua mente se revoltava contra toda aquela injustiça, contra o colapso de sua vida. Ardunia fora sua herança desde o momento em que pôde formar um pensamento consciente; era seu lar, sua terra — aquele era o seu povo — e, apesar de suas antipatias, apesar de suas queixas frequentes, Kamran não queria se afastar de quem era. Até ele, naquela infeliz conjuntura, podia admitir que talvez houvesse alguma verdade nas críticas de Zahhak.

Kamran *fora* uma criança mimada.

Não valorizava a vida boa que tinha, entendia isso agora, mas nunca mais seria criança e nunca mais seria paparicado. Ainda sem estar pronto, tinha sido forçado a entrar em uma fornalha de mudanças, da qual saiu vulcanizado; a experiência continuaria a transformá-lo. Ele poderia aprender com seus erros. Poderia se adaptar às situações.

E ele não queria perder sua coroa.

Ouviu, por um momento, o som de passos ecoando pelo corredor. A parte de trás da cabeça gordurosa de Zahhak liderava o grupo que se aproximava. O trio de Profetas vinha logo atrás, e Kamran sabia disso apenas porque podia senti-los ali, sua presença tão palpável quanto o manto que ainda cobria seu corpo. Felizmente, o príncipe pôde mover os olhos e acompanhar o caminho que percorriam pelos salões intermináveis de sua casa e logo percebeu, com pavor crescente, que se dirigiam à sala do trono.

O inevitável enfim aconteceria.

Estava prestes a ser arrastado até um grupo de nobres que o esfolaria com suas acusações e o obrigaria a se apresentar perante uma aliança de Profetas, que realizariam a cerimônia que o privaria de seu direito ao trono adquirido no nascimento.

Mesmo depois de tudo que ele suportara nas últimas vinte e quatro horas, aquilo já seria ir longe demais. Sentiu algo se arrebentar em seu peito, um vazio no lugar de seu coração.

Em um único dia, fora dizimado.

Mesmo que imaginar isso o consumisse, Kamran apegou-se a uma única esperança: de que, depois que o tivessem arruinado naquela noite, ele ainda teria tempo suficiente de fugir para o porto e se encontrar com Hazan. Ele estava preocupado com isso, agarrando-se agora, mais do que nunca, à ideia de que, após sua metamorfose, poderia pelo menos tornar-se dono de si e vingar a morte de seu avô, construindo assim a própria trajetória... Foi quando, em uma intersecção, Zahhak virou à esquerda de forma brusca e Kamran desviou à direita.

Uma nova onda de mal-estar o atravessou.

Ele não conseguia virar a cabeça para confirmar, mas só podia imaginar que os Profetas estavam por trás dessa mudança repentina de planos. Agora estava indo em uma direção diferente da seguida pelo ministro da defesa, e demorou um minuto para que ouvisse o grito surpreso de Zahhak, seus passos distantes ficando cada vez mais altos durante a perseguição.

Kamran ouviu a voz do ministro como se fosse através da água.

— Aonde estão indo? — perguntou, um grito surdo e distorcido. — Devem me seguir até a sala do trono... Estamos todos preparados...

— Não esta noite — disse um Profeta.

Eles não pararam de caminhar.

A esperança tomou o coração do príncipe, sacudiu seu interior. Ele não tinha ideia de para onde estavam indo agora, mas aquela parecia ser uma reviravolta promissora.

— O que querem dizer? — Zahhak questionou, sua voz abafada tremendo de raiva. — Tínhamos um plano... Vocês concordaram em realizar a cerimônia esta noite...

— Concordamos apenas em testar o menino. — Foi a resposta simples.

— Testar o menino? Testá-lo como? *Esperem*... Vocês não podem voltar atrás com sua palavra... São incapazes de mentir...

— Prometemos determinar se o menino está apto para governar.

— Não há dúvida de que ele não está apto! — exclamou Zahhak. — O menino está mutilado! Isso tem que significar alguma coisa! A magia mostra claramente que...

— *Deixe-nos* — disseram os Profetas em uníssono.

A palavra foi pronunciada com suavidade, mas atingiu Zahhak como uma forte rajada, atirando-o vários metros para trás e mantendo-o lá. O ministro da defesa lutou em vão contra aquele vento implacável, gritando sem parar enquanto eles se retiravam.

O coração de Kamran estava batendo alucinado, pois a esperança que acabara de brotar logo se evaporara.

Concordamos apenas em testar o menino.

O príncipe não tinha uma única hipótese razoável para o que poderia acontecer a seguir, e não teve muito tempo para teorizar. Assim que Zahhak foi largado para trás, os Profetas o empurraram pelo castelo a uma velocidade vertiginosa, movendo-se tão rapidamente que as cenas ao seu redor ficaram borradas, de modo que ele já não tinha ideia de sua localização e não conseguia adivinhar para onde poderiam estar indo. A única pista foi quando sentiu que estava ficando zonzo. Percebeu, enquanto sua cabeça girava, que estavam subindo andares e mais andares em espiral. De todas as dicas que poderia ter recebido, essa era de longe a mais sombria, pois ele sabia com certeza que estavam subindo até as torres do palácio, e não havia nada de bom lá em cima.

Ainda assim, ele se convenceu a não entrar em desespero até que soubesse mais... Até que pudesse ter certeza...

De repente, houve uma parada repentina e desorientadora do lado de fora de uma porta sinistra e muito enferrujada, que se abriu sob o comando dos Profetas. Kamran começou a entrar em pânico. Quando sentiu o ar gelado da impiedosa noite de inverno o envolver, seu pânico uniu-se ao horror.

Aquela era a prisão da torre.

Infinitamente pior do que as masmorras, que eram apenas celas temporárias, as prisões das torres eram reservadas para os piores transgressores — em geral, criminosos de alto escalão que exigiam mais tempo para receber sua sentença, mas que eram condenados, enquanto aguardavam, às mais duras condições, na forma de confinamento solitário, garantindo assim que não escapassem. Manter prisioneiros era um trabalho exaustivo, penoso e ineficiente; seu avô nunca havia gostado disso. Sempre encorajara Kamran a lidar com criminosos o mais depressa possível; uma vez acabado o julgamento, a punição era cumprida e as prisões limpas. Por isso, os internos nunca permaneciam por muito tempo, e os piores deles eram com frequência decapitados logo em seguida.

Fazia anos que não usavam as prisões da torre.

Mesmo Kamran, forte como era, estremeceu ao pensar em tal destino. Como os Profetas pretendiam *testá-lo* com aquela experiência ele não tinha como saber, e nem conseguia imaginar o que fizera para merecer aquele nível de crueldade. Apenas ficou ali, suspenso à porta de sua nova casa asquerosa, em um momento de fato aterrorizante. Estava escuro como breu, exceto pelo brilho da lua e das estrelas, pois a torre tinha uma única claraboia, bem no alto, pelo menos quinze metros acima de sua cabeça. Não tinha ideia de com quais e quantas carcaças ele seria forçado a dividir o espaço e sentiu-se nauseado ao imaginar que deixaria aquele lugar apenas para ter a cabeça arrancada de seu corpo.

O medo indomável despertou dentro de sua mente.

Como aquele lugar infeliz provaria o seu destino? Se ao menos pudesse falar em voz alta uma única palavra, ele se renderia e imploraria por sua vida. *Por quê?*, queria gritar. *Por que estão fazendo isso? O que fiz para merecer tal sentença?*

Enfim.

Kamran não teve mais do que um instante para processar aquela tirania antes de seu corpo ser atirado na cela. A porta foi então trancada com um estrondo.

Ele caiu no chão de pedra gelado com um grito dolorido.

VINTE E SEIS

بیست و شش

Cyrus ainda estava abraçado a ela, o rosto pressionado fortemente contra o seu peito, mas seu esforço para transportá-los parecia ter drenado o que restava de sua energia, pois ele havia adormecido mais uma vez. Não se mexia; não dizia uma palavra. Ela podia sentir sua respiração profunda e uniforme em sua pele.

Centímetro por centímetro angustiante, ela se afastou dele, desembaraçando os membros dos dois com cuidado. Ele resistiu a princípio, emitindo sons incoerentes de protesto, mas logo aceitou o vazio em seus braços, mesmo enquanto franzia a testa em seu sono. Ela o observou se virar um pouco, tentando ficar confortável, e logo sua mão deslizou para cima da fronha de seda de seu travesseiro, assim como havia feito com a perna dela.

Uma lufada de ar saiu dos pulmões dela.

Talvez seus nervos sobrecarregados pudessem por fim se recuperar. Estavam a salvo no palácio, Cyrus estava na cama, não parecia correr mais o perigo de beijá-la, e agora tudo o que ela tinha que fazer era fugir e voltar para os seus aposentos — o que era muito mais fácil na teoria do que na prática, pois o palácio era enorme e terrivelmente vertiginoso. Alizeh não tinha ideia de onde ficavam os aposentos dela em relação aos dele; mas, comparado com tudo o mais, parecia um problema bastante simples de resolver. Primeiro, ela precisaria descobrir como sair do quarto de Cyrus, e então teria de fazer o máximo para não cruzar com Sarra, que sem dúvida ia querer discutir o progresso de Alizeh no plano de assassinar seu filho. Se conseguisse vencer todos esses obstáculos, Alizeh só precisaria perguntar a alguns criados intrometidos e fofoqueiros como poderia chegar ao seu quarto, esperando que os não iniciados entre eles não questionassem quem ela era e nem a mancha de sangue em sua saia.

Simples.

Com um gemido baixo, deslizou para fora da cama, mas, então, olhando para Cyrus, ela hesitou.

Sabia que não devia pensar que suas ações entorpecidas daquela noite eram indicativas de alguma mudança maior em seu relacionamento. Cyrus dissera a ela claramente apenas algumas horas atrás que a *odiava*, e o *nosta* havia confirmado isso. Eles tinham desfrutado de alguns momentos relutantes e surpreendentes de amizade, mas ela não achava que era o suficiente para apagar sentimentos tão intensos de ódio, não quando o acordo entre eles estava destinado a terminar com um assassinato.

Ainda assim, Alizeh era sensata demais para negar que, apesar das muitas objeções práticas, ela se sentia intensamente *alerta* em relação à presença de Cyrus; não havia dúvida de que havia uma atração magnética, desconcertante, entre o corpo dos dois. Mas isso não significava, porém, que ela confiasse nele.

E, agora, temia por ele.

Por duas horas o diabo o levara aos sete círculos do inferno, e pelo visto não fora pela primeira vez. E ela duvidava que seria a última. E, embora soubesse que Iblees tivesse notado a preocupação dela com Cyrus, ela sentiu que não havia nada a ser feito quanto a isso; Alizeh não via eficácia em fingir reverter o que já havia acontecido; o diabo não era burro. Nunca seria convincente o bastante para induzi-lo a pensar o contrário. Alizeh *se importava* com Cyrus. Gelo corria por suas veias, sim, mas nunca deixara o seu coração frio. Ela tinha testemunhado o sofrimento de Cyrus. Tinha chorado por ele.

E, agora, independentemente das maquinações do diabo, do estado incompreensível de coisas entre ela e o estranho rei, Alizeh era sensível demais para abandonar o corpo espancado e brutalizado sem um toque de compaixão.

Com um suspiro, ela caminhou até o lado dele da cama, estudando sua expressão tensa, o sangue seco enrijecendo suas roupas. Cyrus ainda usava as botas, o cinto da espada, o casaco pesado. Ela viu o brilho de uma lâmina embainhada repousando sobre sua perna e sabia que ele devia estar terrivelmente desconfortável. Foi-se a suavidade em seu rosto antes produzida pelo sono; agora ele parecia mal-humorado, desde que ela se afastara dele, e seus ombros ficaram tensos novamente, mesmo enquanto dormia.

Ao fechar os olhos, ela ainda conseguia vê-lo sangrar.

Podia ouvi-lo gemer de dor.

Com cuidado, ela passou a mão ao longo de uma elegante bota preta, as habilidades manuais do fabricante exibidas em cada centímetro do couro macio. Com movimentos cuidadosos, ela dobrou a bainha da calça escura de Cyrus até descobrir uma faixa de pele quente e dourada polvilhada com seu pelo cor de cobre. Concentrando-se na fivela que procurava, ela desabotoou a bota com facilidade, então deslizou o artigo flexível para arrancá-lo do pé, que vestia uma meia também preta. Alizeh pegou a pesada bota em sua mão e a examinou, admirando o cuidado, a costura, a evidência de horas e horas de trabalho duro, até colocá-la no chão. Ela repetiu o processo uma vez mais, no outro pé e, uma vez feito, colocou o par alinhado contra a parede.

Então, delicadamente, afastou um dos braços de Cyrus do travesseiro e, com cuidado, puxou-o para fora da manga do casaco. Ela pretendia fazê-lo rolar para o outro lado, na esperança de replicar a ação no outro braço, quando, de repente, ele se mexeu.

Respirou com violência e sentou-se como um brinquedo de mola, assustado como quando acordara no campo de flores. Desta vez, no entanto, Alizeh sabia o que esperar. Sabia que ele não estava de fato acordado e evitaria entrar em conversas efêmeras com ele.

Ela duvidava de que ele se lembrasse de muita coisa.

— Alizeh. — Ele piscou confuso, estudando-a com olhos vermelhos, vidrados. Havia um desespero em sua voz quando ele disse: — Por que você me deixou?

Suas palavras foram como um tiro no coração.

Com esforço, ela afastou aquela sensação dolorosa, sabendo que o que ele provocara nela era obra de um fantasma. Nunca teria esperado uma versão desinibida de Cyrus ser tão emotiva ou afetuosa, mas de fato não sabia com quem estava lidando, ou pelo que, exatamente, ele estava passando.

Fosse o que fosse, *aquele* não era o verdadeiro Cyrus.

— Você pode me ajudar? — ela respondeu. — Eu estava tentando tirar o seu casaco.

Ele não disse nada, apenas olhou para ela, depois para si mesmo, parcialmente sem o casaco. Com movimentos rígidos e infantis, ele removeu o resto do artigo e, em seguida, empurrou a roupa sem entusiasmo para longe de si. A peça caiu, deslizando com ruído até o chão.

Alizeh logo a pegou em seus braços, surpresa por seu peso, e a pendurou com cuidado nas costas de uma cadeira. Ela se virou bem a tempo de ver Cyrus rasgando a camisa para se livrar dela.

Como o orvalho no inverno, ela congelou.

Ele puxou o artigo escuro sobre sua cabeça, o rosto desaparecendo quando a parte superior de seu corpo nu apareceu de repente, chocantemente à vista, e Alizeh, que não havia percebido como o estava fitando, não se mexeu até ouvir o som irregular da própria respiração. Pelos céus.

Cyrus era *poderoso*.

Ela não sabia como descrever a visão dele sem nada a cobrir sua pele. Não sabia como colocar em palavras o músculo tenso que se movia enquanto ele se espreguiçava, as linhas vigorosas de seu corpo que serpenteavam por todo o tronco. Ele brilhava na luz suave, as sombras esculpindo-o de modo tão substancial que ela ficou de súbito perturbada, sofrendo com um desejo estúpido de encostar nele, de ver o que ele poderia sentir sob seu toque.

Cyrus não lhe deu atenção.

Puxou a camisa pela cabeça, deixando o cabelo desgrenhado, e largou a roupa onde ela caiu. Alizeh observou-o, atordoada, enquanto ele se movia, fascinada pelos movimentos de seus braços enquanto ele desafivelava o cinto com a espada, maravilhada com a marca dos músculos flexionados ao se mexerem, o poder fortemente contido por trás até mesmo de seus movimentos mais sutis. Ele deixou o precioso coldre e sua arma caírem no chão com um estrondo, e Alizeh, que estivera em uma espécie de transe, quase pulou de susto. Mas foi quando ele começou a desabotoar as calças que ela se virou bruscamente com um grito abafado, cobrindo todo o rosto com as mãos.

Ah, ela estava envergonhada de si.

Estivera olhando para ele sem pudor, como alguém sem princípios, seu coração batendo como as asas de um beija-flor, tão rápido que lhe causava mal-estar. Céus, ela tinha se deixado levar. Não era uma moça sem princípios. Não cobiçava o corpo desnudo de homens sob a influência da magia das sombras.

— Alizeh? — Ela o ouviu dizer.

Ela fez um esforço para moderar a voz, mas não se virou.

— Sim?

— *Alizeh* — ele repetiu, desta vez a repreendendo de leve.

— Você está… — A voz dela soava trêmula. — Está vestido decentemente?

Ela ouviu o som baixo de sua risada.

— Estou.

Aterrorizada, ela se virou em câmera lenta. Ela o descobriu ainda sentado, mas ficou bastante aliviada ao descobrir que ele puxara o cobertor em volta dos membros inferiores.

— Olá — ela sussurrou, levantando a mão em saudação, como uma idiota.

Ele apenas olhou para ela em resposta, um desejo manifesto, seu olhar se intensificando enquanto a observava, como se quisesse devorá-la. Os olhos percorreram seu rosto e corpo até ela sentir um calor líquido, tensão embrulhando seu estômago. Ela deu um passo instável para trás.

— Venha aqui — ele disse com a voz rouca.

— N-não — ela falou, balançando a cabeça. — Não p-posso… Eu… Cyrus, você está muito cansado.

Ela observou seu peito expandir conforme ele respirava, seus olhos fechando mesmo enquanto ele lutava contra isso.

— Eu quero você — disse ele, se tornando vulnerável daquela maneira repentina e familiar. — Perto de mim.

— Eu vou voltar — ela mentiu, seu coração martelando nos ouvidos. — Fique aqui descansando até eu voltar.

Ele virou o pescoço, alongando os músculos tensos enquanto suspirava. Afundou alguns centímetros, sua cabeça quase encostando no travesseiro.

— Alizeh — ele sussurrou, mesmo enquanto seus cílios tremulavam, sua exaustão provando ser invencível. — Não minta para mim.

Sem saber como responder, ela não disse nada. Apenas juntou as mãos com força contra o estômago, sentindo-o cada vez mais embrulhado.

Enfim, afundando-se devagar, o corpo pesado de Cyrus sucumbiu. Ele deslizou com um barulho suave contra os lençóis, afundando a cabeça na penugem macia do travesseiro. Ele não levantou os braços cansados para puxar o cobertor sobre os ombros, mas foi aí que Alizeh se afastou, pois a verdade é que ela atingira seu limite quando Cyrus tirou a camisa.

Ela engoliu em seco.

Não era certo sentir-se tão atraída por um homem que pretendia matar. Além disso, Cyrus não tinha ideia do que estava fazendo. Ele estava fora de si, seu bom senso ofuscado por alguma coisa perigosa. Se ele tivesse alguma ideia das coisas que dissera a ela... Se tivesse alguma ideia de como estivera agindo perto dela...

Só então houve uma batida forte na porta.

Alizeh conteve um grito, seu coração voltando a bater freneticamente. Ela ouviu o chamado suave da voz de uma criada, pedindo licença para entrar, e olhou com desespero para Cyrus, que não se mexeu.

A criada bateu de novo.

Alizeh sabia o que aconteceria a seguir. Ela *fora* uma *snoda*.

Por um breve intervalo à noite, durante o qual os ocupantes da casa estariam no andar principal para o jantar, uma criada entrava no quarto para atiçar o fogo, preparar a roupa de cama e cuidar de outras pequenas tarefas. O protocolo era pedir permissão três vezes, esperando a cada vez por uma resposta antes de aceitar o silêncio como consentimento tácito para entrar.

Mais uma batida e a *snoda* entraria no quarto.

E era quase garantido que teria um ataque cardíaco — e se preocuparia em perder o emprego — caso visse o rei despido em sua cama, mas levaria pelo menos um minuto ou dois antes que ela chegasse àquele cômodo, pois Alizeh imaginou que Cyrus, como soberano, provavelmente vivia na maior e mais opulenta ala do castelo. Tinha de haver pelo menos alguns outros cômodos entre a entrada e o quarto.

O que significava que poderia ter tempo *suficiente* para se esconder.

Freneticamente, ela se virou.

Anjos dos céus, se ela fosse descoberta no quarto do rei, mesmo que fosse em seus *aposentos*, o escândalo sem dúvida se espalharia pelo império em menos de uma hora. Ou ela se casaria com ele, ou seria difamada como prostituta; de qualquer maneira, as repercussões seriam uma complicação terrível para sua vida.

Alizeh tinha aprendido sua lição aquela tarde: havia jinns trabalhando naquele palácio, e eles não estavam prontos e ansiosos para espalhar notícias sobre ela; além disso, ela não podia contar com a ajuda de sua invisibilidade agora, pois só funcionava para os Argilas.

Talvez, se encontrasse o closet de Cyrus, pudesse se esconder lá dentro...

Mas, quando ouviu a porta se abrir, um momento depois, nada veio à sua cabeça. Ela disparou pelo corredor e abriu a primeira porta que encontrou.

VINTE E SETE

بیست و هفت

A noite estava gelada.

Kamran ergueu-se e tirou o pó do manto, com dificuldade para se equilibrar depois de ficar tão incapacitado, mas apenas instantes depois estava tremendo. O chão de pedra sob seus pés tinha alguns lugares cobertos de gelo, pois a chuva fora substituída pela geada. O silêncio era serrilhado pelo cricrilar constante dos grilos, às vezes pelo pio de uma coruja caçando; horríveis rajadas uivavam e batiam na claraboia da torre, como se o vento soubesse passar pela estreita abertura.

Kamran olhou para cima.

A janelinha distante, ele pensou, era ao mesmo tempo uma bênção e uma crueldade naquele lugar medonho, pois, embora permitisse a entrada de uma luz bem-vinda durante o dia, também expunha o prisioneiro às intempéries durante a noite. O que provava mais uma vez a Kamran que prazer e tortura vinham, com frequência, na mesma tacada.

Isso o fez pensar em Alizeh.

Era impossível não pensar nela, a chave para toda a tragédia que a sua vida tinha virado. Alizeh, que despertara nele uma emoção que jamais experimentara antes, que abrira os seus olhos para uma loucura gloriosa que ele nem sabia que existia... E, então, com delicadeza e um sorriso meigo, partiu ao meio todo o seu mundo.

Ela se erguera do pó, renascera com uma brisa e deixara para trás um rastro de perfume floral ao conduzir a queda do rei que governara o maior império da terra por quase um século. A pergunta era como ela conseguira fazer isso. Sem erguer um só dedo, sem ao menos erguer a voz...

Simplesmente ali, intocada, enquanto o mundo dele ruía.

Ela falou, e os Profetas foram massacrados; ela rodopiou, e seu avô acabou morto; ela riu, e o corpo dele foi desfigurado; ela respirou, e sua mãe desapareceu; ela suspirou, e sua tia já não mais se comunicava com ele; ela *fugiu*, e o povo voltou-se contra ele. Kamran não podia ouvir seu nome sem a sensação de um tiro em seu peito.

Mesmo assim, ele não sabia se um dia a veria de novo.

Com grande esforço, ele se obrigou a afastar os pensamentos sobre ela e, enquanto seu estômago se contorcia, sentiu uma gratidão silenciosa pelo frio gelado que o cercava, pois se tratava de uma bênção dolorosa: é provável que o frio fosse a única razão pela qual Kamran conseguia respirar em meio ao fedor de sua tenebrosa cela. Ele tinha medo até de se mover, pois seu pé havia esbarrado em uma pilha macia que só podia ser de animais mortos. Os seres emplumados ele não conseguia explicar, mas os animais peludos cujas carcaças se espalhavam pelo chão sem dúvida haviam caído pela abertura da claraboia. Ele supôs que saberia mais sobre seus companheiros apodrecidos de cela ao nascer do sol; até então, teria apenas os horrores de sua imaginação, que pintava um quadro aterrorizante dos dias que o aguardavam pela frente.

Mesmo assim, ele ainda tinha uma ponta de esperança.

Por alguma razão confusa, os Profetas não haviam tirado dele suas armas antes de trancá-lo na torre. Ele se perguntou se não poderia, à luz do dia, usar as adagas para escalar a parede de pedra; poderia talvez enfiar suas lâminas entre os tijolos, alavancando-se com cuidado ao subir a barreira íngreme. Isso exigiria muito do seu corpo, e ele não tinha certeza se seria capaz, mas apenas a possibilidade de fugir permitia aos seus pulmões a força de que precisavam para se expandir e, enfim, respirar.

Se conseguisse sobreviver àquela noite brutal de inverno, também seria capaz de escapar. Ele derrubaria a torre tijolo por tijolo se preciso; não seria deixado ali para apodrecer; não seria arrastado para fora daquele poço rumo a uma execução injusta.

Ele *jurou* isso para si mesmo.

E então se perguntou, enquanto arcava com o peso de seu atual fracasso, quanto tempo Hazan esperaria por ele no porto antes de desistir. Questionou se alguém saberia para onde ele fora. Foi então, com esse pensamento sombrio em mente, que pareceu ser então capaz de ouvi-los.

Ou de ouvir alguma coisa, de qualquer maneira.

Os sons do mundo ao seu redor diminuíram em uma mudança desorientadora e enervante; um silêncio logo foi enchendo sua cabeça de modo gradual, com períodos de estática e outros de arranque em um estranho aparecimento de sons e de vibrações surgido do nada e que o assombrou na sinistra escuridão. O ruído branco evoluiu para sussurros que o acariciavam como dedos frios dentro de sua cabeça, fazendo-o querer arrancar a pele de seu corpo; os tremores suaves ficaram cada vez mais altos, transformando-se de um zumbido sem forma e sem sentido para um enxame de vozes ressoando com força em seus tímpanos, gritos e brigas ouvidos ao mesmo tempo...

Kamran cobriu os ouvidos com as mãos, caindo com força sobre um joelho enquanto sua cabeça explodia.

— ... tem alguma noção de que os nobres reconheciam seu direito ao trono? Quanta crueldade... E logo depois do assassinato de seu avô...

— Não sei, senhorita, o avô dele não era uma boa pessoa...

— Ah, eu só quis dizer que deve ter sido duro para ele, sabe, lidar com todas essas revelações...

— Onde é que está?! Sei que você sabe onde está, e eu exijo que me diga...

— Não acredito que estou ajudando vocês, seus encrenqueiros... Eu já devia estar em casa há horas...

— Kamran, seu idiota. Em que se meteu agora? Vamos, menino, obrigado por me contar...

— ... não podemos deixá-lo lá! Omid, você se lembra aonde eles foram depois disso?

— ... já procurei nos aposentos do rei! Não consegui encontrar!

— Pelo menos aquela criada horrorosa já não está mais com a gente!

— Sim, senhorita, eu os segui até...

— ... não viram você? Como você conseguiu?

— ... quando se é por muito tempo um menino de rua, senhor, aprendemos a nos camuflar de todos, e eu...

— Hazan!

— Graças a Deus que está aqui...

— Por que o está protegendo? Para onde o levaram? Estão colocando em risco o futuro deste império de forma deliberada...

— ... diabos está fazendo aqui? E... Você não é o boticário?

— Seu manto está pesado esta noite, senhor.

— Sim, sou o boticário. Quem é *você?*

— ... salvar o príncipe!

— É meu dever assumir o controle do trono! Precisa me dizer onde está! É meu direito! É meu...

— Devia esvaziar os seus bolsos, querido, e livrar-se desse peso.

— ... o que você fez com ele? *Onde o colocou?*

— Abra os bolsos, meu caro.

— Esvazie-os.

— Vasculhe os bolsos.

— *AGORA*...

Com um som agudo crescente e sibilante que quase arrancou a cabeça de Kamran, as vozes foram de repente extraídas de sua mente, restando apenas um grito persistente que quase estourou seus tímpanos. Kamran estava de joelhos agora, lutando contra um berro de agonia enquanto seu peito arfava e sua cabeça doía, e seus ouvidos zumbiam de modo doloroso enquanto os sons do mundo foram devagar se restabelecendo ao seu redor. Voltou a ouvir o cricrilar dos grilos, o canto de um pássaro noturno, o vento varrendo as folhas mortas em direção aos seus pés. Ainda assim, lutou para recuperar as forças. Após aquele estranho episódio, Kamran estava abalado; seu corpo, trêmulo. Sentiu, então, um inesperado calor úmido em sua orelha e levantou a mão instável para ver o que era. Seus dedos voltaram manchados de sangue. Seu coração disparou.

Ele não entendia o que acabara de acontecer, mas estava consciente o bastante para levantar a hipótese mais provável: que aquilo era fruto de magia, o que significava que os Profetas deviam estar tentando se comunicar com ele.

Abra os bolsos.

Essas palavras enigmáticas não faziam sentido. Não havia nada em seus bolsos a não ser um pouco de ouro, o livro de Alizeh e sua máscara de cota de malha e, da última vez que verificara, nenhuma dessas coisas era uma marreta, a única coisa de que de fato precisava naquele momento.

Ainda assim, ele estava curioso demais para ignorar uma ordem tão direta. De maneira desajeitada, revistou os bolsos enquanto sua cabeça ainda rodava, seus dedos congelados tateando. Os itens de sempre estavam todos ali, todos contabilizados, e não havia mais nada para...

As mãos de Kamran pararam, então, quando ele sentiu algo desconhecido no bolso interno do manto.

Com cuidado, piscando para clarear a vista embaçada, Kamran tirou dali um pequeno pacote retangular. Era uma caixinha fina, embrulhada em papel pardo e amarrada com barbante vermelho. Ele reconheceu o presente de imediato, e o significado daquilo atingiu-o como um golpe. Sua compreensão naquele momento foi tão poderosa, tão perturbadora, que sentiu os olhos arderem de emoção.

Os últimos Profetas entregaram-lhe aquilo dias atrás.

Antes de serem assassinados, antes de sua casa ser invadida, antes que seu avô fosse morto, antes que ele conhecesse o cetim da pele de Alizeh. Fora graças àquele pacote que ele chegara à Praça Real; os Profetas o convocaram naquele dia apesar de ele não ter anunciado seu retorno a Setar. Ele acordara cedo para evitar as multidões que sempre se aglomeravam nas ruas. Estava a caminho da Residência dos Profetas quando parou para ver o que pensara ser o assassinato de uma criada por um homem adulto.

Aquele momento.

Que mudara o curso de toda a sua vida.

Mais tarde, depois que o pandemônio já havia se instalado, e depois que os Profetas levaram o menino de rua sob seus cuidados, Kamran enfim foi ver os sacerdotes e as sacerdotisas para os quais devia uma visita. Ele vira o menino lá, e se distraiu tanto com o encontro irritante com Omid que não prestou atenção ao presente que os Profetas lhe entregaram quando estava de saída. O príncipe, que era acostumado a receber mimos com frequência, tanto de Profetas quanto de plebeus, enfiou-o no bolso com a intenção de abri-lo depois, em um momento menos caótico.

Permanecera ali desde então.

Agora ele o encarava sobre as mãos trêmulas, mas não demorou para desembrulhá-lo. Kamran rasgou e abriu o pacote como um homem alucinado, jogando o papel no chão imundo e, com cuidado, erguendo a delicada tampa de uma simples caixinha de madeira. Um pedaço de papel voou de dentro, e ele o agarrou no ar com um gesto desesperado, com a mão que não estava ensanguentada. Então, com o coração batendo forte no peito, olhou dentro da caixa e lá descobriu uma única pena preta sobre um forro de linho.

A princípio, não entendeu.

Esforçou-se para desenrolar o papel, que depressa ergueu contra o luar e, com o brilho distante, conseguiu perceber que o fragmento fazia parte de um documento muito maior. Tratava-se de uma tira de papel rasgado e, contra sua palidez, lia-se a caligrafia limpa e caprichada de seu avô.

Dizia:

deixem esta pluma para meu neto, para que a use apenas quando tudo parecer perdido, quando sentir que suas tragédias são insuperáveis e a esperança já não parecer possível. Ele precisará apenas tocá-la com o próprio sangue, e Simorgh virá até ele, como um dia veio a mim.
Eu também deixo para ele meu

A mensagem estava cortada. O coração de Kamran disparou ainda mais, de forma assustadora; de repente, ele só conseguia ouvir a própria respiração, os sons ásperos ecoando entre suas orelhas, sua mente girando como se o mundo ao seu redor parecesse se romper e depois se recompor, desabar e depois ressuscitar.

Ainda assim, ele não hesitou.

Kamran pressionou a pluma contra sua mão ensanguentada. Respirando de forma trêmula e apavorada, ele cerrou o punho.

NO INÍCIO

در آغاز

Nasceu naquela noite
Um belo bebê real
Tempestades caíam
Estilhaços e vendaval

A rainha alegrou-se
O rei correu para vê-lo
Viu o filho com olhos
Arregalados de medo

O cabelo do bebê
Era branco como neve
Seu corpo, saudável
Macio e leve

Pariste um homem velho
foi o que exclamou
Este bebê é amaldiçoado
E logo o arrancou

A mãe chorou
O bebê chorou também
Berrou pelo caminho
Como fazem os nenéns

Sob protestos e gritos
Aquele rei irredutível
Atou o bebê às costas
E cometeu um ato terrível

Escalou uma montanha
Seu corpo bem cansado
Largou o bebê para morrer
No alto do penhasco

O vento uivou
E o bebê também
Berrou ali sozinho
Como fazem os nenéns

Quando o pai
É mau
E a estupidez resplandece
A desilusão
Vence
O intelecto padece

Do alto observava uma ave
E ouviu com desgosto
Simorgh, Simorgh!
Pássaro esplendoroso

Não havia coração igual
Nem comparável magia
Ela apanhou o bebê
E o tornou sua cria

O menino cresceu
Com quatro passarinhos
Amado e feliz
Abençoado no ninho

Ela avisou que
Um dia
Ele teria de ressurgir
Em uma vida desconhecida
Uma missão a cumprir

Ele recusou o aviso
Mas Simorgh a insistir
Que do destino não se foge
Não há por onde resistir

Chegaram então notícias
De uma mulher que sofria
Um império ruía
Seu pai que morria

Simorgh lhe trouxe trajes
Vestidos com alegria
O retorno ao palácio
Que nunca antes vira

Despediu-se de todos
Com dor no coração
A amada família
Que o salvara da solidão

Ele se sentou nas costas
Da mãe de criação
Ela cortou os céus
Como uma explosão

Cruzando o horizonte
Cores por todos os lados
O pouso no palácio
Um evento esperado

Ninguém esqueceria
Do dia em que Zaal retornou
De como seu pai queimou
De como o céu brilhou

Zaal ocupou o trono
Que sempre fora seu
Mas nunca esqueceria
O que sua mãe lhe deu

VINTE E OITO

بیست و هشت

Alizeh estava tentando não respirar. Não ousava fazer nenhum barulhinho que fosse. E não sabia onde estava. Em seu pânico, ela não apenas abrira a porta mais próxima, como inadvertidamente a *quebrara*, arrancando a maçaneta com sua força sobrenatural. O trio robusto de trincos tinha rompido a estrutura sólida, e agora a porta não mais poderia ser trancada. Seu pânico, assim, só aumentava, e ela temia que, quando o verdadeiro Cyrus acordasse, ele renegaria suas promessas e de fato fosse matá-la por essa terrível invasão de sua privacidade.

Ela jogou seu peso contra a porta quebrada, tentando recuperar o fôlego enquanto mantinha a passagem fechada. No momento, pelo menos, ela estava segura, pois suspeitava de que a criada não bisbilhotaria em um cômodo mantido fechado. Ainda assim, sua mente não parava de trabalhar; mal teve tempo de registrar que Cyrus mantinha um quarto trancado em seus aposentos privados quando foi surpreendida por seu interior acolhedor.

Ela percebeu só então, enquanto olhava ao redor, que não formara nenhuma expectativa sobre os gostos pessoais de Cyrus. Ele nunca usava nada além de preto; ela não presumira que ele tinha qualquer interesse por cor ou conforto, e ficou surpresa ao descobrir que tinha um espaço escondido tão bem decorado. Ela se viu em uma sala de estar mobiliada ao redor de um tapete com uma bela estampa em tons vívidos de azul; havia assentos aconchegantes, prateleiras do chão ao teto cheias de livros e uma lareira titânica, diante da qual erguia-se uma antiga mesa colossal, repleta de papéis, potes de tinta e várias redomas de vidro através das quais brilhavam espécimes de rocha cristalizada, cada qual cuidadosamente rotulada.

Havia tanto para admirar que ela mal sabia onde repousar os olhos. Seus nervos se acalmaram pouco a pouco enquanto ela espiava ao redor, rezando o tempo todo para que a sala a apresentasse uma saída secreta, ou um armário, ou mesmo uma janela acessível.

Em vez disso, viu evidências de Cyrus em todos os lugares.

Uma xícara vazia de chá, metade de um damasco e um fino volume de couro com um marcador visível sobre uma mesinha empoeirada; dezenas e dezenas de páginas soltas amontoadas, com uma caligrafia firme e uniforme, estavam amarradas com barbantes e empilhadas em um dos sofás de veludo desbotado; envelhecidos e amarelados, mapas de territórios que ela não reconheceu estavam anotados e fixados na parede; uma torre meio torta de almofadas bambeava ao lado de uma pilha de caixotes fechados; uma maça com cabeça de boi equilibrava-se contra o braço ligeiramente chamuscado de uma poltrona de leitura; um casaco escuro e uma cartola pendiam de ganchos ao lado da lareira; uma escova de cabelo verde-garrafa de cerdas grossas repousava sobre uma mesa baixa, junto a um punhado de fósforos longos e de uma barra de perfume; e havia uma única espada brilhante, cuja lâmina de cobre reluzente tinha sido plantada no chão de madeira ao lado da cadeira da escrivaninha.

Alizeh queria, então, mais do que desejara qualquer posse material por um longo tempo, abrir gavetas, levantar almofadas, folhear páginas e vasculhar o lugar — mesmo que soubesse que seria traiçoeiro bisbilhotar. Apesar disso, conseguiu conter-se não porque fosse virtuosa, mas porque, se ela se afastasse da porta, esta se abriria, e ela não podia arriscar...

Ouviu um grito assustado.

Ah, a pobre criada tinha descoberto Cyrus, então. Alizeh ouviu o barulho dos passos em pânico da *snoda* sair correndo do quarto com um grito apavorado e, então, quando a porta da frente se fechou com um *blam*, seu coração voltou a bater.

Foi só aí que caiu em si.

Havia quebrado a porta dele.

Colocou a mão sobre a boca, sem saber como explicaria aquilo. Não podia esconder a evidência do que tinha feito, e não sabia se ele acreditaria na verdade.

De longe, ela parecia inequivocamente culpada.

Até ela podia ver o que parecia: qualquer um que duvidasse dela presumiria que havia se aproveitado da tortura de Cyrus, e do torpor subsequente, para enganar o rei e fazê-lo trazê-la para os seus aposentos;

depois disso ela o forçara a ir para a cama apenas para então arrombar uma porta trancada e investigar seus pertences pessoais.

Isso a fazia parecer bastante diabólica.

Ela mordeu o lábio. Essa história era falsa, é claro, mas ela não podia negar o desejo de ser um *pouco* diabólica, pois a vontade de remexer nas coisas dele era premente. Aquele cômodo era um verdadeiro museu de maravilhas, cheio não apenas de artefatos fascinantes da vida de Cyrus, mas com evidências de seu estado de espírito, suas atividades e interesses atuais. Ela tinha certeza de que havia respostas ali — pistas para uma série de mistérios que de outra forma nunca seria capaz de resolver.

E, então, com um sobressalto, ela viu o armário.

Como havia se esquecido disso inicialmente, ela não sabia, embora talvez porque fosse pouco atraente: grande, escuro, desgastado, posicionado contra a parede adjacente à lareira. Era uma espécie de gabinete de curiosidades, algo mais provável de ser encontrado em um boticário do que em uma sala de estar, com muitas portinhas e gavetas, cada uma com um buraco de fechadura.

A tentação cravou seus dentes nela.

Adentrou o cômodo por alguns centímetros, os pés se movendo em direção ao armário quase sem a sua permissão. A porta quebrada rangeu baixinho atrás de si, mas ela pensou que não importava, pois a criada tinha ido embora, a ala estava quieta, e ela tinha certeza de que Cyrus estava dormindo.

Juntou as mãos para evitar tocar em algo, mas, ela se aproximou do armário, sentiu seus dedos queimarem com o calor, provando ser uma deliciosa sensação estranha para uma garota com gelo no sangue. Quanto mais perto ela chegava, mais Alizeh se sentia quase amarrada àquele estranho móvel, como se fosse compelida a se aproximar, como se contivesse algo que pertencia a ela…

Devagar, o armário começou a tremer.

Alizeh sentiu o pulso acelerar e avançou em direção a ele com mais pressa, a velha madeira chacoalhando com crescente fervor. Fazia um barulho terrível, os tremores tão intensos que reverberavam por paredes e pisos de toda a sala. Ela entendeu, vagamente, que pagaria um preço por causar tal balbúrdia, que o barulho podia acordar Cyrus, que isso poderia lhe trazer uma quantidade catastrófica de problemas, mas, no momento, aquilo parecia valer o risco.

Alizeh parecia enfeitiçada.

Ela deu um suspiro para ganhar coragem enquanto pressionava as mãos contra o velho e trêmulo exterior do armário, as reverberações começando a aumentar. Ela estava esperando por algo, mesmo que não soubesse o quê, e somente quando as vibrações atingiram a força de um pequeno terremoto é que uma das pequenas portas por fim estalou e se abriu.

Alizeh mal ousava respirar enquanto espiava o compartimento profundo e brilhante — em um instante, o segredo foi desvendado. A pesada mobília não havia parado de tremer, o tumulto ficando cada vez mais frenético, mas Alizeh descobriu que não se importava mais.

Ela queria gritar.

Sentiu-se traída e confusa, seu coração batendo descontroladamente no peito. Com cuidado, ela enfiou a mão, tão quente que doía, dentro do compartimento e tentou recuperar o que era dela, o que ela temera estar perdido... E a portinhola se fechou tão rápido que quase arrancara seus dedos. O gabinete ficou estranhamente imóvel.

E Cyrus, maldito seja, era rápido.

A bem da verdade, Alizeh estava concentrada e o quarto estava chocalhando, mas, que ele a tivesse abordado com tamanha furtividade — a ponto de ela não sentir sua presença — foi de fato impressionante. Ela não sabia como ele fizera aquilo; não tinha ideia do que ele tinha visto nem como, em específico, ele a manipulara e encurralara. Sabia apenas que Cyrus estava prestes a lhe mostrar exatamente por que era temido por tantos. Ele pressionou a ponta da espada contra seu pescoço.

— *O que* — sussurrou, seus olhos brilhando com uma fúria mal contida — você está fazendo aqui?

Mesmo naquele momento, mesmo quando ela começou a odiá-lo de novo; quando, deixando de lado suas promessas, ela realmente acreditava que ele não hesitaria em matá-la... Mesmo assim, ela ficou aliviada por ele ter conseguido colocar uma calça. Ele não estava, no entanto, vestindo uma camisa.

Alizeh baixou o olhar, olhou para a lâmina. Ela era tão menor do que ele que podia ver seu reflexo no metal.

— Por que — ela disse, erguendo os olhos para ele — você está com o meu livro?

Ele hesitou diante do olhar assassino no rosto dela, sua raiva dispersa enquanto os instintos guerreiros dentro dele lutavam pelo domínio. Ela podia ver seu conflito interno, podia ver a pontada de remorso, mesmo quando seu ressentimento se infiltrava. Alizeh não era tão ingênua: ela entendia que ele suspeitava de traição ao ver a porta arrombada, e nesse sentido ela não o culpava. Como poderia, se compreendia como ele se sentia? Claro que ele não sabia se podia confiar nela.

Mas ela também não sabia se podia confiar *nele*.

A lâmina estava começando a apertar seu pescoço, e ela se preocupou, por um momento, que ele pudesse de fato machucá-la.

— Cyrus — ela insistiu —, eu lhe fiz uma pergunta.

— Eu roubei — ele declarou calmamente.

— Quando? — ela disse, seu coração falhando. — Por que...?

— Dias atrás. — O sussurro dele deixava transparecer sua culpa. Ainda assim, ele não baixou a arma. — E o substituí por uma réplica.

— Você foi ao meu quarto na Casa Baz — ela raciocinou, atônita —, procurou nas minhas coisas...

— Sim.

— Você *mentiu* para mim.

— Tecnicamente, não menti.

— Não se atreva a falar comigo como se eu fosse uma idiota — disse com irritação, a lâmina cortando-a só um pouquinho enquanto ela falava. — Você entendeu muito bem o que quis dizer.

— Pare de se mexer — ele disse, furioso. — Esta espada é extremamente afiada...

— Então baixe a arma, seu canalha!

Ele baixou, mas só o suficiente para não mais tocar nela.

— Voltamos a isso, então? — ele engoliu, fitando o corte no pescoço dela. — A nos insultar?

— Você ousa lamentar a perda da minha boa-fé enquanto aponta uma espada para o meu pescoço — ela sussurrou.

— E você tem a audácia de me desafiar — ele rebateu, sua voz caindo uma oitava —, quando fui eu que a descobri cometendo o mesmo crime detestável, invadindo os meus aposentos em busca dos meus pertences...

— Eu não queria quebrar a porta!

— Você *escolheu* saquear as minhas coisas! — ele gritou. — Enquanto eu fui obrigado a vasculhar as suas!

Lentamente, como se cataratas pesadas fossem descortinadas de seus olhos, Alizeh começou a perceber o que Sarra descrevera.

Não é que eu não me importe. É que eu não acredito mais nele. Nos últimos meses, meu filho atribuiu todas as suas más decisões ao diabo. Ele nunca assume a responsabilidade pelas próprias ações. Está sempre me implorando para entender que não tem escolha...

Ela não perguntou a Cyrus como tinha conseguido fazer o que fizera, pois ele conseguia realizar tarefas muito mais complicadas do que invadir um quarto destrancado, na verdade um armário transformado em quarto; devia ter levado apenas minutos para cumprir a missão.

Só então ela olhou para ele, seu coração atrofiando dentro do peito. A traição doía; a própria estupidez dela doía, sua fraqueza idiótica que a levara a ser bondosa com ele. Ela se odiava por tê-lo admirado, por chorar enquanto ele gemia de dor, por limpar o sangue dele e deixá-lo mais confortável na cama. Ele comprara para ela um pedaço de pão, e sua caridade fora tão facilmente conquistada, seu coração poroso tão facilmente comovido. Ela pensou que eles poderiam se tornar algo como amigos, ainda que com relutância.

Ah, ela era uma tola em proporções astronômicas.

Ele nunca estaria do seu lado, percebia agora. Independentemente dos momentos ocasionais de humanidade, Cyrus estava na cama com o diabo.

Ainda assim, mesmo com o coração endurecido, ela não podia condená-lo como Sarra fazia. Testemunhara o que Iblees fizera com ele naquela noite e não podia negar que Cyrus sofria demais nas mãos de seu senhor. Mas se lembrou, mais uma vez, de que fora Cyrus que *invocara* Iblees; o rei de cabelos de cobre recebera algo em troca do tormento e, embora ela não soubesse o que ele era, ou por que fizera isso, ela não podia, por princípio, considerá-lo uma vítima.

Ela o encarou com firmeza.

Viu a intensidade em suas lindas íris, algo desesperado prestes a arrebentar, e ela jurou, naquele momento, que quase podia sentir a alma dele pressionada contra a dela.

Mesmo ali, ele parecia deslumbrante.

Alguma parte silenciosa e boba dela queria repousar sobre aquele corpo poderoso, sentir o peso de seus braços ao seu redor. Queria acariciar seu rosto uma última vez.

— Cyrus — ela disse com leveza —, devolva-me o livro, e dou a minha palavra de que não o machucarei.

Pareceu uma eternidade até ele responder, com a voz pesada:

— Não posso.

O *nosta* esquentou contra a pele dela.

— Muito bem. — Ela baixou os olhos. — Eu só quero que saiba, de antemão, que sinto muito. Você já passou por muita coisa hoje, e eu não quero fazer isso.

— Alizeh…

Ela se moveu rapidamente, acertando o braço que segurava a espada antes de desferir um chute na lateral do corpo dele, em uma combinação rápida que o desequilibrou por um momento, mesmo que sua lâmina tivesse cortado um pouco o pescoço dela, precipitando uma fina linha de sangue. A isso ela não prestou atenção, pois o forçou a baixar os braços por um nanossegundo, o que era tudo de que ela precisava para derrubar a espada de sua mão, cravando-lhe então um chute forte no peito, fazendo-o tropeçar apenas por tempo suficiente para ela se lançar sobre a lâmina de cobre que vira antes plantada no chão. Ela ergueu a espada enquanto se virava e encontrou Cyrus parado ali, com a arma recuperada firme em seu punho direito. Com a mão livre, ele esfregou distraidamente a marca vermelha raivosa que ela havia deixado em seu peito arfante, olhando-a com uma expressão incendiária que ela não conseguia decifrar.

— Você me *chutou* — ele falou, furioso.

— Você me cortou — ela rebateu.

Algo despertou em seus olhos ao ouvir isso, uma tristeza que veio e foi antes de ele erguer sua espada com cuidado, aceitando o desafio de Alizeh. Ele perguntou com frieza:

— Você pretende lutar comigo?

— Você vai me impedir de recuperar o que é meu por direito? — Ela ergueu o queixo. — Se sim, então sim.

— Como você sabia que estava aqui? — ele perguntou, avançando devagar. — Como soube que devia procurá-lo aqui?

— Eu não tinha ideia de que estava aqui — ela respondeu, indignada. — Eu já disse que quebrei a sua porta por acidente…

Ele riu sombriamente.

— E abriu o gabinete por acidente também?

— Eu nem toquei nele. Abriu sozinho.

— O quê? — Ele parou de se mover. — O que quer dizer?

— Primeiro talvez você deva me explicar por que tem um gabinete *trancado* dentro de um cômodo *trancado* — ela falou com raiva — em uma ala *trancada* do castelo!

— Você me pergunta isso mesmo depois de ter destruído a minha porta — ele revidou, perdendo o controle. — É óbvio para mim agora que eu deveria investir em camadas de proteção ainda maiores, pois há jinns loucos perambulando, invadindo os meus aposentos e vasculhando as minhas coisas!

Ela quase se engasgou.

— Eu não sou uma jinn louca, como se *atreve*…

— Vou pedir mais uma vez — disse ele, recobrando a paciência — para me dizer como você sabia que estava aqui, Alizeh…

— Ou o quê? Ou vai me matar? Pensei que não tinha permissão para me matar.

Por alguma razão, ele se encolheu com isso, o despertar da consciência em seus olhos. Ele desviou o olhar, e Alizeh se perguntou se ele estava pensando no diabo, talvez se lembrando da experiência recente — exceto que sua reação era incongruente. Cyrus pareceu sobrecarregado, de repente, abatido pelo que se parecia muito com um luto.

— O que quis dizer — ele disse, ainda olhando para o chão — quando disse que a porta abriu sozinha?

— Eu quis dizer exatamente o que disse.

— Mas isso não é possível. — Ele balançou a cabeça para o chão. — O gabinete está fortemente encantado... Você teria que quebrar os muitos níveis de segurança...

— Aquele livro — disse ela, furiosa — é meu. Meu de nascença, por ordem da terra. Ele me conhece. Eu senti sua presença quando me aproximei do gabinete, e ele se destrancou para que eu pudesse... Não fiz nada, mas...

— Ele se destrancou sozinho? — Ele ergueu os olhos bruscamente. — Você quer dizer que ele manifestou algum tipo de poder por conta própria?

Alizeh riu, por fim compreendendo.

— Pobre, atormentado Cyrus — disse, sua voz suavizando-se. — Todo esse tempo, você tem tentado animá-lo, não é?

— Sim.

— Pois não vai conseguir.

— Por quê? — ele perguntou com urgência. — Por que não consigo abrir?

— Você não deveria exercer grande poder? — ela questionou. — Como é que pode ser tão ignorante quanto ao funcionamento da magia?

— Alizeh...

— Mais importante: por que você acha que eu lhe contaria?

Cyrus estava respirando com dificuldade agora, olhando para ela com algo assemelhado a desespero. Ele deixou cair a espada no chão com um barulho súbito e assustador.

— Por favor. Diga-me.

— Não vou dizer. — Ela estreitou os olhos. — Ao contrário de você, eu não sou obrigada a compartilhar meus segredos com Iblees. Agora me devolva o livro ou pegue sua arma.

— Eu não vou lutar com você. — Ele balançou a cabeça. — Me perdoe. Eu nunca deveria ter levantado minha espada contra você.

— Por que não? — ela se irritou. — Não me acha uma oponente à altura?

— Você — ele disse ardentemente — sempre esteve à altura. Não vou machucá-la.

O *nosta* queimou contra a pele dela.

Alizeh lutou contra um choque de sentimentos, seu coração contorcido, incapacitado de ponderar. Lutando para clarear a mente, ela disse:

— Você não precisa se preocupar em me machucar. Sou perfeitamente capaz de me defender.

— Alizeh — ele sussurrou —, eu destruiria você.

Isso a deixou furiosa.

Ela se lançou sobre ele com um grito de raiva, cortando o ar com sua espada com força bruta e velocidade e, ainda assim, ele se esquivou e alcançou a maça recostada no sofá próximo. Girou em um instante para enfrentar seu próximo golpe, a espada batendo contra o bastão com espantosa violência. De novo ela avançou, girando sua lâmina em um arco diagonal, e mais uma vez as armas colidiram, o som de metal ressoando em seus ouvidos. Mais e mais, ela atacava; ele recuava. Ela investia; ele se esquivava.

Alizeh tinha a vantagem da rapidez e da força, mas Cyrus bloqueava cada movimento dela. Fazia anos desde que usara uma espada pela última vez, era verdade e, como resultado, suas habilidades estavam enferrujadas, até um pouco desatualizadas, mas seus dons sobrenaturais deveriam lhe garantir uma vantagem; em vez disso, apenas pareciam equilibrar a luta. Ela não entendia como Cyrus era tão capaz ou rápido, ou como ele parecia antecipar suas ações. Pior, ele não parecia se cansar, e apenas levantava sua arma para se defender.

Era muito irritante.

Por fim, com raiva, ela se manteve firme e olhou para ele. Canalizara tanto esforço que agora estava exausta, seus braços tremendo um pouco, e teve que resistir ao impulso de bater o pé como uma criança.

— Devolva o meu livro! — gritou. — Ele me pertence!

Cyrus balançou a cabeça lentamente, olhando para ela maravilhado. Seu peito estava arfando de leve, sua voz apenas um pouco ofegante.

— Case-se comigo — disse ele.

Alizeh apertou ainda mais sua arma, seus olhos se arregalando com indignação.

— Acha isso engraçado?

— Eu não estou brincando.

— Dê meu livro agora, ou eu juro que vou destruir esta sala inteira.

— Alizeh. — Ele balançou a cabeça. Havia um tom de aviso em sua voz. — Por favor, não me teste.

— Por que não?

A pergunta foi sincera. Quanto mais ela encarava seus olhos faiscantes, menos confiança tinha em si.

— O que você... O que você vai fazer? — Alizeh quis saber.

— Toque nas minhas coisas — ele disse suavemente —, e eu a removo desta sala à força.

— Você não ousaria — ela retrucou, mas sem muita convicção, pois não sabia se ele o faria —, ousaria?

Quando ele apenas lhe ofereceu um sorriso sombrio em resposta, Alizeh sentiu uma pontada de medo, que afastou com grande esforço.

Com calma, ela caminhou até a mesa dele e, por um momento, estudou as muitas redomas de vidro organizadas com capricho, rótulos minúsculos com nomes como *Cryptocrystalline silica* e *Hexagonal scalenohedral mineral.* Então colocou a mão em uma das redomas. Muito educadamente, pediu:

— Por favor, devolva-me o livro.

Ele emitiu um som, algo como um grunhido.

— Não posso — ele disse, frustrado. — Você sabe que não posso.

Alizeh continuou o encarando ao jogar o espécime no chão, onde o vidro se estilhaçou para todos os lados. Ia pegar outro quando ele disse em uma voz baixa e letal:

— Pare.

Ela atirou o segundo.

— *Alizeh.*

Ele dizia seu nome como um epíteto, o som a cortando como uma lâmina. Ela levantou os olhos a tempo de ver que ele estava avançando em direção a ela agora com um brilho diabólico no olhar, como se fosse pegá-la e jogá-la sobre seu ombro e... E fazer alguma coisa, ela não sabia o quê, então rapidamente se virou, erguendo sua espada em direção a ele, apontando-a em sua direção para mantê-lo onde estava.

— Não dê mais um passo — disse, um pouco em pânico.

Havia algo de assustador, sim, mas também de glorioso em Cyrus ali, sem camisa e impenitente, desarmado, totalmente sem medo. Ela começou a tremer um pouco… Ele não parecia o tipo de pessoa que blefava.

— Você esqueceu que eu não luto de forma justa — ele disse com calma, tocando na lâmina apontada para ele e fazendo-a desaparecer.

Alizeh cambaleou para trás e olhou, atônita, para as suas mãos vazias, e depois para ele. Cyrus não perdeu tempo e se aproximou dela com implacável determinação. Ela recuou em desespero.

— Não se atreva a me pegar! — gritou, seu coração disparado no peito. — Eu só quero o que é meu! Não é educado carregar alguém contra a sua vontade!

A centímetros dela, Cyrus parou.

— Não é *educado?!* — repetiu, pasmo. — Alizeh, não é *educado* invadir cômodos privados. Não é *educado* arrombar portas dos outros, não é *educado* destruir o que não lhe pertence…

— Pela centésima vez, eu quebrei a porta por acidente! — ela exclamou, exasperada. — Eu só estava tentando encontrar um lugar para me esconder antes que a criada entrasse!

Isso o fez hesitar.

— Criada? — Ele franziu o cenho. — Quer dizer que a *snoda* entrou no meu quarto — ele disse, apontando na direção de onde dormia — e gritou tão alto que me acordou?

Alizeh assentiu.

— Quando ela bateu, eu não sabia o que fazer. Sabia que não podia ser encontrada no seu quarto, o que causaria um grande escândalo, então eu abri a primeira porta que encontrei…

— Abriu? — ele gritou. — Você quase a arrancou do batente.

— Eu sei, me desculpe! Às vezes, de vez em quando, quando estou em pânico, eu me esqueço de como sou forte e acabo quebrando as coisas, e eu sinto muito mesmo. — Ela retorceu as mãos. — Eu juro que a consertaria se pudesse, mas nunca fui boa com carpintaria; embora, uma vez, em um dos meus antigos serviços, eu tenha precisado consertar as pernas de uma cadeira que havia quebrado por acidente, e consegui repará-las, por sorte, com uma cola muito forte que a governanta achou…

Ao ouvir isso, a beligerância pareceu deixar o corpo dele.

— Alizeh — ele disse, virando-se com um suspiro —, você não precisa consertar a porcaria da porta.

— Ainda assim — ela disse, engolindo —, preciso deixar claro que, embora ainda esteja *furiosa* por você ter roubado o que é meu, juro que não entrei aqui com nenhum propósito malicioso.

Ele a olhou então, uma ruga se formando entre as suas sobrancelhas.

— Você está dizendo a verdade.

— Claro que estou.

— Então você não — ele pareceu mais confuso —, você não está aqui com o propósito de recuperar o livro? Ou de bisbilhotar as minhas coisas?

— Não.

— Não está planejando trair o nosso acordo de traição?

— Não. — Ela quase riu.

Ele balançou a cabeça, tentando clarear as ideias.

— Então, o que diabos está fazendo aqui?

— Eu já disse, estava fugindo da criada…

— *Aqui,* Alizeh — ele repetiu pacientemente. — Não nesta sala. O que você está fazendo *aqui*, na minha ala do castelo? Todo esse tempo, imaginei que tivesse se esgueirado quando a criada abriu a porta, mas agora estou… confuso.

Alizeh congelou.

Ficou calada por um longo momento tenso antes de dizer, por fim:

— Você não se lembra de *nada*?

VINTE E NOVE

Cyrus a encarou, sua confusão transformando-se em medo.

— Não me lembro do quê?

A expressão assustada dele inspirou uma pontada em seu coração, porque o órgão insensato não tinha cérebro e não dava ouvidos à razão. Alizeh estava *furiosa* com ele, mas, mesmo assim, amoleceu.

— Você não se lembra do que aconteceu no campo de flores? — indagou.

Houve uma longa pausa em que Cyrus remexeu os olhos, engoliu em seco.

— Eu lembro — ele disse, por fim.

— Mas qual é a última coisa de que se lembra?

— O que quer dizer? — Ele não a encarou.

— Bem, você se lembra de conversar comigo?

— Sim — ele sussurrou.

— E daí?

— E daí — ele começou, suspirou, parecendo de repente muito desconfortável —, daí eu tive um pouco de dor.

Ela odiou a maneira como ele descreveu o ocorrido, odiou como a voz dele estava oca. Como se o sofrimento que enfrentara fosse algo bobo e passageiro, como se não fosse de fato tortura, como se ela não tivesse ficado ali sentada, assistindo ao sangue escorrer de seus olhos fechados até a boca aberta em agonia.

— Acho que foi bem pior do que isso — disse Alizeh.

— Eu não sei o que você viu.

— Eu vi muita coisa — ela falou com calma. — Muita coisa.

Ele assentiu, um músculo saltando em sua mandíbula. Ele ainda não estava olhando para ela.

— Interessante — ele falou sem emoção. — Não imaginei que tivesse visto nada.

Alizeh hesitou diante daquele tom, sem saber interpretar suas palavras.

— Tenho certeza — ela arriscou — de que não conseguiria nem começar a imaginar a profundidade do que você sofreu. Mas eu estava lá, vi tudo…

— Você — ele disse, tentando um sorriso ácido — *não* estava lá.

Alizeh encolheu-se de tão surpresa que se sentia.

Não sabia como reagir a uma afirmação tão declaradamente falsa, nem se havia um tom de acusação na voz dele. Que ele pensasse que ela o abandonara já era estranho o bastante… Mas que ele estivesse *magoado* com isso?

Será que ela tinha, de alguma forma, ferido os seus *sentimentos*?

Ela achava difícil de imaginar.

— Não me entenda mal — ele continuou, estudando a pequena distância entre eles. — Eu não a culpo por ter partido… Na verdade, é bem compreensível, considerando as circunstâncias, porque deve ter sido uma cena desagradável, mas uma excelente oportunidade para se livrar de mim…

— Você se engana completamente — ela disse um pouco agitada. — Eu fiquei lá o tempo todo.

Por fim, ele a olhou e balançou a cabeça, perplexo.

— Por que negaria isso? Alizeh, quando eu fui até você, você já não estava mais lá. Eu voltei ao palácio sozinho…

— Como eu vim embora? — Ela o cortou. — Estávamos no meio do nada.

— Eu não sei — ele desdenhou, como se fosse só um detalhe. — Você tem os seus recursos. Possui velocidade sobrenatural… Pode percorrer alguns quilômetros sem demora… E, atravessando-se o campo por algum tempo, chega-se à rua principal. Dá para ver o castelo de lá. Imaginei que tivesse vindo aqui apenas para recuperar o livro antes de fugir.

Alizeh respirou fundo para se acalmar.

Ela sabia que teria que estimular a memória dele e, embora soubesse que isso o magoaria, *aquilo*… A ideia de que ela o abandonaria naquele estado… Era muito pior. Nem o orgulho dela suportaria.

— Eu não deixei você — ela apontou de modo firme. — Fiquei lá sentada por duas horas vendo-o sofrer e usei o meu vestido para limpar o sangue do seu rosto. Implorei para que acordasse. Implorei para que nos trouxesse de volta ao palácio…

— Não… Não, você…

A voz dele sumiu. Ele a encarou — *de fato* a encarou — e, em seguida, fixou os olhos na mancha seca de sangue do vestido dela. Alizeh o viu enrijecer, seu rosto empalidecendo.

— Cyrus — ela repetiu —, eu não o deixei lá.

Ele estava respirando com dificuldade, seu corpo enrijecendo diante dos olhos dela. Parecia paralisado com a revelação, perplexo e sem palavras. Por fim, disse:

— Não foi um sonho?

— Não — ela sussurrou.

— *Puta merda.*— Ele passou a mão pelo cabelo e virou o rosto, seu corpo tão tenso que ela pensou que ele fosse quebrar.

— O que… O que você pensou que aconteceu?

— Pensei que estivesse na cama — ele gaguejou —, que eu estivesse dormindo…

— Mas como pensa que chegou até a cama? — ela pressionou. — Quem você pensou que havia descalçado suas botas, seu casaco ensanguentado?

Ele abanou a cabeça.

— Logo depois dessas experiências… Eu sempre… Eu sempre durmo por um tempo, porque preciso de tempo para me recuperar. Mas, de alguma forma, consigo voltar à minha cama. Não interessa quais sejam as circunstâncias, eu sempre consigo cuidar de mim no final, mesmo que depois não me lembre de como. Não parecia importante *como* cheguei à minha cama… Apenas que *chego* à minha cama. Nem questiono.

— Entendo — ela sussurrou.

— Você estava no meu quarto — ele disse com a voz pesada — porque eu a trouxe para cá.

— Sim.

— E você… — Ele a olhou, desconfortável. — Você cuidou de mim. Limpou o sangue do meu rosto.

Era a segunda vez em que ele falava disso; uma vez quando estava delirante e agora de novo, totalmente alerta. Alizeh não sabia bem por quê.

— Sim — ela disse. — Usei a minha saia para…

— Não. — Ele balançou a cabeça, como se lembrasse de algo. Levou a mão até o rosto, pareceu cada vez mais confuso. — Não, você *lavou* o meu rosto.

Alizeh o observou, confusa.

— Você parece apegado a esse detalhe.

— É impossível não perceber a diferença — ele disse, baixando a mão. — Mesmo quando consigo tirar o grosso, acordo desses incidentes com os meus olhos grudados no sangue seco.

Foi como um soco no estômago de Alizeh.

Ele falou de modo tão casual, tanta displicência para descrever algo tão horroroso, que aquilo revelava muito sobre ele. Ela achava confuso como ele não parecia se importar com o sofrimento por que passara, que ele conseguisse falar de forma tão leve sobre a tortura que lhe fora infligida.

— Eu não entendo… — ele continuou. — Como você conseguiu lavar o meu rosto sem água?

Alizeh sentiu uma pontinha de algo como vergonha. Como ela poderia explicar em palavras algo que, dito em alto e bom tom, soaria melodramático ao extremo? Naquele momento, ela vira apenas uma pessoa necessitada de cuidados; não questionara seu impulso de ajudar, não pensou que pudesse estar exagerando. Agora, já não tinha certeza.

Nervosa, ela juntou as mãos.

— Usei a minha saia para limpar o grosso do sangue — explicou, fixando o olhar no chão —, mas aí… Eu usei a umidade das minhas lágrimas para limpar o restante.

Cyrus ficou em silêncio por tempo demais.

Quando enfim falou, sua voz foi suave, e seu espanto palpável.

— Você chorou por mim?

— Já foi notado — ela sussurrou — que talvez eu chore demais.

— Você usou as suas lágrimas — ele disse, arrasado — para limpar o sangue do meu rosto?

A isso Alizeh não conseguiu dar resposta.

A pontinha de vergonha transformou-se em mortificação, sua cabeça ardendo enquanto o ouvia catalogar todas as suas ações.

Não conseguia encará-lo.

— Alizeh. Por favor, olhe para mim.

Ela balançou a cabeça, ainda olhando para o chão.

— Isto é muito humilhante para mim, Cyrus. Não vou olhar para você agora.

— Por que é humilhante?

— Porque eu fui *burra* — ela explodiu. — Fui bondosa com você só para depois descobrir que esteve mentindo para mim todo esse tempo... Que roubou o meu livro e se recusa a devolvê-lo...

As palavras morreram em sua garganta.

Alizeh ergueu a cabeça ao falar, a raiva sobrepondo-se ao desconforto, mas foi interrompida pelo olhar de Cyrus. A angústia nos olhos dele atravessou seu peito como um raio.

— Por que fez isso? — ele perguntou, com a voz embargada. — Por que foi tão bondosa comigo? Eu ouvi alguém chorar, mas pensei que os sons faziam parte do sonho ou da alucinação. A maneira como você me tocou... — Ele ficou quieto, com a expressão torturada. Balançou a cabeça e levou a mão aos lábios. — Alizeh, minha própria mãe nunca me tocou com tanto carinho. Não imaginei que houvesse chance de aquilo ser real.

Ela não sabia o que dizer.

Seu coração estava batendo tão forte que mal podia ouvir seus pensamentos. Cyrus a tinha encarado muitas vezes desde que haviam se conhecido, e sempre com níveis variados de intensidade, mas nunca como naquele momento. Nunca como se quisesse cair a seus pés.

Ela ouviu sua voz falhar ao dizer, baixinho:

— Acredito que as palavras exatas usadas para me descrever foram "encantadoramente patética".

Cyrus expirou tão forte que ela viu seu peito afundar um pouco. Ele parecia devastado.

— Mereço levar um tiro por ter dito isso a você.

Ela conseguiu sorrir, mas não via graça.

— Pode me contar o que estava acontecendo? — Ela mudou a conversa de direção, esperando de alguma forma apagar o fogo em seus olhos. — Você me disse que isso sempre acontece com você, que fazia parte de um ciclo.

— Sim — ele confirmou, mas a palavra soou crua, desgastada. — É um sono medicinal que sempre me coloca em uma estranha névoa. É a única maneira de me manter vivo.

Alizeh empalideceu.

— Você quer dizer que Iblees tortura você até quase a morte e, em seguida, traz você de volta… Apenas para fazer isso de novo?

— Sim.

Ela pensou que fosse vomitar.

— Ele faz isso com frequência?

— Faz — ele disse com suavidade.

— Com que frequência?

— Depende. — Ele engoliu. — Às vezes, duas vezes por semana.

Ela colocou a mão sobre a boca e deixou escapar um som, algo como um soluço.

Cyrus apenas olhou para ela, olhou para ela com o mesmo calor incessante nos olhos, mas não disse nada. Um pesado silêncio pairou entre eles, o silêncio espesso com as coisas não ditas. Algo mudou durante aquelas revelações, e Alizeh não tinha certeza se conseguiria definir o quê. Ela sabia apenas o que estava vendo: uma versão nova de Cyrus que nunca tinha visto antes.

Ele parecia abalado.

Além disso, ele a havia tocado — deslizado as mãos por seu corpo, pressionado os lábios em sua pele —, e agora ambos sabiam disso. Alizeh realmente não se permitia pensar sobre o que acontecera entre eles, pois havia arquivado suas palavras delirantes como um testemunho inadmissível; não achava justo considerar suas ações alucinadas como evidência de sentimentos em relação a ela. Mas, quanto mais ele permaneceu ali calado, sem pedir desculpas em voz alta… Sem uma retratação ou uma negação… Mais ela se perguntava se ele olhava para ela agora não com medo, mas com saudade.

Ele se moveu devagar então, quebrando o silêncio com seus movimentos delicados, eliminando os centímetros entre eles até que as memórias que tinha dele voltaram à vida com uma febre que a queimava também. Ela ainda podia ouvir os grilos, ainda podia ver o luar no rosto dele. Duvidava que algum dia fosse esquecer o desespero com que ele perguntara se podia prová-la, o som que ele fez ao pressionar o rosto contra os seus seios.

De repente, ela não conseguia respirar.

Ele estava perto agora, seus olhos brilhantes, ardentes. Ela nunca tinha visto uma emoção contida com tanta força em seu rosto e nas linhas do corpo dele. De tão potente, seu desejo era inebriante; ela se sentiu tremer. Ele queria tocá-la, ela sabia disso. Via no rígido controle que ele mantinha sobre as mãos, na rigidez de sua postura, na maneira como ele foi se aproximando cada vez mais até que ela não visse nada além dele. Seus olhos baixaram até os lábios dela, e os lábios dele se separaram, ele respirou fundo. Tremeu ao expirar.

Ela temia que, se dissesse uma palavra, pudesse entrar em combustão.

— Eu toquei em você — ele disse suavemente. — Você se lembra?

O coração de Alizeh estava batendo tão forte que ela de fato se sentia um pouco fraca. Como poderia responder à sua pergunta? A verdade era uma única palavra fácil de pronunciar e, ainda assim, parecia tão, mas tão carregada. Ela sentia essa carga, sentia ao mesmo tempo em que respondia *Sim, eu me lembro* contra o pescoço dele. Ela sabia que estava se atirando na loucura.

Ele sussurrou:

— E você me condena por isso?

Ele inclinou a cabeça, seus lábios quase lhe roçando o rosto, e os sons ásperos da respiração superficial dela ficaram ainda mais desesperados. Ela não sabia como ele tinha chegado tão perto, mas agora ocupava inteiramente seus sentidos: o aroma inebriante de sua pele; a visão do peito nu; o som das batidas de seu coração. Faltava-lhe apenas o toque, apenas o gosto, e ela ansiava por isso. Sua mente se perdeu; assim tão perto dele, ela mal conseguia se lembrar do próprio nome. Sabia, vagamente, que aquilo era uma má ideia, que estava brincando com fogo, mas tinha sobrevivido a um inferno uma vez e pensou que poderia sobreviver de novo.

— Não — deixou escapar.

Ela viu um arrepio passar por ele, uma exalação pesada que abalou seu corpo. Ele emitiu um som desesperado e entrecortado conforme fechou os olhos, mas, ainda assim, não a tocou. Ele não colocava as mãos nela, não dava fim ao seu tormento, e ela estava confusa demais para reivindicá-lo para si.

— Alizeh — ele sussurrou. — Deixe-me torná-la minha rainha.

Foi um golpe frio de realidade.

Alizeh enrijeceu e recuou, sua mente desperta em um instante, um alerta percorrendo seu corpo.

— Você está... — ela falou, em pânico. — Está tentando me seduzir para que eu me case com você?

Cyrus parecia ter levado um tapa.

Ele a encarou, seu peito palpitante, seus olhos tão visivelmente devastados que ela logo se arrependeu.

— Não — ele soprou.

O *nosta* esquentou.

— Me desculpe — ela disse, balançando a cabeça. — Me desculpe, eu sei que é uma acusação horrível, mas por que você... Por que você...

— Por que você está agindo como se isso fosse uma surpresa? — Ele se recuperou lentamente, sua dor cicatrizando, seu olhar quente de novo. — Deixei minha intenção clara desde o início, Alizeh, eu quero me casar com você...

— O *diabo* quer que você se case comigo! — ela explodiu. — Não é a mesma coisa! Como você não vê...

— Case-se comigo — ele revidou — e você terá a sua coroa, o diabo descansará um pouco, eu serei dispensado de boa parte da dívida. Todos nós ganhamos algo. Por que é tão errado?

— Uma coisa é entrar em um casamento de fachada — ela retrucou, com raiva — pelos próprios interesses. Mas isto... Cyrus, esse casamento não seria de fachada, o que complicaria tudo. O que faríamos? Se eu beijasse você? O que viria a seguir?

— Eu me casaria com você — ele disse, aproximando-se perigosamente de novo. — Eu me casaria com você amanhã. E a levaria para cama. Por semanas.

Ela sentiu o calor em seu rosto, o coração disparado. Era uma declaração chocante, mas mais chocante ainda era a reação do corpo dela a isso, com um toque de desejo que ela lutou para eliminar.

— E depois? — perguntou, sem conseguir controlar a voz. — Você espera que eu o mate?

Ele hesitou.

— A escolha é sua.

— Você é inacreditável. — Ela suspirou. — Como pode ser tão irresponsável? Essa é uma situação gravíssima…

— E qual é o *seu* plano? — ele perguntou, seus olhos brilhando. — Como pensou que isso fosse acabar?

— Não sei… — Ela gaguejou, balançou a cabeça. — Eu não… Eu não estava pensando…

— E agora está pensando demais.

— Você está sendo cruel…

— E você se choca à toa. Você sempre soube que eu sou subjugado ao pior dos senhores; que eu a procurei sob suas ordens, aliás; que trouxe transtorno à minha vida, perturbei a minha casa e me expus em prol das vontades dele, e tudo isso por você. — Ele engoliu. — Tudo por você. Você não vê mesmo o que fez comigo? Em questão de dias, você me despiu e revirou o meu mundo. Minhas horas estão caóticas, meu futuro é um caos, e minha cabeça… Minha cabeça…

Ele virou e sorriu tristemente, cerrando os punhos, e Alizeh pensou que seu coração fosse parar.

— E, em vez de ficar zangado… Em vez de afastá-la de mim… De desejar que nunca tivéssemos nos conhecido… Continuo olhando para o maldito corte no seu pescoço, Alizeh, e quero morrer.

— Cyrus…

— A culpa é minha — disse, passando as mãos pelo rosto. — Só posso culpar a mim. Eu sabia… Eu sabia que você era perigosa. Você saiu na frente no momento em que a vi. Eu a vi e percebi, na mesma hora, que estava entrando no inferno, e eu a odiei por isso, porque sabia que você seria a minha ruína.

— Do que está falando? — ela questionou, alarmada. — Você fala como se eu o tivesse ferido…

Ele riu então, riu como se estivesse enlouquecendo.

— É claro que você não sabe. Por que saberia? Como você poderia adivinhar a verdade? Que você tem me assombrado por tanto tempo… Atormentado as minhas noites…

— Cyrus, pare com isso — ela disse. — Você não está sendo justo… Eu não *conhecia* você…

— Você não entende — ele falou, torturado. — Eu tenho sonhado com você há *meses.*

O *nosta* queimou contra a pele dela, e Alizeh ficou imóvel.

— O quê?

— Eu não sabia quem você era — ele revelou, balançando a cabeça. — Não sabia o seu nome. Pensava que era fruto da minha imaginação. Uma fantasia.

Alizeh sentiu-se arrebatada. Desorientada. Seu coração disparado era um desastre.

— Que sonhos… Que sonhos tinha comigo?

Ele virou o rosto e não disse nada.

— Não pode me dizer?

Cyrus riu um riso oco.

— Ah, não, *essa* história eu posso contar. Mas não quero.

— Por que não?

— Alizeh — ele sussurrou, ainda sem olhar para ela —, tenha um pouco de piedade. Não me faça dizer em voz alta.

— Por favor — ela insistiu, demonstrando urgência. — Não quero fazê-lo sofrer. Mas preciso entender… Se o diabo estava me implantando em sua cabeça, preciso saber como ele está me usando. Nos sonhos, o que eu fazia contra você? Eu o machucava?

Levou um momento para que Cyrus voltasse a falar, agora encarando a parede.

— Longe disso. Sempre imaginava que você era um tipo de anjo.

Ela suspirou.

De novo, aquela palavra. Ele a chamara de *anjo* em seu delírio, e agora ela começava a entender.

— Demorou para que eu suspeitasse que Iblees estava influenciando os meus sonhos — Cyrus contou. — Eu vejo agora, claro, que devia ter desconfiado antes, mas você sempre me pareceu maravilhosa demais para ter alguma relação com ele. Tão bondosa, tão doce. Tão linda que eu mal conseguia olhar para você, até nos sonhos. Pensei que a minha mente a havia criado como um antídoto aos meus pesadelos. Nunca ousei acreditar que você existisse na vida real.

O *nosta* continuou confirmando as palavras dele, e Alizeh foi ficando mais inquieta conforme ouvia; temia não sobreviver àquela história.

— Quando a vi pela primeira vez antes do baile — ele continuou —, por fim entendi. Você não tem ideia de como me desequilibrou. Como você poderia saber que eu tinha pavor de olhar para você sabendo que o diabo havia planejado isso de propósito? Que ele se aproveitara de um devaneio meu e o deturpara com a sua escuridão?

— Eu não entendo — ela desesperou-se. — Por que Iblees o tortura tanto? Por que ele faria isso?

Cyrus finalmente a olhou, encontrando os olhos dela com uma emoção tão intensa que Alizeh sentiu o *nosta* queimar contra a pele, confirmando algo que ele nem havia falado em voz alta ainda.

Isso a chocou.

— Eu fiz ao diabo o único juramento que ele aceitaria — Cyrus disse suavemente. — Com termos condenatórios, de fato. Se eu renegar nosso acordo a qualquer momento, de qualquer forma, ele poderá controlar minha vida para sempre. Muitas vezes, acho que ele me deu essa barganha porque tinha certeza de que eu a quebraria. Iblees preferiria a conveniência de um súdito totalmente leal, afinal conseguiria o que queria de mim de qualquer maneira. Acho que é por isso que ele tantas vezes me atormenta, levando-me a um extremo. Ele plantou você em minha mente com o propósito expresso de me destruir emocionalmente, me enfraquecer, tirar as minhas defesas, para que eu estivesse despreparado quando nos encontrássemos. — Ele riu, e o som era amargo. — Sem dúvida, esperava que, ao descobrir sua identidade, eu fosse libertá-la na mesma hora e, assim, perderia tudo.

Os olhos de Alizeh ardiam com lágrimas enquanto ele falava. Não havia outra maneira de descrevê-lo: seu coração estava partido.

— Eu não confiei em você — Cyrus disse calmamente. — Como eu poderia confiar? Você era uma visão invocada pelo diabo, projetada para me arruinar. Eu a odiei por ser real, por ganhar vida apenas para personificar a tortura, para ser outra prova a suportar. Na verdade, eu queria odiá-la. Queria descobrir seus defeitos, suas imperfeições. Pensei que você nunca iria corresponder à invenção dos meus sonhos, mas estava errado. Você é muito mais encantadora na vida real. Muito mais deslumbrante. — Sua voz tremeu um pouco quando ele concluiu, baixinho: — É doloroso estar na sua presença.

Mais uma vez, o *nosta* queimou a pele dela.

Alizeh queria se sentar; queria um copo d'água; queria mergulhar em um banho frio.

Ela só conseguiu dizer o nome dele.

— Eu sabia, de alguma forma, que chegaria a isso — ele continuou, olhando ao longe. — Apenas pensei que eu fosse mais forte. Pensei que demoraria mais. Em vez disso, você conseguiu me dilacerar com uma velocidade espantosa.

— Você está sendo injusto — argumentou ela, forçando-se a falar, seu coração batendo dolorosamente no peito. — Você age como se eu fosse intencionalmente cruel. Como se eu fosse indiferente a você.

— E não é?

— Não — ela sussurrou, seus olhos se enchendo de lágrimas. — Claro que não.

Cyrus a encarou de onde estava, o peito arfando com uma intensidade mal contida. Ele a devastava com aquele olhar, mesmo estando ali plantado no chão, imóvel.

— Então fique comigo — ele pediu suavemente. — Deixe-me adorá-la.

— Ah, não faça isso — disse ela, enxugando os olhos com raiva. — Esse caminho já é muito perigoso, e nós dois sabemos disso. Não fale de coisas que não pode me dar.

— Você não tem ideia do que eu poderia lhe dar — ele disse, seus olhos em chamas. — Você não tem ideia do que eu quero. Estive em agonia por *oito meses,* Alizeh. Você sabe como é difícil fingir que não a conheço? Fingir que não a quero? Agir como se eu não conhecesse cada centímetro do seu corpo dos meus sonhos? Saber que seu coração estava emaranhado em outro lugar? Não consigo respirar quando olho para você. Em minha mente, você já é *minha*.

— Pare — ela disse, lutando agora para recuperar o fôlego. — Não fale comigo assim... Isso é perigoso, Cyrus...

— Então por que me diz que se importa? — ele rebateu. — Por que dizer que sente algo, apenas para me dispensar? Acha que é fácil para mim estar aqui diante de você e falar com tanta franqueza? Você me julga um masoquista? Acha que eu gosto da dor?

— Como pode ter tanta autopiedade? — ela disse, frustrada. — Como você pode me culpar pelos anseios do seu coração? Como pode me responsabilizar por seus infortúnios, mesmo enquanto mantém meus pertences como reféns, enquanto planeja esquemas e assassinatos sob as ordens de uma besta desprezível? Eu entendo o seu tormento, Cyrus, realmente entendo. Não sou insensível. Eu vi o suficiente do seu sofrimento esta noite para imaginar como as coisas são difíceis para você. Mas como pode me pedir que eu lhe confie meu coração quando você ainda guarda segredos de mim? Quando está em dívida com a pior criatura viva, abandonando todos os outros por ele, colocando seus desejos, suas demandas, acima de tudo? — Ela balançou a cabeça. — Não, eu não poderia ficar com você — ela disse. — Não porque eu seja indiferente, mas porque você nunca poderia ser fiel a mim, nunca poderia me colocar em primeiro lugar... E você não pode me culpar pelos meus medos.

Ele ficou quieto, não conseguindo disfarçar a agonia no rosto.

— Pode ser que, um dia, eu fique livre.

— Talvez — ela concordou. — Mas, até lá, você não tem como saber o que ele exigirá. Você pode me partir ao meio para agradá-lo.

Ele não negou isso, apenas olhou para ela... Olhou para ela como se quisesse enfiar um punhal em seu peito... Ela não falou nada.

— Onde isso nos deixa, então? — ela sussurrou. — Quer retirar sua proposta de casamento?

Ele riu em tom trágico.

— Como eu gostaria de poder.

— Então, preciso que você saiba — disse ela, convocando a própria coragem — que, apesar de tudo, ainda posso aceitar. Pensando em meu próprio futuro.

Suas palavras quase o derrubaram.

Ela viu em seus olhos, na queda repentina de seus ombros, na maneira como seus braços relaxaram pesadamente ao lado do corpo.

— Depois de tudo isso... Depois de tudo que compartilhei com você esta noite... Você se tornaria minha esposa — ele disse, sua voz rouca — apenas no título?

— Sim — ela disse calmamente.

— Você não me tocaria. Nem compartilharia alegrias. Nem a minha cama.

Seu coração batia na garganta.

— Não.

— Alizeh, você faria de mim o homem mais infeliz do mundo.

— Sinto muito — disse, balançando a cabeça enquanto falava. — Eu sinto muito mesmo. — Seu coração sensível estava se estilhaçando no peito, e ela lutou freneticamente contra a dor, procurando se manter firme. Ela tinha um caminho para o qual era destinada. — É só que seus argumentos — ela disse, hesitante, — seu raciocínio... A imagem que você desenhou... É inegavelmente atraente. Pensei sobre isso o dia todo e, embora ainda não tenha tomado minha decisão, sei que, se espero ter uma chance de liderar meu povo, de cumprir meu destino, precisarei de um império...

— E então? — ele disse suavemente. — Vai me matar? É assim que pretende me aniquilar? Você poderia arrancar meu coração primeiro, arrancar minha coroa em seguida e acabar com a minha vida quando eu estivesse de joelhos, implorando para você acabar com a minha miséria?

— *Cyrus* — ela implorou. — *Por favor.*

Ela estava perdendo a luta contra as lágrimas, não conseguiria conter a enchente.

— Eu nunca pedi nada disso… Tudo que eu sempre quis era desaparecer. *Você* me trouxe aqui. *Você* me fez a oferta. *Você* me deu a oportunidade de ver o que eu poderia ser, e não posso fechar os olhos para essa possibilidade agora, não agora que sei que há pessoas lá fora esperando por mim… Não quando eu também tenho um dever…

— Estou bem ciente — disse ele, baixando os olhos — de como fiz isso contra mim mesmo. Você não precisa enterrar a lâmina ainda mais fundo. — Sua voz se acalmou então, tornando-se mais baixa que um sussurro. — Mas você vai me prometer uma coisa, meu anjo? Quando você decidir me matar, vai me dizer como o fará?

— Cyrus…

— *Chega,* eu imploro. — Ele balançou a cabeça. — Sou apenas um homem, Alizeh, não consigo suportar tanta tortura em um dia. Por favor — ele disse, sua voz falhando. — Deixe-me. Deixe-me com o que resta da minha vida amaldiçoada.

Ela ficou ali por um momento, congelada.

— E amanhã? — perguntou, baixinho. — Quem nos tornaremos, então? Devemos ser inimigos mais uma vez?

Ele não disse nada, seu corpo tremendo quase imperceptivelmente enquanto olhava para o chão e, quando ele enfim separou os lábios para responder, houve uma batida repentina e urgente na porta.

TRINTA

Cyrus enrijeceu, mas não se mexeu; nenhum deles disse uma palavra. Alizeh ainda estava olhando para a boca dele, desejando que o mundo além daquelas paredes adormecesse apenas pelo tempo suficiente para ela saber a resposta, mas suas esperanças logo foram frustradas.

Houve outra rodada de batidas implacáveis na porta, e enfim Cyrus fechou os olhos e xingou, afastando-se dela com angústia palpável.

Alizeh ficou ali, paralisada no lugar, sua mente girando, seu coração partido. Ouviu passos dele até a porta e depois escutou o ranger da madeira velha ao se abrir.

A voz de Sarra era inconfundível.

— *Onde você esteve?* — ela gritou. — Procurei por você em todos os lugares! Seu valete disse que tinha subido mais cedo para preparar você para o jantar, mas alegou que você não estava aqui... E, então, você não apareceu lá embaixo e nem a menina, que não está no quarto dela, e eu não tinha ideia de onde começar a procurar por você, pois o último lugar em que eu esperava encontrá-lo era na cama, deitado como uma espécie de vadio, não até a minha criada me contar sobre uma pobre *snoda* que está soluçando na cozinha, temendo pelo emprego dela depois que encontrou você dormindo em seu quarto...

— *Mãe.*

— ... e por que você está sem roupa? Céus, você está com uma aparência pior do que a morte... Sentiu-se doente? É por isso que estava na cama a esta hora?

— Sim.

— Pois o momento é péssimo para isso — ela disse, zangada. — Como pode ficar doente quando sua presença é necessária, quando todo mundo tem de lidar com as consequências das suas irresponsabilidades...

Alizeh ficou atônita.

Ela sabia até que ponto Sarra detestava o filho, e, considerando a mente ferida da mulher, Alizeh podia de fato entender seu conflito emocional, pois ela culpava Cyrus, com razão, pelo assassinato brutal de seu marido. Ainda assim, mesmo sabendo disso, era chocante ouvir seu ódio assim, tão vívido. Não era natural ouvir uma mãe repreender um filho por adoecer, sem nem ao menos perguntar se ele estava bem. Havia algo tão doloroso naquela conversa que a tornava difícil de ouvir.

— Por que a senhora não vai ao ponto? — Cyrus disse, sua voz entrecortada. — Por que precisa de mim?

— Eu preciso da garota! — Sarra gritou. — Onde ela está? Onde está Alizeh? O que você fez com ela?

Alizeh sentiu um súbito pânico.

— O que eu *fiz* com ela? — Cyrus riu, mas parecia zangado.

— Não use esse tom comigo, como se eu não tivesse todos os motivos para duvidar de você! A garota não está em seus aposentos! O que mais eu deveria pensar? Ninguém a vê há horas... Ninguém, exceto todos os jinns de Tulan... — acrescentou, histericamente. — Que foram chegando em hordas aterrorizantes de todos os cantos do império, e que invadiram o castelo há uma hora...

Alizeh sentiu o coração parar.

— O quê? — Agora Cyrus parecia alarmado. — O que quer dizer? Eles estão agindo com violência?

— Sim, estão agindo com violência! — Ela gritou. — O que diabos acha que eu quero dizer? Há milhares deles, Cyrus, e estão ameaçando arrombar a porta, caso ela não apareça.

— Eu não entendo — disse ele, sua urgência aumentando. — Por que estão raivosos? Achei que eles a amavam...

— Então você sabia? — ela disse, exausta. — Você sabia quem ela era? Você sabia que ela significava algo para eles? Ah, Cyrus, como pôde? — Sarra parecia realmente arrasada. — De todas as coisas estúpidas e terríveis que você já fez... Você me disse que ela tinha sangue real, mas não me disse que ela era como... *um tipo de messias!* Ela vai destruir o império!

Alizeh se sentia tonta agora, sua respiração ficando cada vez mais rápida, mais difícil. Não podia acreditar que aquilo estivesse acontecendo. Mais do que isso, não podia acreditar, depois de todos aqueles anos, que estava acontecendo daquele jeito.

Era um desastre.

— O que eles estão exigindo? — Cyrus perguntou, gélido.

— Por que você a trouxe aqui? — Sarra questionou e praticamente soluçou. — Por que causou tanto estrago à nossa casa? Não vê o que será de nós? Mais jinns ouvirão falar dela e virão para cá... Sairão de todos os cantos escuros da terra — ela arquejou — e teremos que travar uma guerra contra o nosso próprio povo...

— Mãe — ele disse bruscamente —, controle-se.

— Você é uma praga para esta família! — ela gritou. — Você é uma mácula sobre a terra...

— O que eles querem dela? — A voz dele tremeu de fúria. — Quais são as exigências deles?

— Eles querem provas de que ela é real! E querem saber se ela está ilesa. Acima de tudo, querem saber se ela veio para se casar com você, se ela assumirá o trono.

Alizeh levou a mão à garganta.

Cyrus ficou um instante em silêncio. Pareceu constrangido quando perguntou:

— Eles querem que ela se case comigo?

— Não sei! — Sarra explodiu, soando desequilibrada. — Tudo que eu sei é que eles estão ameaçando incendiar a cidade se ela não aparecer logo... E não consigo encontrá-la em lugar nenhum...

— Vou encontrá-la — disse ele asperamente, e mesmo assim Alizeh sabia que ele a estava protegendo.

Cyrus sabia que ela não queria ser encontrada em uma situação comprometedora, no quarto dele, e o pequeno gesto significou muito para ela. Mas aos pouco ela foi percebendo que não adiantava. Não poderia se esconder para sempre.

— Onde vai encontrá-la? — Sarra gritou. — Você sabe onde ela está? Sabia esse tempo todo e só estava me torturando?

— Antes de tudo — Cyrus disse, ignorando a explosão de sua mãe —, você deve acalmá-los. Eu não posso deixá-la diante de uma multidão até que eu tenha certeza de que ela estará segura.

— *Você* que peça para eles se acalmarem — Sarra rebateu. — Pensa que eu não tentei? Eles não me ouvem!

Que se danasse a sua reputação.

Alizeh não podia mais ficar ali em silêncio. Aquele era o seu povo, era a sua responsabilidade. E ela sabia que, se seus pais estivessem ali, diriam a ela para se colocar diante deles.

Diriam a ela para não ter medo.

Com o coração batendo desesperadamente no peito, Alizeh lutou contra as águas crescentes de terror e, de cabeça em riste, pisou para fora das sombras.

TRINTA E UM

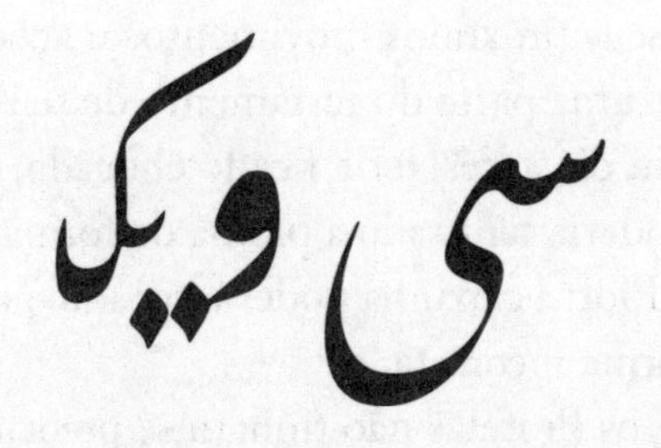

Kamran esperara ali por pelo menos vinte minutos, fitando o céu com uma esperança frágil que estava se desfazendo. Enfiara o pedaço de papel de volta na caixa, e a caixa de volta no bolso do manto, mas a pluma, agora encharcada pelo seu sangue, ainda se encontrava em seu punho. Sua mente era um sorvedouro de emoções beligerantes, agravadas pela evidência incontestável de que seus amados Profetas já sabiam, dias e dias antes de serem assassinados, não apenas que o rei Zaal morreria, mas quanto Kamran sofreria depois.

Isso fazia seu coração doer.

Era impressionante pensar em como os sacerdotes e as sacerdotisas haviam acertado seus próximos movimentos e ações. Kamran estava agora em posse de uma parte do testamento de seu avô e, caso tivesse aberto o pacote um dia antes, teria ficado chocado, mas também confuso e arrasado. Poderia ter usado a pluma de forma precipitada ou no momento errado. Pior: a caixinha poderia ter sido perdida. Extraviada. Manipulada de forma incorreta.

No entanto, os Profetas não tinham se preocupado. Tudo aconteceu exatamente como previram.

Fora um erro seu imaginar que a nova safra de Profetas o havia traído ao jogá-lo na torre. Entendia agora que o estavam protegendo, trancando-o em um lugar onde Zahhak não poderia encontrá-lo e alto o bastante para que Simorgh pudesse vir à sua ajuda com facilidade.

O que ele não sabia, é claro, era qual parte de tudo aquilo não passava de um teste. Não sabia o que precisava provar ou como poderia fazer isso, mas tinha certeza de que sabiam de seu plano. Adivinharam que ele iria para Tulan, pois o dom de Simorgh — a ave celebrada sobre a qual ouvira tanto na infância, de cuja bondade e generosidade Zaal contara infinitas histórias — era um dom de transporte e proteção. Kamran sabia que poderia viajar sobre seu dorso, que ela o levaria para onde ele precisasse ir, que ela lhe ofereceria sua proteção e sua companhia.

Simorgh era amada por muitos, mas em especial por ardunianos, que acreditavam que ela ainda vivia ali com sua família, mesmo não sendo vista desde o dia em que Zaal retornara ao palácio em um momento triunfante, brilhando pelo céu nas costas daquela resplandecente e etérea criatura.

E, agora, ali estava Kamran, ciente de uma possível fuga de toda a loucura de sua vida. Era uma oportunidade de se aliar à criatura mais lendária e mágica da história de seu mundo, e ele nem sabia se e quando Simorgh viria. Não sabia se seguira os passos corretos, nem quanto tempo levaria para a magnífica ave encontrá-lo.

Horas? Dias? Ele morreria congelado até lá? Ela ainda estava viva, após todo aquele tempo?

Ocorreu a Kamran que ele poderia se manter aquecido caso encontrasse em sua torre imunda duas pedras que pudesse usar para fazer uma fogueira com uma pilha de folhas mortas. Ao procurar pelas profundezas decrépitas da cela com as próprias mãos, ocorreu-lhe outra ideia, talvez houvesse uma terceira opção, de preferência algo como intervenção divina, ou...

Ele ouviu o súbito trovão de passos apressados e uma agitação de vozes.

— Kamran? Kamran, você está aí?

Houve uma batida violenta na porta de metal, e o príncipe ficou tão atordoado por esse clamor inesperado que lutou para despertar de seus pensamentos; mal teve tempo para se concentrar antes de avistar uma luz suave e brilhante descendo a um ritmo constante do céu acima dele. Estivera por tanto tempo consumido pelo silêncio e pela estranheza que pensou, por um momento, que podia estar imaginando coisas. Até ouvir um zumbido crescente à medida que a luz suave se aproximava, o pequeno pisca-pisca que, sem aviso, bateu com delicadeza em seu rosto.

A vaga-lume de Hazan.

Kamran ficou perplexo. Nunca sentira tamanha euforia ou alívio. Pensou que poderia cair de joelhos com o peso da emoção.

Em vez disso, porém, disse com bastante calma:

— Por que demorou tanto?

Hazan, em resposta, arrombou a porta.

O metal enferrujado soltou um gemido ensurdecedor ao ser solto do batente, as dobradiças rangendo conforme quebravam. Kamran moveu-se depressa para que a porta não tombasse sobre ele, e toda a cela estremeceu quando ela desabou no chão com um estrondo reverberante.

Assim que se sentiu seguro, Kamran avançou para apertar as mãos de seu amigo e para agradecê-lo pelo que fizera... Mas, em vez disso, recuou de forma tão brusca que quase tropeçou na carniça de algo extremamente morto.

— Vossa Alteza — a srta. Huda espiou pela abertura. — Está bem?

— Ele está vivo — gritou Omid, enchendo Kamran de um afeto que, dias antes, o teria sentenciado à morte. — Está vivo!

— Minha nossa — disse Deen, puxando Omid para longe do príncipe. — Controle-se, menino. O que está pensando? Não se pode simplesmente abraçar o príncipe de Ardunia...

— Desculpe — Omid disse, sem fôlego. — Lamento muito, senhor, é que estou muito feliz de vê-lo... Pensei que o ministro da defesa com certeza tinha feito algo terrível com senhor...

— Ah, sim, ele está furioso — ajuntou a srta. Huda, reafirmando com a cabeça. — Tem gritado com todo mundo, até com os Profetas... Nunca vi os criados terem tanto medo, e isso quer dizer muito, porque minha mãe pode ser dura de uma maneira imperdoável com eles.

Kamran ficou onde estava, observando aquele circo em estado de choque.

Ele ouvira a voz deles em sua mente; sabia que conversavam sobre ele, que se perguntavam sobre onde estaria. Mas não imaginou que formariam uma equipe de resgate.

— O que *diabos* vocês todos estão fazendo aqui? — perguntou, quase incapaz de falar.

— É óbvio que *eu* vim salvá-lo, seu idiota — disse Hazan. — Estava mais ou menos perto do castelo, juntando armas para a viagem, quando minha vaga-lume apareceu. Eu a tinha deixado no palácio para ficar de olho nas coisas durante a minha ausência, e ela me alertou sobre a sua situação assim que Zahhak chegou. Vim o mais depressa que pude.

— Não estou perguntando sobre você — disse Kamran, sem dar muita importância. — É claro que *você* está aqui, e estou feliz por isso. Agradeço por ter vindo, de verdade. Mas quero dizer... Estou perguntando sobre *esses* três...

— Ah — fez Hazan, e Kamran percebeu a contrariedade em sua voz. — Sim. Não é ótimo? Eles insistiram em me ajudar a resgatar você.

— O quê? *Por quê?*

— Bem, pensamos que estivesse em perigo, senhor — explicou Omid. — Foi uma traição horrível... Nunca imaginei que os Profetas fossem usar uma mágica tão abominável com o senhor...

— E não íamos ficar ali, vendo o rei por direito ser trancafiado à força — exaltou-se a srta. Huda —, enquanto um ministro venenoso como uma serpente rouba a sua coroa! Meu pai odeia Zahhak, e eu sei disso com certeza porque, quando está bêbado, com frequência lista as pessoas que detesta... E o ministro da defesa é o número um da lista, que, aliás, é bem longa... — A srta. Huda fez uma careta. — Não tinha pensado nisso até agora.

— E você? — Kamran voltou-se para o boticário. — Qual é a sua desculpa?

— Ah, eu não faço a menor ideia, Vossa Alteza — admitiu Deen, olhando ao redor com uma repulsa visível. — Aquela criada horrorosa teve medo de participar disso, e eu fui burro o bastante para concordar com ela em alto e bom som. Ela então me pediu para, como um bom cavalheiro, acompanhá-la até a ponte para que ela pudesse chamar um coche em uma esquina mais movimentada da cidade, e ainda se ofereceu para dividir a corrida comigo. — Ele suspirou. — Acho que aceitei vir com esses palermas — ele acenou para Omid e srta. Huda — apenas para evitar ficar sozinho com ela, embora, com todo o meu respeito, senhor, agora esteja arrependido daquela decisão.

— Entendo — respondeu Kamran, franzindo o cenho.

— Vamos, então — incentivou Hazan, batendo de leve no ombro do príncipe. — Vamos tirá-lo desta espelunca. Precisamos nos apressar; a fúria de Zahhak está descontrolada. Ele está destruindo todo o castelo à sua procura, e também em busca de outra coisa... O testamento de seu avô, ao que parece...

Kamran sentiu uma pontada de medo.

— Sugiro que partamos para o porto sem demora. Tenho muito a lhe contar, e depois precisamos traçar um plano...

— Muito para me contar? — O medo de Kamran intensificou-se. — Sobre o quê?

— Encontrei a sua mãe.

— O quê? Onde?

Hazan acenou para a saída.

— Não importa agora. Teremos muito tempo para conversar e planejar quando estivermos navegando.

— Navegando? — fez a srta. Huda, virando a cabeça de um para o outro. — Iremos de barco?

— *Não você* — Kamran e Hazan falaram ao mesmo tempo.

— Hazan — disse o príncipe, balançando a cabeça enquanto olhava pela claraboia. — Não posso partir ainda. Preciso permanecer aqui ao menos mais um pouco.

— O quê? — Hazan recuou. — Por que quer ficar aqui? Ao lado de uma pilha de ratos...

A srta. Huda deu um gritinho.

— Ai, meu Deus. — Deen suspirou. — Acho que vou passar mal.

— Não são ratos — corrigiu Omid com seu sotaque. — Bem, não *apenas* ratos. Tem também um gambá, acho e, hum, um outro, não consigo lembrar o nome em ardanz...

A srta. Huda deu outro gritinho.

Kamran não deu atenção a isso; estava prestes a estender a mão para Hazan, a mostrar para ele a pluma cerrada em seu punho e a caixinha guardada no bolso, quando, de repente, a noite foi cortada por um pio lindo e aterrorizante.

De primeira, Kamran não a viu, pois o telhado estava bloqueando a visão da admirável ave, mas sentiu a mão ferida esquentar a pluma que segurava e soube em seus ossos que ela chegara. A prisão na torre tremeu quando ela pousou, e ele ficou perplexo diante do poder dela, da força que ela transmitia mesmo agora, quando ainda não conseguia vê-la. Ele avistou a sombra de uma enorme presa pela claraboia e, com uma série de movimentos violentos, mas elegantes, ela arrancou o telhado da prisão com as garras. As pedras soltas caíram sobre suas cabeças, e o grupo saiu correndo da cela para evitar o desabamento, retornando apenas quando houve novo silêncio; através da tempestade de pó, Simorgh apareceu como se vinda de um sonho.

Era magnífica.

Kamran avançou enquanto os outros recuaram. Ele se ajoelhou perante a ave. Imensa e resplandecente, Simorgh ocupava todo o diâmetro do lugar, com a plumagem felpuda e brilhante provocando uma explosão de cores sob o luar. Ela fitou-o por um longo tempo, com os olhos bem escuros, antes de assentir, por fim; foi um simples reconhecimento que agitou o coração de Kamran. Ela emitiu um som, um gorjeio suave e afetuoso, depois abaixou para que ele pudesse montar em suas costas.

Kamran voltou a respirar.

— *Simorgh* — Hazan sussurrou.

— Pelos céus — Deen arfou. — Nunca pensei, em toda a minha vida…

— Estou sonhando? — perguntou a srta. Huda. — Acho que devo estar sonhando.

— Sim, senhorita — falou Omid, atordoado. — Você está.

Hazan deu um passo à frente e curvou-se diante da ave, que agora o examinava com curiosidade. O antigo ministro ergueu-se aos poucos, o corpo rijo de admiração ao voltar-se para o príncipe:

— Kamran, como conseguiu…?

— Prometo explicar tudo mais tarde — respondeu. — Mas, se a situação é extrema como você disse, é melhor irmos logo.

— Irmos? — Hazan arregalou os olhos. — Para Tulan?

— Sim.

— Com *Simorgh*?

— Sim.

— Ai, minha nossa, nós vamos para Tulan? — gritou a srta. Huda. — Vamos salvar Alizeh?

Mais uma vez, Kamran encolheu-se ao som do nome dela. Nem sequer prestigiou a pergunta da srta. Huda com uma resposta.

— Leve isto — Hazan instruiu o príncipe, passando uma tira sobre a cabeça dele. — Peguei algumas armas do arsenal antes de partir…

Não sabia se precisaria delas. Mas, se formos entrar em Tulan pelos ares, sobre uma criatura, é melhor estarmos preparados.

Ele supriu Kamran com um feixe de flechas, depois com um arco, ambos recebidos e colocados nas costas com facilidade pelo amigo.

— Obrigado — disse o príncipe. — De verdade.

Hazan apenas fitou Kamran por um momento, depois assentiu.

— Será que posso ficar com alguma arma também? — disse Omid, aproximando-se de Hazan com tamanha ansiedade que irritou o príncipe. — Eu não tenho nenhuma e gostaria de ir armado…

— Ah, eu também! — empolgou-se a srta. Huda. — Você teria estrelas de arremesso? Eu sou boa com elas…

— Não pode estar falando sério — cortou Kamran, assustado. — Vocês dois *não* virão conosco.

— Três — Deen pigarreou, com uma voz de repente animada. — Somos três.

— Não precisava ir para casa? — Kamran questionou com aspereza, virando-se para o boticário. — Pensei que tivesse entes queridos à sua espera. De que não fazia ideia do que estava fazendo aqui.

— Isso foi antes de saber que conheceria Simorgh — respondeu Deen, fazendo uma profunda mesura quando a ave se virou para ele. — Meus entes queridos entenderão. Se é que vão acreditar em mim. — Ele olhou para o pássaro, maravilhado. — Não posso ir para casa agora.

Kamran balançou a cabeça.

— Estão todos cegos? — ele gritou. — Somos *cinco*. Não podemos todos montar nas costas da mesma ave…

Simorgh fez um chamado.

Era um som suave e melodioso, mas que reverberou ao longe. Em um instante, Kamran deu-se conta de que não estavam sozinhos. Simorgh trouxera outros; os filhos que Zaal conhecera na juventude, em cujo ninho tinha sido colocado quando era bebê.

Mais quatro magníficos pássaros pousaram no topo da torre. O bando olhou para baixo, na escuridão, garganteando baixinho.

Kamran fechou os olhos por um momento.

— Pelo amor dos céus — sussurrou.

Deen comemorou.

— Se escolherem vir, venham por sua conta e risco — Kamran preveniu-os com firmeza. — Se acabarem sendo mortos, não vou me importar. Está claro?

— Sim! — gritou Omid, erguendo o punho.

— Se acabarmos sendo *mortos?* — Deen preocupou-se. — Não imaginei que podíamos morrer...

— Não, senhor — disse a srta. Huda, abanando a cabeça. — Com todo respeito, Vossa Alteza, não acho que seja muito responsável da sua parte, pois precisaremos de um líder, e o senhor literalmente nasceu para isso...

— *Hazan* — Kamran chamou, perdendo a paciência.

— Srta. Huda — falou seu antigo ministro, sem alarde —, pode contar comigo se precisar de algo.

Simorgh lançou-se para o alto com um grito ressonante, aterrissando pesadamente na beirada destruída da torre, que tremeu sob seu peso. Ela então piou para os filhos, que no círculo pousaram um por um, cada qual pegando um passageiro.

A srta. Huda foi a primeira, rindo entre as lágrimas; depois Omid, que abraçou seu pássaro como a criança que era, sem vergonha de beijá-lo na penugem do rosto; a seguir, Deen, orgulhoso demais para deixar transparecer nada além de um sorrisinho alegre ao montar na ave, mesmo que estivesse lutando contra uma onda de emoção; e, por último, Hazan, alto e distinto, sentando-se sobre o dorso do pássaro com a humildade e a graça características de um cavaleiro. Ele dirigiu apenas um aceno de cabeça para Kamran antes de decolar, com uma forte batida de asas, pelos ares.

Quando os outros já estavam voando entre as nuvens, Simorgh pousou mais uma vez diante do príncipe, e Kamran aproximou-se da linda ave, cheio de admiração. Ele passou a mão por sua plumagem sedosa com grande reverência, depois montou sobre a incrível criatura com cuidado.

Ela decolou de imediato.

Ao ser empurrado para trás na subida, Kamran agarrou-se depressa ao pescoço gracioso da ave. Foram subindo mais e mais alto, para longe da torre destruída e, uma vez pairando bem acima do palácio, Simorgh soltou um grito que rasgou o céu da noite. Bateu as asas poderosas e brilhantes e tomou a liderança do bando.

A decolagem provocou um barulho trovejante, e uma chuva colorida cruzou a paisagem, cobrindo o horizonte com uma fosforescência irreal.

Essa visão o encheu de uma alegria complexa.

Conforme iam desaparecendo pelos céus, Kamran olhou para trás, perguntando-se, com um tremor no coração, quem ele seria se um dia retornasse.

SÉRIE

THIS WOVEN KINGDOM:

Reino de intrigas, vol. 1

Reino de traições, vol. 2

Leia também

Além da magia, Tahereh Mafi

A magia do inverno, Tahereh Mafi

Série Estilhaça-me, Tahereh Mafi

Um estranho sonhador – série Strange the dreamer, vol. 1, Laini Taylor

A musa dos pesadelos – série Strange the dreamer, vol. 2, Laini Taylor

As dez mil portas, Alix E. Harrow